JN160593

五感で読むドイツ文学

松村朋彦

鳥影社

五感で読むドイツ文学　目次

五感で読むドイツ文学

序章　五感で読む文学

一　五感の協働——リルケ『マルテの手記』

一九〇六年六月九日、パリに滞在中の詩人ライナー・マリア・リルケ（一八七五—一九二六）は、スウェーデンの女性作家スティナ・フリセルとともに、カルティエ・ラタンにあるクリュニー美術館を訪れる。そこに飾られていた、一五〇〇年ごろに制作された六枚の連作タペストリー「貴婦人と一角獣」から、リルケは深い感銘を受ける。『マルテの手記』（一九一〇）を読む人は、この作品の前半部を締めくくる、このタペストリーをめぐる印象深い描写を、いつまでも記憶にとどめていることだろう。

「ここにタペストリーがある、アベローネ、壁掛けのタペストリーだ。ぼくは、君がここにいるような気がする。六枚のタペストリーだ。おいで、ゆっくりと見てまわろう」。マルテの母の末の妹で、彼自身の初恋の人でもあった「愛する女性」（R 6-826）、アベローネにたいする呼びかけから始まるこの一節で、マルテは、貴婦人を中央に、一角獣とライオンをその両側に配した六枚のタペストリーの図柄を、順を追って、詳細に描きだしてゆく。最初の一枚では、貴婦人は、「鷹に餌をあたえている」。彼女の両側で、紋章の旗を捧げもつ一角獣とライオンは、「誇らしげに立ちあがっている」。次の一枚では、彼女は、「小さな丸い花輪の冠を編んでいる」（R 6-827）。「ライオンは、もう関心を示してはいないが、右側の一角獣は、事情を察している」。三枚目のタペストリーで、貴婦人は、「携帯用のオルガンに歩みより、立ったまま演奏している」。「彼女はいまだかつて、これほど美しかったことはない。（…）機嫌をそこねたライオンは、その音色にいやいや耐え、吠え声をこらえているが、一角獣は、波にたゆたうように美しい」。次の一枚では、「動物たちが引きあげている」テントの下で、貴婦人は、侍女が捧げもつ小箱のなかから、「重く壮麗な宝石の鎖を取りだしている」。テントの上には、「わが唯一の望みに」という言葉がしるされている。五枚目の図柄では、貴婦人自身が旗をもち、「彼女はもう一方の手で、一角獣の角をつかんでいる。これが悲しみだとしたら、悲しみとは、これほどまっすぐに立っていられるものなのだろうか」（R 6-828）。そして、最後のタペストリーでは、「祝祭」の光景が描かれる。貴婦人は、「何か重いもの」を手にもち、「もう一方の腕を一角獣の方にかたむけ、一角獣は、嬉しそうに立ちあがって、彼女のひざにもたれている。彼女が差しだしているのは、鏡だ。いいかい、彼女は一角獣に、その姿を見せてやっているのだ」。

「アベローネ、ぼくは、君がここにいるような気がする。わかるかい、アベローネ。君はきっとわかってくれることだろう」(R 6-829)。このように結ばれる、一連のタペストリーの描写からは、リルケ独自の愛の観念の反映を見てとることができる。『マルテの手記』の後半部では、「愛される女性」から「愛する女性」へ、対象を所有しようとする愛から「所有なき愛」(Fülleborn 259) へと向かう愛の深化と変容について、次のように述べられる。「愛される女性たちの生は、悪しき危険にさらされている。彼女たちが自己を克服し、愛する女性となってくれたなら。愛する女性たちには、確かさがあるばかりだ。もう誰にも疑われず、自己を裏切ることもありえない。(…) 彼女たちが、失った人のあとを追うと、最初の一歩でもうその人を追いこしてしまい、彼女たちの前には、ただ神があるばかりだ」(R 6-924)。「愛されることは、燃えあがること。愛することは、尽きることのない油によって輝くこと。愛されることは、滅びること。愛することは、持続すること」(R 6-937)。この六枚のタペストリーにおいてもまた、貴婦人と一角獣によって体現される愛は、「鷹に餌をあたえ」、「花輪を編む」行為をへて、オルガンを弾く貴婦人の「いまだかつて、これほど美しかったことはない」姿によって、「最初の頂点」(Naumann 110) を迎える。そのあとさらに、「わが唯一の望み」をかなえるために、きらびやかな装身具を身にまとった貴婦人は、愛の対象の所有にともなう「悲しみ」を克服し、鏡によって一角獣に自己認識をもたらすことによって、「所有なき愛」(Olessak 41) という「祝祭」を実現するのである。

一九二一年に、イギリスの美術史家A・F・ケンドリックは、この連作タペストリーにかんする新しい解釈を発表した（Olessak 53）。彼によると、鷹に餌をあたえ、花輪を編み、オルガンを弾き、一角獣の角をつかみ、一角獣に鏡を差しだす貴婦人の姿は、それぞれ、味覚、嗅覚、聴覚、触覚、視覚という五感のアレゴリーをあらわしているというのである。「わが唯一の望みに」という言葉がしるされた残りの一枚について、ケンドリックは、明確な解釈を提示してはいない。だが、その後の研究によると、このタペストリーでは、貴婦人は、装身具を小箱から取りだしているのではなく、逆にそれを小箱におさめようとしているのであり、したがって、この図柄は、彼女が五感を放棄することによって、「自由意思（liberum arbitrium）」という、より高い段階に到達することを示しているという（Erlande-Brandenburg 177）。

一九一〇年に『マルテの手記』を刊行したとき、リルケはむろん、ケンドリックのこの解釈を知らなかった。だが、このタペストリーのうちに五感のアレゴリーを見てとるケンドリックの解釈と、それを愛の物語として読みとこうとするリルケの解釈を重ねあわせてみると、「見ること」と「愛」という、『マルテの手記』の二つの主題のあいだの相互関係が、あらためて浮かびあがってくるように思われる。「ぼくは見ることを学んでいる」（R 6-710）というマルテの言葉が、ライトモティーフのように繰りかえされるこの作品の前半部が、一角獣に鏡を差しだす貴婦人の描写によって締めくくられているのは、けっして偶然ではない。ここでは、対象とのあいだに距離を生みだす視覚が、「所有なき愛」をもたらすのである。

だが、この作品の冒頭部をあらためて読みなおしてみると、そこで働いている感覚が、けっして視覚だけではないことに気づかされる。「ぼくが見たのは、あちこちの病院だった。ぼくは一人の人間が、よろめいて倒れこむのを見た。人々が彼のまわりに集まったので、そのあとは見ずにすんだ」と書くマルテは、そのあとをこう続ける。「ぼくは、身重の女を見た。彼女は、高く温かい壁に重い身体を押しつけ、その壁に何度も触れていた。まるで、壁がまだそこにあるのを、確かめようとするかのように」。ここでは、事物の存在を認識する手段は、視覚から触覚へと移される。だが、パリの街は、マルテの嗅覚や味覚にもまた訴えかけてくる。「通りは、四方八方から匂いはじめた。ぼくが嗅ぎわけたかぎりでは、ヨードフォルムと、フライドポテトの油と、不安の匂いだった。どの街も、夏は匂うのだ」(R 6-709)。そして、次の段落では、大都市パリの夜が、マルテの聴覚を通して描きだされる。「電車が鐘を鳴らして、ぼくの部屋を走りぬける。自動車がぼくを轢いてゆく。ドアがばたんと閉まる。どこかで窓ガラスがこわれ落ち、その大きな破片が高笑いし、小さなかけらが忍び笑いするのが聴こえる」(R 6-710)。こうしてマルテは、五感のすべてを通して、大都市パリの情景をとらえようとするのである。

このように考えるなら、『マルテの手記』前半部の冒頭と結末のあいだには、明瞭な対応関係を見てとることができる。視覚によって始まり、視覚によって結ばれながらも、そこではけっして、視覚だけが絶対化されているのではない。パリの街が、マルテの五感のすべてに働きかけてきたように、「貴婦人と一角獣」のタペストリーにおいてもまた、五感のすべてを働かせることによって、愛は完成へといたるのである。ケンドリックの解釈に先立って、リルケはこのタペストリーのうちに、すでに五感のアレゴリーを読みとっていたのかもしれない。ただし、ケンドリック以降の研究が、「わが唯一の望みに」を、五感の克服の試みとしてとらえるのにたいして、リルケはあくまでも、五感の協働作業のうちにとどまろうとしたのである。

二　五感の序列――プラトンからカントまで

さてそれでは、古代から近代へといたる西洋の思想において、五感のあいだの相互関係は、どのようにとらえられてきたのだろうか。プラトンは、『ティマイオス』において、人間の感覚を、「身体全体が共通して受ける影響」を知覚する触覚と、「われわれの個々特殊な部分（器官）のうちに起こる事柄」（プラトン　一一七）を知覚する他の四つの感覚とに大別したうえで、後者を、味覚、嗅覚、聴覚、視覚という順に論じている。プラトンは、別の箇所で、「視覚こそまさに、われわれに最大の裨益をなす原因となっている」（プラトン　七〇）と述べることによって、味覚、嗅覚、聴覚、視覚というこの順序が、下位の感覚から上位の感覚へと向かうものであることを暗示している。

他方、アリストテレスは、『魂について』のなかで、触覚をも含めた五感について、視覚、聴覚、嗅覚、味覚、触覚という順序で詳細に論じている。プラトンと同様に、アリストテレスもまた、

「視覚が最も優れた意味での感覚である」（アリストテレス　一四四）と述べて、視覚を五感のなかで最上位に位置づける。さらに、下位の感覚と上位の感覚とのあいだの関係について、アリストテレスは、「味覚と触覚は接触することによるが、他の感覚は距離をおいて感覚する」（アリストテレス　一一五）という通説を批判する。彼によると、視覚、聴覚、嗅覚においては、「対象が遠くに位置する」のにたいして、味覚と触覚においては、対象が「ごく近くに位置する」ために、「媒体の存在に気がつかない」（アリストテレス　一一六）のだという。こうして、アリストテレスによって、遠隔感覚から近接感覚へとしだいに下降してゆく、視覚、聴覚、嗅覚、味覚、触覚という五感の序列が確立するのである（Jütte 73）。

とはいえ、こうした五感の序列と、とりわけそのなかでの触覚の位置づけについて、中世から近世にかけて、まったく異論がなかったわけではない。たとえば、トマス・アクィナス（一二二五頃―七四）は、『魂について』（一二六六―六七）のなかで、触覚について、次のように述べている。「触覚は、五感のなかで第一の感覚であり、いわば、すべての感覚の根底であり、基盤である」（Tellkamp 206）。だがそれにもかかわらず、中世以降の西洋において、触覚は、「愛欲」と結びつけられることによって、しだいにその地位を下落させていったのである（Jütte 82）。

西洋近代において、こうした伝統的な五感の序列に見直しを迫ろうとする傾向が、とりわけ顕著になるのは、一八世紀に入ってからのことである。その背景をなしていたのは、同時代の感覚論の思想だった（Jütte 144）。フランスの思想家エティエンヌ・ボノ・ド・コンディヤック（一七一五一八〇）は、その著書『感覚論』（一七五四）のなかで、五感をもたない彫像に、嗅覚、聴覚、味覚、視覚、触覚を、この順序で次々にあたえてゆくことによって、彫像の世界認識がどのように変容してゆくかという思考実験をおこなった。彼がそこから導きだした結論は、触覚が、「それ自身で外界の対象を識別することのできる唯一の感覚」（C 89）であるというものだった。彼は、この著作の最後で、次のように述べている。「われわれの認識は、すべて五感に、そしてとりわけ、触覚に由来する。というのも、他の感覚に教示をあたえてくれるものは、触覚だからである」（C 265）。

一八世紀中葉のフランスにおいて、五感の序列の見直しをこころみたのが、コンディヤックだったとするなら、一八世紀後半のドイツにおいて、それをさらに押しすすめたのが、ヨーハン・ゴットフリート・ヘルダー（一七四四―一八〇三）だった。ヘルダーは、現在のドイツ語では、ふつう「感情」を意味する「Gefühl」という言葉を、その本来の語義にしたがって、「触覚」の意味でもちいている。初期の論文『触覚の意味について』（一七六九）のなかで、すでに彼は、デカルトの「われ思う、ゆえにわれあり」を大胆に書きかえて、「われ自らを感じる、われあり（Ich fühle mich! Ich bin!）」（HD 4-236）と宣言する。『言語起源論』（一七七一）では、言語の起源が、「人間の五感のうちで中間の感覚、魂へと達する本来の扉、他の感覚の結合帯」である聴覚の働きのうちに求められる一方で、「五感すべての根底をなすものは、触覚である」（HD 1-744）とも主張される。そして、美学論文『彫塑』（一七七八）のなかで、ヘルダーは、彫刻と絵画という二つの芸術ジャンルを比較することによって、触覚を視覚の上に位置づけようとこころみる。なぜなら、「絵画の仕事場は、画面であり、そこでは芸術家の創造は、まるで夢のようにおこなわれ、したがって、すべてが外見と並存にもとづいている」(HD 4-257) のにたいして、「彫刻は、美しい形を創造し、内側へと入りこんで表現」し、「表現するに値するもの、それ自体として存在するものを創造する」(HD 4-258) からである。「結局のところ、彫刻は真実であり、絵画は夢である。前者はすべてが表現であり、後者は物語る魔術である」(HD 4-259)。

ヘルダーのあとをうけて、五感の序列のさらなる再編成をこころみたのが、イマヌエル・カント(一七二四―一八〇四)だった。カントは、『実用的見地における人間学』(一七九八)のなかで、人間の「外的感覚」としての五感を、次のように二つに大別する。「そのうちの三つは、主観的というよりはむしろ客観的であり、刺激された器官の意識を喚起するよりはむしろ、経験的直観として、外的対象の認識に寄与する。他の二つは、客観的というよりはむしろ主観的であり、それがもたらす表象は、外的対象の認識であるよりはむしろ、享受である。それゆえ、前の三つについては、他者と容易に了解しあうことができるのにたいして、後の二つにかんしては、対象の外的経験的直観とその名称は同一であっても、主体がその刺激をどのように感じるかは、多種多様でありうる」(K 7-154)。最初の三つの感覚とは、触覚、視覚、聴覚であり、後の二つの感覚とは、味覚と嗅覚である。さらにカントは、触覚について、次のように述べる。「この感覚はまた、直接に外界を知覚する唯一の感官である。まさにそれゆえに、もっとも重要であり、もっとも確実に教示をあたえてくれる感覚でもあるが、それにもかかわらず、もっとも粗雑な感覚でもある。なぜなら、われわれがその表面に触れることによって、その形状を察知することのできる物体は、固体でなければならないからである」(K 7-155)。それにたいして、視覚について、カントは次のように主張する。「視覚は、聴覚より不可欠ではないとしても、もっとも高貴な感覚である。なぜなら、視覚はあらゆる感覚のうちで、知覚のもっとも限定された条件をなす触覚からもっとも遠く隔たっており、空間において最大の知覚領域を占めるばかりか、その器官である目は、刺激を感じることがもっとも少なく(そうでなければ、単に眺めることは不可能である)、したがって、(格別な感情をまじえずに、所与の客体を直接表象する)純粋直観にいっそう接近するからである」(K 7-156)。こうして、一八世紀に入って、五感の序列における第一位の座を、いったんは触覚に譲りわたすかに思われた視覚は、カントとともに、再びその地位を奪回するのである。

三　五感とメディア——マクルーハン『グーテンベルクの銀河系』

西洋近代におけるこうした視覚の優位を、グーテンベルクによる活版印刷の発明と結びつけて論じたのが、カナダのメディア研究者マーシャル・マクルーハン(一九一一—八〇)だった。マクルーハンは、その著書『グーテンベルクの銀河系』(一九六二)のなかで、「表音アルファベットの技術の内面化が、人間を魔術的な耳の世界から、中立的な視覚的世界へと移行させた」(McLuhan 1962 18) と主張する。なぜなら、「古代や中世の世界では、すべての読書は音読であった」のにたいして、「印刷術によって、目は速度を増し、声は沈黙した」(McLuhan 1962 43) からである。「聴覚的な場は、同時的であり、視覚的な様式は、継起的である」(McLuhan 1962 111)。「視覚的に知覚される世界は、統一された、均質な空間である。そのような世界は、異質な要素が共鳴する話し言葉の世界とは、ことなっている」(McLuhan 1962 136)。だが、マクルーハンによれば、「話し言葉の世界」は、ただ聴覚のみによって支配されていたのではない。「表音アルファベットは、五感のすべてを同時に使用する話し言葉を、単なる視覚的コードへと還元した」(McLuhan 1962 45)。印刷術の発明以前の写本文化もまた、こうした五感の共存を、話し言葉と共有していた。なぜなら、「印刷文化とくらべて、写本文化はきわめて聴覚的・触覚的であり」、「冷静な視覚的距離のかわりに、五感のすべてを重視し、参加させる」(McLuhan 1962 28) からである。

さてそれでは、このようにして、視覚による一元的支配をもたらした「グーテンベルクの銀河系」において、その申し子とも言うべき文学は、どのような役割をはたしていたのだろうか。ここでわれわれは、マクルーハンが、もともとエリザベス朝時代の英文学の研究者として出発したことを思いおこす必要があるだろう。じっさい、『グーテンベルクの銀河系』は、シェイクスピアの『リア王』の鮮やかな読解から語りだされる。地図にしたがって国土を分割し、娘たちに王権を譲りわたそうとするリア王の「ほの暗いもくろみ」のうちに、マクルーハンは、「視覚を他の感覚から切りはなすことは、目を閉ざすことにほかならない」(McLuhan 1962 11) という、新しい世界秩序にたいするシェイクスピアの警告を読みとろうとするのである。そしてマクルーハンは、フランソワ・ラブレーの作品のうちに、「個人主義とナショナリズムの上に新たに成立した視覚的世界のなかに突然あらわれた、話し言葉の教師であり注釈者である群衆」の姿を見いだし、「ラブレーの名高い地上的な触覚性は、滅びつつある写本文化の大規模な逆襲である」(McLuhan 1962 149) と主張する。「実人生と作品において、新たに視覚的に数量化され、均質化された世界に直面した封建時代の人間の実例を示している」セルヴァンテスについてもまた、「セルヴァンテスは、ドン・キホーテという人物像のかたちで、活字人間と対決した」(McLuhan 1962 213) と述べられる。そしてマクルーハンは、「視覚的世界」にたいして戦いを挑んだ、ルネッサンスのこうした偉大な文学者たちの後継者として、一九世紀末から二〇世紀初頭にかけての文学的前衛たちの名前を挙げる。「ラファエル前派やホプキンスの時代になって初めて、サクソン語の触覚的価値を、英語のうちに取りもどそうとする意識的な試みが始まった」(McLuhan 1962 240)。「ホプキンスと同様、ジョイスの言葉もまた、音読され、共感覚もしくは五感の相互作用を生みだすことによって初めて、生きたものとなる」(McLuhan 1962 83)。「文学においては、話し言葉の伝統が生きのびている後進地域の出身者たちだけが、言葉に共鳴を吹きこむことができた。イェイツ、シング、ジョイス、フォークナー、ディラン・トマスといった人たちがそうである」(McLuhan 1962 250)。このように見てくるなら、『グーテンベルクの銀河系』は、活字メディアの台頭にともなう視覚の一元的支配への弾効の書であると同時に、まさしく活字メディアという手段をもちいて、そうした支配にたいする抵抗をくわだて、失われつつある「五感の相互作用」の回復をめざした文学者たちへのオマージュとしても読むことができるのである。

だが、「グーテンベルクの銀河系」にたいするマクルーハン自身のこうした両義的な姿勢は、彼の次の著作である『メディアの理解』(一九六四)にいたって、二〇世紀に新たに登場した電子メディアへの礼讃へと、大きく傾斜してゆくことになる。すでに彼は、『グーテンベルクの銀河系』のなかで、「文明は、野蛮で部族的な人間に、耳のかわりに目をあたえるが、今ではそれは、電子的世界にはそぐわない」(McLuhan 1962 26)と述べ、現代における電子メディアが、活字メディアによっていったんは失われた聴覚的・触覚的世界への回帰をとげつつあることを指摘していた。『メディアの理解』では、こうした二つのメディアの対比に、さらに「熱いメディア」と「冷たいメディア」という新たな二項対立が重ねあわされる。「熱いメディアとは、単一の感覚を、〈高精細度〉で拡張するものである。高精細度とは、データが十分にみたされた状態のことである。写真は、視覚的に〈高精細度〉である。コミックは、視覚情報が少ししかあたえられないので、〈低精細度〉である。電話は、耳にあたえられる情報量が乏しいので、冷たいメディア、あるいは〈低精細度〉である。話し言葉は、情報量が少なく、聴き手によって補うべき点が多いので、低精細度の、冷たいメディアである。他方、熱いメディアは、受容者によって補完される余地が少ない。したがって、熱いメディアは、受容者による参加度が低く、冷たいメディアは、参加度、もしくは補完性が高い。(…) 熱いメディアは、冷たいメディアほどには参加を許さず、講義はセミナーより、書物は対話より、参加度が低い。印刷術によって、多くの旧来のメディアが生活や芸術から排除され、多くのメディアが奇しくも新たな強度をあたえられた。だが、今日では、熱いメディアを排除し、冷たいメディアを許容する原則の実例が、数多く見いだされる」(McLuhan 1964 22f.)。

マクルーハンによれば、現代における冷たいメディアの典型は、テレビにほかならない。それは、「視覚的というよりは、触覚的・聴覚的メディアであり、われわれの五感のすべてを、深層の相互作用にかかわらせる」(McLuhan 1964 336)。「共感覚、あるいは統合された感覚と想像力は、西洋の詩人、画家、芸術家全般によって、長らく実現不可能な夢とみなされてきた。彼らは、一八世紀以降の文字人間の想像力が、断片化し、不毛化したことを、悲しみと困惑の思いで眺めてきた。それが、ブレイク、ペイター、イェイツ、D・H・ロレンスや、他の偉大な作家たちのメッセージだった。彼らは、その夢が、ラジオやテレビの美的活動によって、日常生活のなかで実現されるとは思いもしなかった。われわれの中枢神経システムのこうした大規模な拡張は、西洋の人間を、日々一連の共感覚のなかに包みこんでいるのである」(McLuhan 1964 315)。こうしてマクルーハンは、一九世紀末から二〇世紀初頭にかけての文学的前衛たちが夢見てきた五感の統合が、今や電子メディアによって実現されつつあると主張するのである。

メディアをめぐる状況が、すでに新たな局面を迎えた今日にあって、半世紀前にマクルーハンが、電子メディアの未来についてくだした予言の当否を問うことには、さしたる意味はないだろう。それよりも重要なのは、『メディアの理解』以降のマクルーハンが顧みなかった、文学を介した五感の相互作用の可能性を、あらためて問いなおしてみることではないだろうか。マクルーハン自身が、『グーテンベルクの銀河系』のなかで明らかにしたように、文学というメディアは、その時代にあって支配的なメディア状況にたいして、つねにひそかな抵抗をくわだてることによって、今日にいたるまで生きのびてきたからである。そしてまた文学は、「熱いメディア」としての活字文化の申し子である一方で、読者に問いを投げかけ、解釈をゆだねることによって、「冷たいメディア」としての性格をもそなえている。以下の各章では、マクルーハンの問題提起を引きついで、文学は五感のすべてに働きかけ、五感の協働を実現するメディアであるという視点から、ドイツ文学の作品を読みなおしてみることにしたい。この序章の冒頭で触れた、パリの街を五感によって読みとき、「貴婦人と一角獣」のタペストリーのうちに、五感の協働を読みとろうとした、リルケの試みを、導きの糸として。

第一章　彫像の恋人

一　触覚の復権――コンディヤックとヘルダー

　序章ですでに述べたように、アリストテレス以来の西洋における伝統的な五感の序列のなかで、最下位におかれてきた触覚を、もっとも根源的な感覚としてとらえなおそうとする傾向が、とりわけ顕著になるのは、一八世紀に入ってからのことである。コンディヤックは、その著書『感覚論』のなかで、五感をもたない彫像に、嗅覚、聴覚、味覚、視覚、触覚を、この順序で次々にあたえてゆくことによって、彫像の世界認識がどのように変容してゆくかという思考実験をおこない、そこから、触覚が、「それ自身で外界の対象を識別することのできる唯一の感覚」（C 89）であるという結論を引きだした。コンディヤックは、触覚を獲得した彫像が、自分自身の身体に触れることによって、自己を認識する過程を、次のように描きだしている。「彫像はそれゆえ、自己の身体を認識し、身体を構成するすべての部分のうちに、自己を再認識することを学ぶ。というのも、身体のある部分に手を触れると、同じ感覚をもつ存在が、いわば互いに、〈これは私(C'est moi)〉と答えあうからである。手が自己に触れつづければ、いたるところで固さの感覚が、互いに別々ではあるが、隣りあった二つのものを知覚させ、またしても同じ感覚をもつ存在が、互いに、〈これは私、これもまた私(C'est moi encore)〉と答えあうだろう」。それにたいして、彫像が外界の事物を認識する過程については、次のように述べられる。「だが、彫像が他の物体に触れると、自己は、手のうちに自己の変容を感じるが、その物体のうちには、それを感じない。手が〈私〉と言っても、同じ答えは返ってこない」(C 105)。このようにして、五感のうちでただ触覚のみが、自己と他者とを識別する能力をもつのであり、それゆえコンディヤックは、最後にこう結論づける。「われわれの認識は、すべて五感に、そしてとりわけ、触覚に由来する。というのも、他の感覚に教示をあたえてくれるものは、触覚だからである」(C 265)。

コンディヤックのあとをうけて、こうした触覚の復権をさらに押しすすめようとしたのが、ヘルダーだった。「ピグマリオンの造形的な夢から生まれた、形式と形態にかんするいくつかの知見」という副題をもつ論考『彫塑』のなかで、ヘルダーは、彫刻という芸術ジャンルを手がかりにして、触覚のもつ根源性を立証しようとこころみる。この著作は、ゴットホルト・エフライム・レッシング(一七二九―八一)の美学論文『ラオコーン　絵画と文学の区分について』(一七六六)にたいする応答として読むことができる(Müller-Bach 1998 49)。レッシングは、絵画と文学という二つの芸術ジャンルが、「空間における形象と色彩」と、「時間における分節音」(LE 102)という、互いにことなった記号をもちいるという事実から出発して、絵画は、「並存する(neben einander)対象」、すなわち「物体(Körper)」を表現し、文学は、「継起する(auf einander)対象」、すなわち「行為(Handlung)」(L 103)を表現するという点において、それぞれことなった法則にもとづいていると主張した。こうしてレッシングが、絵画と文学を、空間芸術と時間芸術として対置することによって、絵画と彫刻とのあいだの相違を看過してしまったのにたいして、ヘルダーはこの論考のなかで、視覚と聴覚と触覚という三つの感覚を、絵画と音楽と彫刻という三つの芸術ジャンルに対応させる。「われわれは、自己の外部にあるものを、並存する(neben einander)ものとしてとらえる感覚と、継起する(nach einander)ものとしてとらえる感覚と、内側に入りこむ(in einander)ものとしてとらえる感覚をもっている。すわなち、視覚、聴覚、触覚である。並存するものは、平面を生む。継起するもっとも純粋で単純なものは、音である。内側や側面に入りこむものは、物体、あるいは形態である。したがって、われわれのうちには、平面と音と形態にたいする感覚があり、美が問題になる場合は、平面と音と物体という三つの美のジャンルにたいする三つの感覚がある。そして、この三つのジャンルのうちの一つにおいて、創作をおこなう芸術があれば、われわれはその領分を、外からは、平面、音、物体として、内からは、視覚、聴覚、触覚として認識する」(HD 4-257)。

だが、ヘルダーの意図は、たんにレッシングの二項対立を三項対立へと拡張し、絵画と音楽と彫刻という三つの芸術ジャンルの相違を明らかにすることにはとどまらない。絵画と彫刻を比較して、ヘルダーは次のように述べる。「絵画の仕事場は、画面であり、そこでは芸術家の創造は、まるで夢のようにおこなわれ、したがって、すべてが外見と並存にもとづいている」(HD 4-257)。それにたいして、「彫刻は、美しい形を創造し、内側へと入りこんで表現する。必然的にそれは、表現するに値するもの、それ自体として存在するものを創造する」(HD 4-258)。「結局のところ、彫刻は真実であり、絵画は夢である。前者はすべてが表現であり、後者は物語る魔術である。何という相違だろう。そして、この二つの芸術は、何と同じ地盤を共有してはいないことか。彫像は、私を抱きしめることができる。私がその前にひざまずき、その友となり、遊び仲間となるように。それは、現にそこにある。どれほど美しい絵画も、ロマンであり、夢のまた夢である」(HD 4-259)。こうしてヘルダーは、「真実」の表現である彫刻を、「夢」を物語る魔術にすぎない絵画より上位におくことによって、視覚にたいする触覚の優位を主張するのである。

ところで、ここで語られた、「私を抱きしめることができる」彫像のイメージは、生命のない彫像に五感をあたえてゆくコンディヤックの思考実験を思いおこさせる。そして、ヘルダーの論考に添えられた副題は、生命を吹きこまれた彫像というこのモティーフが、オウィディウスの『変身物語』のなかで語られた彫刻家ピグマリオンの物語に由来することを示している。自らの作品である象牙の女性像に恋をして、女神ヴィーナスの助力によって、彫像を生身の恋人に変えてもらったピグマリオンの物語は、触覚のもつ創造性をめぐる寓話として読むことができるのである。本章では、一八世紀から一九世紀にかけての西洋文学において、ピグマリオンのモティーフが変奏されてゆく過程を、五感のなかで触覚がはたす役割という視点からたどってみることにしたい。だが、その前にまず、ピグマリオン物語の原型とも言うべき、オウィディウスの『変身物語』を見ておくことにしよう。

二　芸術家の原像──オウィディウス『変身物語』

もっぱら人間から動植物や無生物への変身が語られる『変身物語』のなかにあって、彫像から生身の女性への変身を主題にしたピグマリオンの物語は、特異な位置をしめている。そしてそのことは、この物語の前史に目を向けてみると、いっそうきわだったものとなる。そこでは、「ヴィーナスが神であることを否定した」プロポイトスの娘たちが、女神の怒りに触れて、「世界で初めて、そのからだと美貌とをひさぐ」ことになり、さらには、「恥じらいも失って」、「固い石に変わってしまった」(オウィディウス　七三)しだいが語られる。こうした女性たちの堕落ぶりにうんざりして、ピグマリオンは、「独身生活を守る」(オウィディウス　七四)ようになったというのである。こうして、女神ヴィーナスを冒瀆して、石と化したプロポイトスの娘たちと、女神を信奉して、彫像に生命を吹きこんでもらったピグマリオンとは、明確な対応関係をなしており、それゆえピグマリオンは、敬虔な芸術家の原像となるのである。

さて、オウィディウスが語るピグマリオンの物語は、三つの部分から成りたっている（Dörrie 18)。第一部では、彫刻家ピグマリオンが、自らの作品である女性像に恋をするしだいが語られる。それに続く第二部では、女神ヴィーナスの祭礼の日に、ピグマリオンが彫像に似た女性を妻にと求め、女神はこの願いを聞きとどける。そして、最後の第三部で、家に戻ったピグマリオンは、生命を吹きこまれた彫像と、めでたく結ばれるのである。短い第二部をはさんで、互いに対応関係をなす第一部と第三部では、彫像が生身の女性へと変容するという同じ出来事が、二度描かれる。最初は、ピグマリオンの主観的な想像として。次には、女神ヴィーナスによって実現された奇跡として。第一部で、彫像に恋をしたピグマリオンのふるまいは、次のように描かれる。

その彫像は、ほんものの乙女のような姿をしていて、まるで生きているように思えたし、
もし恥じらいによって妨げられなければ、動きだそうとしているようにも思われた。
それほどまでに、いわば、技巧が技巧を隠していたのだ。ピグマリオンは
呆然と像を眺め、この模像に胸の火を燃やした。
これが生身のからだなのか、ほんとうに象牙なのかを調べようと、たえずこの作品に
手をあてがうのだったが、いまだに、これが象牙にすぎないとはみとめられないのだ。
口づけをあたえ、反応があると考え、話しかけて、抱きしめる（オウィディウス　七四）。

ヴィクトル・ストイキツァは、この場面のうちに、「愛の五段階」(ストイキツァ 三三)の表現を読みとっている。エルンスト・ローベルト・クルツィウスによれば、ラテン中世の恋愛詩では、「五」という数が好んでもちいられ、愛もまた、「まなざし、語らい、触れあい、口づけ、そして、いっそう人々が望み、ほかの四つが最終的にそこに収斂する最後のもの」(Curtius 504)という五つの段階を踏むものとされた。それにたいして、ピグマリオンの物語では、その順序が入れかわり、「触れあい」と「口づけ」が、「語らい」に先行している。すなわちここでは、触覚が言葉より上位におかれているのである。

そして、第三部にいたって、彫像が生身の恋人へと変貌をとげたことを、ピグマリオンが確認する場面では、触覚の優位がさらに強調される。

ピグマリオンは、家に帰ると、自分が作った乙女の像に駆けよった。
寝床の上にかがみこんで、口づけをあたえた。像は、何だか温かいように思われた。
再び、口づけをする。手で胸に触れたりもする。
そうすると、象牙が柔らかくなり、固さを失って、
指に押さえられてへこむのだ。それは、ちょうど、ヒュメットス産の蜜蠟が、
日の光で柔らかくなり、指でこねるといろんな形になりうる――ちょうどそんなふうだった。
彼はびっくりした。半信半疑で喜び、思いちがいではないかと心配になる。

そうしながらも、恋いこがれるピグマリオンは、何度も何度も、手で、彼の祈りの対象であった乙女を撫でさする。
まぎれもない、人間のからだだった。親指で押さえると、血管の鼓動がわかるのだ。
そうと知ったキプロスの英雄は、ありたけの言葉で
ヴィーナス女神に感謝を表す。そして、とうとう、
ほんものの唇に、唇を重ねる。乙女は、口づけに気づいて
顔を赤らめ、おずおずと目をあげて、日の光を仰ぎ、
恋いこがれるピグマリオンと、大空とを、同時に見た（オウィディウス　七六以下）。

ここでピグマリオンは、彫像のうちに生命のしるしをみとめようとして、口づけと愛撫を何度も繰りかえし、最後に乙女は、「口づけに気づいて顔を赤らめ、おずおずと目をあげ」る。すなわちここでは、触覚が視覚に先行している。芸術作品に生命を吹きこむものが、芸術家の触覚にほかならないことを、この場面は物語っているのである。

だが、ピグマリオンの物語には、このハッピーエンディングのあとに続く忌わしい後日譚があった。ピグマリオンとその妻のあいだには、パポスという娘が生まれ、パポスは息子キニュラスを産む。キニュラスの娘ミュラは、父を恋人のように慕い、キニュラスは、それと知らずに娘と夜をともにする。父の子供を身ごもったミュラは、絶望して神に救いを求め、没薬（ミュラ）の木に姿

を変えてもらう。ヒリス・ミラーが、その著書『ピグマリオンの変奏』（一九七四）のなかで示している解釈によれば、自らの作品である彫像を妻にしたピグマリオンは、自らの娘と交わるのにも等しい罪を犯したのであり、その罪が彼の子孫によって受けつがれ、報いを受けるというのである。さらに、ミュラの生んだ美少年アドニスに、女神ヴィーナスが恋いこがれることによって、物語は円環をなし、ヴィーナスの女神としての権威もまた相対化される、とミラーは主張する（Miller 10f.）。ピグマリオンの物語が、その原型とも言うべきオウィディウスにおいてすでに、このような両義性をはらんでいることは、このモティーフのその後の展開をたどるうえで、重要な意味をもっているように思われる。そして、一八世紀以降のピグマリオン物語において、この両義性は、いっそう明瞭なかたちをとってあらわれてくるのである。

三　芸術家とその作品——ルソー『ピグマリオン』／ゲーテ『プロメテウス』／『ピグマリオン』／『感傷の勝利』

触覚が復権をとげた一八世紀において、ピグマリオンの物語は、文学作品のなかで好んで取りあげられるモティーフとなる。「初期啓蒙主義の唯物論者」と評される、フランスの作家アンドレ・フランソワ・ブロー・デランド（一六九〇—一七五七）は、コンディヤックの『感覚論』に先立つて発表された小説『ピグマリオン、あるいは生命を吹きこまれた彫像』（一七四二）において、彫像から人間への変容を、物質と精神とのあいだの連続性を主張する唯物論的世界観のマニフェストとして語りなおす（Geissler 117-130）。そして、それにたいするドイツ啓蒙主義の側からの応答として、スイスの作家ヨーハン・ヤーコプ・ボードマー（一六九八—一七八三）は、『ピグマリオンとエリーゼ』（一七四七）のなかで、天上の力によって生命を吹きこまれた彫像が、ピグマリオンによって、キリスト教道徳を教えこまれてゆく過程を描きだす（Völker 324-357）。だが、一八世紀におけるピグマリオン・モティーフの展開において、時代を画する役割をはたした作品は、一七六二年に書かれ、一七七〇年に初演されたジャン＝ジャック・ルソー（一七一二—七八）の音楽劇『ピグマリオン』である。

この作品は、自らの作りだした彫像が、「魂も生命もない」「石にすぎない」（RP 1224）ことを嘆くピグマリオンの独白から始まる。だが、オウィディウスとはことなり、ルソーのピグマリオンは、ガラテーという名前をあたえられた彫像とのあいだで、身体的接触をかわすことができない。彼は、ガラテーをおおうヴェールを「震えながら取り去り」、「槌と鑿」を取りだして、作品に磨きをかけようとするが、「彫像に触れる勇気がないように見え」、「鑿を一度だけふるうと、恐怖にとらわれて、それを落として」（RP 1226）しまう。ガラテーに生命を吹きこんでくれるようにと、彼は「天上のヴィーナス」（RP 1228）に呼びかける。ピグマリオンのこの願いはかなえられ、ガラテーは生身の女性へと変貌する。だが、この奇跡にたいするピグマリオンの反応もまた、オウィディウスの場合とは、まったくことなっている。「彼は彫像が生きているのを見て、恐怖にとらわれ、苦痛に胸をしめつけられて、顔をそむける」。さらにピグマリオンは、こう叫ぶ。「私は何を見たのか。神々よ。私は何を見たと思ったのか。肌の色…目のなかの炎…動いてさえいた…奇跡を望むだけではまだ足りず、さらに悲惨なことに、私はついに奇跡を見てしまった」(RP 1229)。ここでは、彫像の生身の女性への変容という奇跡は、ピグマリオンの視覚が生みだした「錯乱(délire)」(RP 1229)であり、「幻視(vision)」(RP 1230)であるにすぎない(Müller-Bach 1997 280)。それゆえにこそ、それは彼に、「恐怖」と「苦痛」をもたらさずにはいない。こうして、オウィディウスが現実の出来事として描きだした物語は、ここでは芸術家の内面劇へと変容するのである。

だが、この作品は、芸術家ピグマリオンの幻視体験として終わるのではない。結末の場面でピグマリオンは、台座から降りてきたガラテーが、自らの触覚を介して自己と世界を認識してゆく過程に立ちあうことになる。

ガラテー　(自らに触れて言う)　私。
ピグマリオン　(恍惚として)　私!
ガラテー　(また自らに触れて)　これは私。
ピグマリオン　私の耳にまで達する、魅惑的な幻覚(illusion)よ、ああ!　私の五感から去らないでくれ。

ガラテー　（数歩歩み、大理石の一つに触れる）　これはもう私じゃない。
（ピグマリオンは抑えがたい興奮と熱狂のうちに、彼女のすべての動きを追い、耳をかたむけ、観察し、貪るように注意を払い、ほとんど息もできない。
ガラテーは彼に歩みより、彼を見つめる。
彼は急いで立ちあがり、彼女に両腕を伸ばし、うっとりして彼女を見つめる。彼女は片手で彼に触れる。彼は身を震わせ、その手をつかみ、自分の胸に引きよせ、熱い口づけを浴びせる。）
ガラテー　（ため息をついて）　ああ！　また私（encore moi）。
ピグマリオン　そうだ、貴く魅力的なものよ。そうだ、私の手と、私の心と、神々によるすばらしい傑作…それはお前、ただお前だけだ。私はお前に、私の存在のすべてをあたえた。私はただお前のみによって生きよう（RP 1230f.）。

この場面は、コンディヤックが『感覚論』で描きだした、彫像が触覚を通じて自己と世界を認識する過程と、正確に対応している（Warning 241ff.）。コンディヤックの彫像と同様に、ルソーのガラテーもまた、自分自身の身体に触れて、「これは私」と感じ、他の物体に触れて、「これはもう私じゃない」と感じる。だが、両者の相違は、コンディヤックの彫像が、自分自身の身体の別の部分に触れて、「これもまた私」と感じるのにたいして、ガラテーは、ほかならぬピグマリオン自身の身体に触れて、「また私」という同じ言葉を発する点にある。すなわち、コンディヤックにおいて、触覚が、自己と他者とを識別することのできる唯一の感覚だったのにたいして、ここでは触覚は、自己と他者、芸術家とその作品とを合一させる役割をはたしているのである。

だが、事情はそれほど単純ではない。ポール・ド・マンは、『読むことのアレゴリー』のなかでこの箇所に触れ、ピグマリオンの口づけを受けたガラテーが語る、「また私」というせりふがはらんでいる両義性を指摘している。ド・マンによると、この言葉は、「また同じ私（aussi moi）」とも、「また別の私（de nouveau moi）」とも読むことができ、前者が二つの「私」の同一性を保証するのにたいして、後者は逆に二つの「私」の分裂を意味してしまうというのである（de Man 185f.）。後者の読み方をとれば、自らの作品との幸福な合一を語るかに思われるピグマリオンの最後のせりふは、芸術家の自己分裂と自己解体の証しにすぎないということになるだろう（Neumann 1997a 33f.）。ここで彫像にガラテーという名前があたえられていることもまた、そのことと無関係ではない。なぜなら、ギリシア神話の海の精ガラテイアは、一つ目の巨人ポリュペーモスの求愛をしりぞけたことで知られ、古典文献学者ハインリヒ・デリエの言葉を借りるなら、「愛を呼びおこしながらも、自らは愛にとらわれることのない完全な美の化身」（Dörrie 56）にほかならないからである。彫像に生命を吹きこむ行為が、現実の世界から芸術家の内面へと移しかえられ、しかもそれが、自我の分裂と解体と分かちがたく結ばれているという点において、ここにはすでに、ロマン主義におけるピグマリオンの変貌が先取りされているのである。

ルソーの『ピグマリオン』は、当時のヨーロッパの知識人たちに、大きな反響をひきおこすことになるが、ヨーハン・ヴォルフガング・ゲーテ（一七四九―一八三二）もまた、その一人だった。ゲーテは、一七七三年一月一九日付けのゾフィー・フォン・ラロッシュあての手紙のなかで、この音楽劇を「すばらしい作品」とたたえ、「ぼくが尊敬する感受性をもったすべての人たちに、朗読して聴かせねばならない」（G II-1-285）と書きしるしている。そしてじっさい、この年に書かれた戯曲断片『プロメテウス』には、ピグマリオンを連想させるモティーフがあらわれる。ゲーテのプロメテウスは、ゼウスにたいする反抗者であると同時に、人類の創造者でもある。まだ生命の吹きこまれていない人間たちの彫像に囲まれた彼は、一体の少女像に歩みよって、こう語る。

この胸は、私に向かって波立つがよい。
この目は、もうすでに語っている。
いとしい唇よ、私に語れ、話してくれ。
おまえたちが何であるのか、
おまえたちに感じさせてやることができたなら。（G I-4-408）

最初の女性パンドラもまた、ここでは、プロメテウス自らが作った一体の彫像として登場する。ヘシオドスにおいては、パンドラは、プロメテウスが火を盗んで人類にあたえたことに腹をたてたゼウスが、鍛冶神ヘパイストスに作らせて地上に送りこんだとされていたが、それとならんで、プロメテウス自身がパンドラを創造したという伝承もまた古くから存在し、ゲーテはここでは、それにしたがっている。プロメテウスは、女神ミネルヴァによって、生命の泉へと導かれ、彫像たちに生命をあたえることに成功する。こうして、女神ミネルヴァの助力によって、愛するパンドラの彫像に生命を吹きこむプロメテウスの姿には、ピグマリオンのそれが重ねあわされているように思われる。じっさい、一八世紀において、プロメテウスとピグマリオンは、芸術家の原像として、しばしば同一視される存在だったのである(Müider-Bach 1997 285)。

だが、古典期以降のゲーテは、ピグマリオンのモティーフにたいして、しだいに距離をとるようになる。美学論文『ディドロの絵画論』(一七九八―九九)のなかで、ゲーテは、芸術家とその作品とのあいだの関係について、次のように述べている。「往古から、粗野な人々は、彫刻の名品を前にして、感覚的な欲望をかきたてられたと言われている。だが、気高い芸術家が、そのすばらしい作品にたいしていだく愛は、それとはまったく違っている。それは、親族や友人のあいだの、敬虔で神聖な愛に似ている。もしピグマリオンが、その彫像に欲望をいだくことがあったとすれば、彼は似非芸術家であり、芸術作品や自然の作品として尊重されるに値する形態を生みだすことなどできなかったことだろう」(G I-18-569f.)。さらに、『詩と真実』第三部第一一章(一八一四)では、ルソーの『ピグマリオン』それ自体が、次のように批判される。「この奇妙な作品は、芸術を自然へと解消しようという誤った努力によって、いわば自然と芸術のあいだをゆれ動いている。私たちが見るのは、最も完璧なものを作りだしながら、自らの理念を自己の外部に、芸術として表現し、それにより高い生命をあたえたことに満足しない、一人の芸術家である。いや、彼はその理念を、俗世の自分のもとまで引きおろそうとする。彼は、精神と行為の生みだした最高のものを、ごくありきたりの感性の作用によって、破壊しようと望むのである」(G I-14-533f.)。ここでは、芸術と自然、精神と感性とを峻別しようとする古典主義美学の立場から、芸術家とその作品との合一をもたらす触覚的感性の働きが批判される。むろんゲーテは、「目の人」である一方で、芸術創造において触覚がはたす役割の重要性を、つねに意識していた。一七八六年から八八年にかけてのイタリア旅行の体験をもとにして書かれた『ローマ悲歌』(一七九五)の第五歌で、ゲーテは、恋人とともに過ごす夜の愉しみを、古代芸術の鑑賞と重ねあわせて、次のようにうたう。「そして私は学ぶ、愛らしい胸のかたちをのぞきこみ、手を腰から下へと伸ばすとき。そうして初めて私には、大理石像が理解できる。私は考え、比較し、触れる目で見、見える手で触れるのだ」(G I-1-405)。ゲーテにとって触覚は、他の感覚から切りはなして絶対化されることによってではなく、視覚との協働作業によって初めて、その役割をはたすことができるのである。

だがゲーテは、古典主義美学の成立以前から、いや、ルソーの『ピグマリオン』を知る以前から、ピグマリオンのモティーフにたいしては、すでに批判的な距離をたもっていたように思われる。彼の最初の詩集『アネッテ』に収録された詩『ピグマリオン』(一七六七)では、ピグマリオンが、「独身主義者(Hagenstolz)」(G I-1-67)の戯画として描かれている。現実の女性を避け、自らの作品である少女像に恋をした彫刻家ピグマリオンに、彼の友人は、商売女を押しつける。その女性に惚れこんでしまったピグマリオンは、「早まって、式も挙げずに、彼女を妻に」してしまう。次のような教訓によって、この詩は結ばれる。

気ままに暮らし、あらゆる娘たちを避け、
自分が愛とは無縁だと思っている人間は、
いったん娘の姿を目にすると、
すぐに心を奪われてしまう。

だから娘たちにはしょっちゅう会い、
口づけをして、愛してやるのがいい。
それに慣れておけば、
あんな馬鹿な目をみることはない。

さあ君たち、よく覚えておいて、
ぼくの言うとおりにするがいい。
さもないと、愛の神は君たちに罰として、
女房を押しつけるにちがいない（G I-1-69）。

こうしてゲーテは、女嫌いが災いして女房を押しつけられてしまうピグマリオンを反面教師にして、恋愛を讃美する一方で、結婚による束縛を忌避しようとするのである。さらに、戯曲『感傷の勝利』（一七七八）には、愛する王妃マンダンダーネに瓜二つの人形をいつも持ちあるいている、王子オロナーロが登場する。人形のなかには、『新エロイーズ』や『若きヴェルテルの悩み』といった彼の愛読書がつまっている。周囲の人々が、生身のマンダンダーネを人形に扮装させて、王子の前に立たせてみると、彼はこれまでのような愛の喜びを感じることができなくなってしまう。お気に入りの人形を再び返してもらった彼は、マンダンダーネに別れを告げ、人形に向かってこう語りかける。「これこそはわが神、これがわが心を、あの人の心へと引きよせてくれるのだ」(G I-5-122)。ここでは、彫像を生身の恋人へと変容させるピグマリオンの物語は、人形の恋人しか愛することができないフェティシストの物語へと反転する。ここからホフマンの『砂男』（一八一六）、生身の恋人クラーラを、「この生命のない呪わしい自動人形め」(Ho 3-32) と罵り、自動人形オリンピアにその愛を捧げる、詩人ナターナエルの物語までは、もうあと一歩である。

四　異類の女性──フーケー『ウンディーネ』／ホフマン『黄金の壺』／『砂男』

ドイツ・ロマン主義の作家フリードリヒ・ド・ラ・モット・フーケー（一七七七―一八四三）の小説『ウンディーネ』（一八一一）は、水の精と人間の男性とのあいだの悲恋の物語である。森のなかで道に迷い、湖のほとりに住む老漁師夫婦の小屋に一夜の宿を求めた騎士フルトブラントは、夫婦の養女ウンディーネに恋をする。増水した川のために、城へ戻れなくなったフルトブラントは、ちょうどそこへ来あわせたハイルマン神父の立ち会いのもとで、ウンディーネとの結婚式を挙げる。その翌朝、ウンディーネは、川のほとりで、自らの素性を夫に打ちあける。水の精ゆえに魂をもたなかったウンディーネは、水界の王である父の、「一人娘に魂をもたせてやりたい」という意図にしたがって、地上に送りだされた。というのも、「このうえなく親密な愛のきずな」によって、人間と結ばれることによってのみ、水の精は、魂を得ることができるからである。彼女は、フルトブラントにこう語りかける。「〈今では私には、魂があります。それは、言いようもなく愛しいあなたのおかげです。たとえあなたが、私を一生みじめな目にあわせたとしても、私はあなたに感謝することでしょう。（…）〉」。彼女はさらに語ろうとしたが、フルトブラントは、心からの感動と愛にみたされて彼女を抱き、再び岸辺へと運んでいった。ここで初めて彼は、涙と口づけのうちに、かわいい妻をけっして見すてないと誓いをたて、自作の石像にヴィーナスが生命を吹きこんで恋人にしてくれた、ギリシアの彫刻家ピグマリオンよりも、自分は幸福だと自賛した」(FU 48)。ピグマリオンが、彫像に生命を吹きこんで、生身の女性へと変容させたとするなら、フルトブラントは、水の精に魂をあたえて、人間の女性へと変貌させる。こうして、ロマン主義において、ピグマリオンのモティーフは、異類婚の主題と結びつけられ、芸術家とその作品との合一をめぐる物語は、人間と自然との合一をめぐる物語へと書きかえられるのである。

ウンディーネの水の精から人間への変貌は、彼女のふるまいの大きな変化となってあらわれる。ウンディーネと初めて出会ったとき、フルトブラントは、彼女が恥じらいのあまり、すぐに顔をそむけるだろうと考える。「だが、事情はまったく違っていた。というのも、彼女は長いあいだ彼を見つめると、なれなれしく彼に歩みより、彼の前にひざまずき、彼が立派な鎖につけて胸にさげていた、金のメダルをもてあそびながら、こう言った。〈美しい、やさしいお客さま、どうしてまたこんな貧しい小屋にいらしたの?〉」(FU 11)。そして、フルトブラントが、ウンディーネの前で、恋人ベルタルダの話を始めると、彼は左手に激しい痛みを感じる。「ウンディーネが、その真珠のような歯で、彼の指に鋭く嚙みついた」(FU 24)からである。それにたいして、結婚式の翌朝、彼女はまるで別人のようになって、養父母と夫の前にあらわれる。「彼女は一日中、そんなふうだった。静かで、やさしく、よく気のつく主婦であると同時に、花も恥じらう乙女だった。以前の彼女のことを知っていた三人は、いつもの気まぐれないたずらが、すぐにまた戻ってくるだろうと思っていた。だが、そんな気配は見えなかった。彼女はいつまでたっても、天使のようにやさしく、たおやかだった」（FU 45）。だが、気性の激しい自然児から貞淑な妻へのウンディーネの変貌は、同時にまた、官能性と身体性の喪失をも意味している（Stephan 137）。川のほとりでの口づけのあと、城に戻って新婚生活を始めるフルトブラントとウンディーネがかわす身体的接触が、作品のなかで描かれることはない。そして、二人のあいだには、ベルタルダが割りこんでくる。「フルトブラントの心はウンディーネから離れ、ベルタルダへと向かいはじめ、ベルタルダは燃えるような愛で、ますますこの若者に応え、フルトブラントとベルタルダは、かわいそうな妻を憐れむよりはむしろ、よそ者として恐れているようだった」（FU 67）。

ウンディーネとベルタルダとともに、ドナウ河で舟遊びをするフルトブラントは、水の上にいるときは、妻のことを罵らないという誓いを破ってしまい、ウンディーネは、「私への操を守ってください」（FU 85）という言葉を残して、水の底へと帰ってゆく。そして、この約束にもそむいて、ベルタルダとの結婚式を挙げたフルトブラントの前に、ウンディーネが再びあらわれ、彼に死の口づけをあたえるのである。「〈あなたはもう一度、私を見てくださらないのですか〉、と女は答えた。〈あなたが湖のほとりで私に求婚してくださったときと変わらず、私は美しいのに〉。〈ああ、そうだったなら〉、フルトブラントはため息をついた、〈そして、お前の口づけで死ぬことができるのなら〉。〈喜んでそうします、いとしい人〉、と彼女は言った。そして彼女はヴェールを取り、その優美な顔が、この世ならぬ美しさをたたえて、微笑みかけてきた。愛と死の予感に震えながら、騎士は彼女に身をもたせかけ、彼女は彼にこの世ならぬ口づけをした。だが彼女は、もはや彼を離すことなく、ひしと抱きしめて、魂も尽きよとばかりに泣きつくした。涙は騎士の目に入り、快い痛みのうちに、その胸をつたって波うち、ついに彼は息絶えて、骸となって、彼女の美しい腕から、寝床の枕へと沈みこんだ」（FU 96f.）。この場面は、川のほとりでフルトブラントが、「涙と口づけのうちに」、ウンディーネに永遠の愛を誓った場面と、正確な対称形をなしている。フルトブラントの愛が、ウンディーネに人間の魂をあたえたのにたいして、彼女の口づけは、騎士からその生命を奪い去る（Kraß 308）。ウンディーネは、魂の獲得と引きかえに失ってしまった官能性と身体性を、ここで再び取りもどす（Stephan 139）。そして、フルトブラントは、自らの罪をあがなおうとするかのように、彼女の口づけに自発的に身をゆだねるのである。彼の葬儀の場には、白衣の女があらわれ、彼女が立っていた場所からは、泉が湧きだして、騎士の墓を取りかこむ。そしてこの作品は、次のように結ばれる。「のちの時代にも、村人たちはこの泉を指さして、かわいそうに捨てられたウンディーネが、こうして今もやさしい腕で、いとしい人を抱いているのだ、と信じていたという」（FU 99）。人間と自然とのあいだの合一が、人間の罪過ゆえに、この世では不可能であることを物語るこの作品は、その結末において、彼岸での合一の可能性を暗示しているように思われる。そして、フルトブラントとウンディーネが最後にかわした口づけと抱擁は、そのメタファーともなっているのである。

フーケーの『ウンディーネ』が出版された翌年の一八一二年七月、後期ロマン主義の作家であると同時に、作曲家でもあったエルンスト・テーオドーア・アマデーウス・ホフマン（一七七六―一八二二）は、この作品をオペラに仕立てあげることを思いたつ。フーケー自身の台本にもとづいて、ホフマンが作曲したオペラ『ウンディーネ』は、一八一四年八月に完成し、一八一六年八月にベルリンで初演され、成功をおさめた。このオペラの結末は、原作とは少しことなったものになっている。ウンディーネがフルトブラントに死の口づけと抱擁をあたえ、二人が泉の底に沈んでいったあと、舞台には、「貝や真珠や珊瑚や奇妙な海草からなる幻想的な宮殿の正面玄関」があらわれ、「その下でウンディーネが、気を失ったように横たわるフルトブラントを腕に抱き、優しく彼の方に身をかがめている。ありとあらゆる水の精たちの一団が、そのまわりをとりまき、その上にはキューレボルンの姿がそびえている」（H 2/2-517f.）。フーケーのもとの台本では、ハイルマン神父が、ウンディーネの伯父キューーレボルンに、こう語りかけることになっていた。「よりよき意志が、勝利をおさめた。そなたが死者と呼ぶものは、光へと生まれかわったのだ」（H 2/2-683）。だがホフマンは、ハイルマン神父の登場する場面を、このオペラの終幕から削除した。そのことによって、彼は、フルトブラントの死を、キリスト教的な彼岸における救済としてではなく、人間界から自然界への救出としてとらえなおそうとしたのである（Kraß 316）。

オペラ『ウンディーネ』のこの大団円は、この作品の作曲と並行して、ホフマンが執筆を進めていた『黄金の壺』（一八一四）の結末を思いおこさせる。『ウンディーネ』と同じく、異類婚を主題とするこの作品では、フーケーの作品とは対照的に、主人公の大学生アンゼルムスが、火の精サラマンダーの娘セルペンティーナと結ばれて、詩人としてアトランティスの国へと迎えられることになるからである。じっさい、この「新しい時代のメールヒェン」の筋書きは、フーケーの『ウンディーネ』のそれと、驚くほどよく似ている。ウンディーネが、水界の王である父の意志にしたがって、フルトブラントとの結婚によって、人間の魂を獲得したように、セルペンティーナは、アトランティスの国から追放された父の故郷への帰還をかなえるために、「無垢な詩人の心」(H 2/1-291) をもった人間界の男性アンゼルムスと結ばれる。そして、フルトブラントの愛が、人間界の恋人ベルタルダとウンディーネとのあいだに引き裂かれていたように、アンゼルムスの心もまた、教頭パウルマンの娘ヴェローニカとセルペンティーナとのあいだをゆれ動く。だが、ウンディーネからベルタルダへと心変りしたフルトブラントとはことなり、アンゼルムスは、セルペンティーナへの愛をつらぬきとおす。二つの作品が対照的な結末に終わるのは、フルトブラントとは違って、アンゼルムスが、「無垢な詩人の心」の持ち主であるからにほかならない。こうしてホフマンは、人間と自然との合一の不可能性をめぐるフーケーの物語を、その可能性をめぐる物語へと書きかえたのである。

むろん、『黄金の壺』には、ピグマリオンのモティーフは登場しない。だが、最初は蛇の姿でアンゼルムスの前にあらわれたセルペンティーナは、彼の詩人としての成長にともなって、美しい娘へと変貌をとげる (Schmitz-Emans 120)。「第一の夜話」で、アンゼルムスは、昇天祭の夕方、エルベ河のほとりのにわとこの木の下で、奇妙な体験をする。「明るいクリスタルの鈴のような三和音」とともに、「金緑色に輝く三匹の小蛇たち」が、彼の前に姿をあらわす。「そのとき、彼の全身を、電気のような衝撃がつらぬき、彼が見あげると、二つのすばらしい暗青色の目が、言いしれない憧れをこめて彼を見つめ、これまで感じたことのない無上の幸福と、このうえなく深い苦悩のために、彼の胸は張りさけそうになった」(H 2/1-234)。ここではセルペンティーナは、もっぱらアンゼルムスの聴覚と視覚を介してその姿をあらわし、彼女が蛇の姿のままにとどまっているかぎりは、二人のあいだに身体的接触は成立しない。だが、セルペンティーナの父である火の精サラマンダーの世をしのぶ仮の姿、文書管理官リントホルストのもとで、古文書の筆写の仕事につくようになったアンゼルムスは、「第八の夜話」で、「ある種の特別な文字で書かれた文書の筆写、というよりはむしろ模写」(H 2/1-285)を命じられる。そのとき初めてセルペンティーナが、「愛らしくすばらしい娘」の姿となって、彼の前にあらわれる。「彼女は、同じ椅子のアンゼルムスのかたわらに腰をおろし、彼に腕をまわし、ひしと寄りそったので、彼女の唇からもれる息吹と、彼女の身体の電気のような暖かさが感じとれた。(…)アンゼルムスは、彼女の優美で愛らしい姿にすっかり絡みつかれ、彼女とともにしか動くことができず、自分の全身をつらぬいているのは、彼女の心臓の鼓動にほかならないような気がした。彼は、彼女の言葉のすべてに耳をかたむけ、それは彼の心の奥底にまで響き、輝く光のように、天上の喜びを彼のうちにともした」(H 2/1-287f.)。こうして、アンゼルムスと一心同体となったセルペンティーナは、自分自身の身の上を、彼に物語る。彼女の父サラマンダーは、かつてアトランティスの国で幸せに暮らしていたが、緑の蛇との結婚によって、フォスフォルス王の怒りに触れて、アトランティスから追放され、人間界で暮らすようになった。

だが、彼の三人の娘たちが、「無垢な詩人の心」をもった青年と結ばれることによって、アトランティスへの帰還がかなうというのである。そして、この物語を語りおえたセルペンティーナが、アンゼルムスと「熱いくちづけ」をかわして姿を消すと、彼の知らないあいだに、「神秘にみちた原稿の筆写は、首尾よく終わっていた。その筆跡をよく眺めてみると、不思議の国アトランティスで、霊界の王フォスフォルスのお気に入りだった父のことを物語った、セルペンティーナの物語を書きとったものらしかった」(H 2/1-292f.)。こうしてアンゼルムスは、たんなる書記から詩人へと変貌をとげる。なぜなら、彼が今書きあげたものは、セルペンティーナの物語であると同時に、彼女と結ばれてアトランティスの国で暮らすことになる、彼自身の物語でもあり、それは、彼の「無垢な詩人の心」の証しにほかならないからである。

だが、この作品が、「新しい時代のメールヒェン」と銘打たれているゆえんは、アンゼルムスの詩人への成長というメールヒェンの主題が、現実世界からの視点によって、たえず相対化されている点にある。にわとこの木を抱きしめて、セルペンティーナに語りかけるアンゼルムスの「ばかげたふるまい」には、「立派な市民の女性」が、「あの方はたぶん正気ではないのね」(H 2/1-235)と冷水を浴びせかける。教頭パウルマンと書記官ヘールブラントは、アンゼルムスが「精神を病んでいる」と考えて、彼の「気をまぎらわせる」(H 2/1-249)ために、リントホルストのもとでの筆写の仕事を紹介する。他方、ヴェローニカへの思いにとらわれて、リントホルストの原稿にインクのしみをつくってしまったアンゼルムスは、罰としてガラス壜のなかに閉じこめられる。彼が周囲を見まわすと、ほかにも数人の学生たちが、壜のなかに入れられている。だが、彼らは、アンゼルムスのことを笑ってこう語る。「この学生さんは、頭がおかしい。ガラス壜のなかに入っていると思いこんでいるが、エルベ河の橋の上に立って、水のなかを見おろしているだけじゃないか」（H 2/1-305）。むろん、最後にはアンゼルムスは、壜のなかから解放される。だが、彼の視点から見れば、セルペンティーナと結ばれて、アトランティスの国へと旅立つことになるこの結末は、学生たちの視点からすれば、アンゼルムスのエルベ河への投身自殺を暗示してもいる（McGlathery 117）。なぜなら、セルペンティーナのすみかは、エルベ河のなかにあり、アンゼルムスはすでに一度、セルペンティーナのあとを追って、エルベ河に飛びこもうとしたことがあったからである。こうして、アンゼルムスの詩人としての自己形成の物語には、彼の狂気と死の物語が、まるでパランプセストのように重ね書きされているのである（Liebrand 112）。

『黄金の壺』では、暗示されるだけにとどまっていた、文学的想像力と狂気や死との結びつきは、ホフマンが次に取りくむ作品『砂男』（一八一六）の主題となる。人間界の恋人と異類の女性とのあいだに引き裂かれた主人公という人物設定においても、この二つの作品は、鏡像のようによく似ている。アンゼルムスが、ヴェローニカの住む現実世界をあとにして、セルペンティーナとともにアトランティスへと旅立ったのと同様に、この作品の主人公である大学生ナターナエルもまた、生身の恋人クラーラを、「この生命のない呪わしい自動人形め」と罵る一方で、本物の自動人形オリンピアに恋をする。アンゼルムスの詩人としての成長にともなって、セルペンティーナが蛇から美しい娘へと変貌したように、ここでは、詩人肌のナタ―ナエルの想像力が、自動人形オリンピアを、生身の恋人へと変容させる。人間と自然との合一可能性をめぐる『黄金の壺』の物語が、ここでは、人間と機械との交換可能性をめぐる物語へと書きかえられるのである。

むろんここでも、ピグマリオンの名が直接言及されることはない。だが、自動人形オリンピアに生命が吹きこまれる場面は、ピグマリオンの物語を思いおこさせる。レンズ職人コッポラから望遠鏡を売りつけられたナタ―ナエルが、隣りに住む物理学者スパランツァーニ教授の部屋にそれを向けると、教授の娘オリンピアの姿が目に入る。「今初めてナタ―ナエルは、オリンピアのすばらしく美しい顔を眺めた。ただ目だけが、奇妙にこわばって、死んだように見えた。だが、望遠鏡を通してよくよく眺めるうちに、オリンピアの目に、しっとりとした月の光がさすようだった。今初めて視力がともされたかのようで、まなざしは、ますます生き生きと燃えさかった。ナタ―ナエルは、呪縛されたように窓辺に横たわり、この世ならぬほど美しいオリンピアを、いつまでも眺めていた」(H 3-36)。第二章でくわしく見るように、ここで自動人形の目に生命の光をともすものは、望遠鏡を介したナタ―ナエルの視覚にほかならない。スパランツァーニ教授の家でひらかれるパーティーの場面でも、同じことが繰りかえされる。「オリンピアの手は氷のように冷たく、彼は恐ろしい死の悪寒に震えあがった。オリンピアの目をじっと見つめると、その目は愛とあこがれにみちて彼に光を投げかけ、その瞬間、冷たい手に脈がかよい、生命の血潮が燃えはじめるかのようだった」(H 3-39)。オウィディウス以来のピグマリオン物語において、彫像に生命を吹きこむさいに決定的な役割をはたしてきた触覚は、ここでは視覚に取ってかわられるのである。

ルソーの『ピグマリオン』においてと同様に、ここでもまたナターナエルの視覚は、文学的想像力のメタファーであると同時に、幻覚を生みだす狂気にも通じている。だが、ルソーの作品とはことなり、『砂男』では、ナターナエルが、自らの想像力の産物である恋人オリンピアと、触覚を介して合一をはたすことはない。スパランツァーニ教授とコッポラとのいさかいによって、自動人形オリンピアは解体され。それを目の当たりにしたナターナエルは、狂気におちいってしまう。そして、病が癒えて、婚約者クラーラとともに市庁舎の塔にのぼったナターナエルが、ポケットにあった望遠鏡を取りだして、クラーラの顔を眺めると、かつての狂気が再発し、彼は塔の上から落下して、無残な死をとげる。こうして、ピグマリオンの物語は、触覚を介して自らの作品との合一をとげる芸術家の物語から、視覚＝幻覚にとらわれて現実を見失い、狂気と死へと身をゆだねる詩人の物語へと反転するのである。

五　ヴィーナスの誘惑――ホフマン『悪魔の霊液』／アイヒェンドルフ『大理石像』

ホフマンの作品のなかで、ピグマリオンの名が言及されるのは、『砂男』と同時期に書かれた長篇小説『悪魔の霊液』（一八一五―一六）の第二部第二章においてである。小説の主人公メダルドゥスの一族の始祖にあたる画家フランチェスコは、ある修道院から聖女ロザーリアの肖像を描いてほしいという依頼を受け、「ある有名なヴィーナス像」(H 2/2-279)に似せて、聖女の肖像を描こうと思いたつ。悪魔の霊液の助けを借りて、肖像画を描きあげた画家は、ちょうど「異教の彫刻家ピグマリオン」と同じように、「自分の絵に生命を吹きこんでほしいと、ヴィーナス夫人に嘆願」する。数日後、肖像に瓜二つの美しい女性が彼の前に姿をあらわし、彼は、「心の奥底からの思いをこめて、大理石像に似せて作りあげた肖像を、いま生身の姿で、考えられるかぎりの美しさで目の前にして」(H 2/2-283)、驚嘆にとらわれる。画家は、彼女といっしょに暮らすようになるが、やがて二人のあいだにできた子供を産みおとすと同時に、彼女は醜悪な姿に変貌して死をとげる。「恐ろしく変形した死体を見て、一同は確信した。彼女は悪魔と結託しており、今や悪魔の手にゆだねられたのであり、その美貌は、いまわしい魔術によるまやかしの姿にほかならなかった」(H 2/2-285)。そして、フランチェスコがおかしたこの瀆神行為は、彼の子孫に災いをもたらすことになる。ここでは、彫像に恋をした彫刻家の物語は、絵姿に惑わされた画家の物語へと変形され、ヴィーナスは、彫像に生命を吹きこむ女神から、男性を誘惑する魔女へと変貌をとげる。そして、異教とキリスト教との対立を背景にしたピグマリオン物語のこうした書きかえは、後期ロマン主義の作家ヨーゼフ・フォン・アイヒェンドルフ(一七八八―一八五七)へと引きつがれてゆくのである。

アイヒェンドルフの短篇小説『大理石像』(一八一八)は、人間界の恋人と異界の女性とのあいだでゆれ動く若者を主人公にしているという点で、これまでに見てきた、『ウンディーネ』から

『黄金の壺』をへて『砂男』へといたる異類婚物語の系譜のなかに位置づけることができる。この作品の主人公である詩人志望の若者フローリオは、イタリアの町ルッカを訪れ、高名な詩人フォルトゥナートと少女ビアンカに出会う。その日の夜、ビアンカへの思いを胸にいだいて、町の外へとさまよい出た彼は、池のほとりに立つ大理石のヴィーナス像の魅惑にとらわれる。「フローリオは、じっと立ちつくして眺めいった。というのも、彼にはその姿は、長いこと探しもとめていて、今突然それとわかった恋人のように、幼年時代の春の薄明や、夢のような静けさのなかから浮かびあがった不思議な花のように思われたからだった。長いあいだ見つめていると、情のこもった目がゆっくりと開き、唇が動きだして挨拶の言葉を語り、愛らしい歌のように美しい肢体に、温かな生命がやどるかのようだった。彼は、眩惑と憂愁と恍惚のあまり、長いこと目を閉じたままでいた」。この場面には、ピグマリオンのモティーフを、明瞭に見てとることができる。だが、ホフマンの『砂男』と同様に、ここでもまた、大理石像に生命を吹きこむものは、フローリオのまなざしにほかならない。さらにここでは、大理石像は、フローリオの幼年時代の記憶と結びつけられることによって、現実の世界から彼の内面へと移しかえられる（Begemann 141f.）。それゆえにこそ、彼はあたかも外界に背を向けるかのように、目を閉ざすのである。だが、それに続く場面では、大理石像のさらなる変貌が描かれる。「彼がまた目を上げると、突然すべてが一変したかのようだった。月が雲間から奇妙な顔をのぞかせ、強まった風が池に濁った波をたて、ヴィーナス像は、ぞっとするほど白く身じろぎもせず、はてしない静けさのなかから、石の眼窩でほとんど恐ろしげに彼を見つめていた。これまで感じたことのない恐怖が、若者を襲った」(E 397)。ここでは、いったん生命を吹きこまれたかに見えたヴィーナスが、再び大理石像へと立ちもどることによって、ピグマリオンのモティーフは転倒される。そして、正反対の方向へと向かうこの二つのモティーフは、この作品の結末において、再び繰りかえされるのである。

騎士ドナーティの手引きで、ヴィーナス像に瓜二つの貴婦人の邸宅を訪れたフローリオは、彼女と二人きりで一夜を過ごす。だが、外からは、ヴィーナスの誘惑にたいして警告を発するかのように、フォルトゥナートのものとおぼしき歌声が聴こえてくる。「そのときフローリオは、突然二、三歩跳びすさった。というのも、貴婦人が目を閉じ、顔も腕も蒼白になって、じっと立ちつくしているように見えたからだった。だが、束の間の稲妻とともに、この恐ろしい幻覚(Gesicht)もすぐに消えうせた。もとの薄明が再び広間をみたし、貴婦人は先ほどと同様に、また微笑みながら彼を見つめたが、黙ったまま憂わしげに、涙をおさえかねているようだった。フローリオはそのあいだに、驚いてあとずさりし、壁ぎわにならんでいる石像の一つにぶつかった。その瞬間、石像は動きだし、その動きはすぐにほかの石像にも伝わり、やがてすべての石像が、恐ろしい沈黙のうちに台座から立ちあがった。フローリオは剣を抜き、おぼつかないまなざしを貴婦人に向けた。庭でますます力強くなる歌の響きのもとで、彼女が薄れてゆく夕映えのようにますます青ざめてゆき、魅力的に輝いていた瞳もついには消えいらんばかりに見えるのに気づいたとき、死ぬほどの恐怖が彼をとらえた」(E 420)。フォルトゥナートの歌声に導かれるようにして、フローリオは邸宅から逃れである。「下の庭のかたわらには、あの最初の夜、彼が見た静かな池のほとりに、大理石のヴィーナス像が立っていた。歌びとフォルトゥナートが、池のさなかに浮かぶ小舟のなかに、顔をそむけてすっくと立ち、まだ彼のギターで、和音をいくつかかきならしているようだった」(F 420f.)。ここでは、視覚＝幻覚を介してフローリオを誘惑するヴィーナスにたいして、フォルトゥナートの救済の力は、音楽となって彼の聴覚に働きかけるのである(MacLeod 104f.)。

貴婦人のもとで一夜を過ごすフローリオが、フォルトゥナートの歌声に心を動かされて、神に救いを求めると、邸宅の窓敷居が、雑草の生い茂る廃墟の石壁へと変貌する。「一匹の蛇が、しゅうしゅうと音をたててあらわれ、緑色がかった金色の尾をくねらせながら、深淵へと落ちていった」(E 419)。フローリオを貴婦人のもとへと導く騎士ドナーティも、そして貴婦人自身も、それと同じ「緑色がかった金色の光」(E 392, E 415)をおびている。ホフマンの『黄金の壺』で、セルペンティーナが放っていた「金緑色」の光が、ここでは悪しき誘惑者たちのシンボルとなっているのは、偶然ではないだろう(Strenzke 33f.)。じっさい、『大理石像』は、ホフマンの異類婚物語にたいする応答として読むことができる。人間界の恋人を捨てて、異類の女性に身を捧げようとしたホフマンの主人公たちとは対照的に、フローリオは最後には、ヴィーナスの誘惑から逃れ、清純な少女ビアンカと結ばれる。そして、彼に救済をもたらすものは、フォルトゥナートが体現する敬虔な芸術の力にほかならない。ヴィーナスの神殿の廃墟をさし示しながら、フォルトゥナートはフローリオにこう語る。「誠実な詩人は、多くのことをやりとげることができます。というのも、驕りもたかぶりもしない芸術は、地底からわれわれに手をのばす荒々しい地霊たちを封じこめ、手なずけてくれるのです」(E 426)。ホフマンの作品において、文学的想像力が、異類の女性を、美しい恋人へと変容させる力を意味していたとするなら、ここでは文学と芸術は、まさしくそれとは正反対に、誘惑者ヴィーナスを、もとの大理石像へと立ちもどらせる役割をはたしているのである。

作品の結末で、ルッカの町をあとにするフローリオは、三人の道連れといっしょになる。一人はフォルトゥナートであり、あとの二人は、ビアンカの伯父ピエトロと見知らぬ少年である。ヴィーナスの呪縛から解放されたフローリオは、道連れの少年が、男装をしたビアンカであることに気づく。「彼女がどれほど美しいか」(E 427)を今初めて知った彼は、ビアンカに永遠の愛を誓う。「こうして幸せな二人は、光り輝く草原を、花咲くミラノへと、楽しげに下っていった」(E 428)という言葉によって、小説は結ばれる。だが、この作品のなかでは、ヴィーナスと同様に、ビアンカもまた変容をとげる。フローリオが初めてビアンカと出会ったとき、彼女は、「深い、暗く燃えるようなまなざし」(E 388)で彼を見つめ、彼女への思いを歌に託したフローリオが、彼女の「赤い熱い唇に口づけをすると、彼女は喜んでなすがままにまかせ」(E 389)る。ピエトロの邸宅でもよおされる夜会で、ビアンカは、「ギリシア風の衣装」と「仮面」(E 407)をまとってフローリオの前にあらわれるが、彼はそれがビアンカだと気づくことがない。彼女の姿は、やがてフローリオの目の前で、「奇妙な分身」(E 408)へと分裂し、彼にはその姿が、「今ではさっきよりずっと大きく、すらりとして、気高いかのように」思われる。そして、最後にヴェールを取りはらった彼女の顔は、

「ほとんどかつての池のほとりの大理石像のように、青ざめて動かないように」(E 411) 見える。こうしてフローリオの想像力のなかで、ビアンカとヴィーナスは、一つに重ねあわされる。それにたいして、結末の場面で、再びフローリオの前にあらわれるビアンカは、自らの女性としての身体性を否認しようとするかのように、「少年の衣装」(E 427) を身にまとっている。そして、彼女に永遠の愛を誓うフローリオにたいして、彼女は一言も言葉を返すことがない。「ビアンカは何も答えず、自ら問いかけるように、おずおずとした喜びをなかば抑えて彼を見つめ、紺碧の朝の空を背景にした、晴れやかな天使の絵のように見えた」(E 428)。「天使の絵 (Engelsbild)」というこの比喩は、ヴィーナスのみならず、ビアンカもまた、生身の女性から、芸術作品へと変容させられたことを暗示しているように思われる。そして、この結末は、一九世紀におけるピグマリオン・モティーフのさらなる変貌を、すでに先取りしているのである。

六　大理石の恋人——ケラー『緑のハインリヒ』／シュティフター『晩夏』

一九世紀のスイスを代表する作家ゴットフリート・ケラー (一八一九—九〇) の長篇小説『緑のハインリヒ』(第一版　一八五四／五五) の前半部に登場する、主人公ハインリヒの二人の恋人、肉感的な未亡人ユーディトと、清純な少女アンナは、アイヒェンドルフの『大理石像』のヴィーナスとビアンカを連想させる。じっさい、「一種のローレライと見なされていた」（KE 2-225）ユーディトは、その豊満な肢体によって、少年ハインリヒを魅了する。「朝によく私は、彼女が腰までかかる豊かな髪を梳いているところに行きあわせた。私は、この波うつ絹のような髪をもてあそびはじめ、彼女は両手を膝において、美しい頭を私の手にゆだね、戯れがしだいに愛撫に変わっていっても、微笑みながら、そのままにしているのが常だった」（KE 2-267）。それから二年後、彼女はその白い肌を惜しげもなくハインリヒの前にさらして、彼を誘惑する。「コーヒーが沸くあいだに、彼女は部屋に入って、襟巻を取って晴れ着を脱ぎ、白い下着姿になって戻ってきた。腕はむきだしで、純白の亜麻布から、目のくらむほど美しい両肩があらわれていた。すぐにまた私は動揺したが、じっと彼女を見つめるうちに、この肢体の静かな明澄さに触れて、目のくらみはおさまった」（KE 2-444f.）。ここでは、ユーディトの美しい肉体を見つめることによって、ハインリヒは落ち着きを取りもどす。ホフマンやアイヒェンドルフの場合とはことなり、ここでは視覚は、幻覚を生みだすのではなく、対象とのあいだに距離を作りだすのである。そして、よく知られたユーディトの水浴場面でも、同じことが繰りかえされる。夜の散歩の途中で、「裸体のユーディト」の姿が、小川のなかから、ハインリヒの目の前にあらわれる。「今彼女は、水のしたたる白い足を、乾いた石の上にのせて私を見つめ、私も彼女を見つめた。彼女は、私から三歩のところで、一瞬立ちどまった。明るい月あかりのもとで、彼女の肢体のすべてがはっきりと見えたが、その姿は巨大な古い大理石像のように、不思議にも大きく、美しくなっていた。肩にも、胸にも、腰にも、水がきらめいていたが、それにもまして輝いているのは、黙ったまま私に向けられた彼女の目だった。今彼女は、腕をさし上げて、私の方へ向かってきた。だが私は、熱くまた冷たい戦慄と畏敬の念にとらわれて、彼女が一歩前へ進むたびに、蟹のように後ずさりしたが、それでも彼女を見失うことはなかった。こうして私は、木立の下に入りこみ、キイチゴの茂みにぶつかって、また立ちどまった。私は今や、暗がりに身を隠していたが、彼女は光の中に浮かびあがり、ほのかに輝いていた。私は冷たい木の幹に頭を押しつけて、身じろぎもせず、この光景に見入っていた」(KE 2-521f.)。フローリオの目の前で、ヴィーナスの大理石像に生命がやどるかに見えたのとは対照的に、ここではハインリヒのまなざしは、ユーディトの裸身を、大理石像へと変貌させる(Hess 385)。彼女の身体から距離をたもち、その視線から身を隠すことによって、ハインリヒは、官能の誘惑に屈することなく、美的体験を享受することができるのである(Begemann 146f.)。だが、まさしく互いのあいだに作りだされるこうした距離のゆえに、二人は結ばれることがない。病身のアンナの死を体験したハインリヒは、「死者の追憶」(KE 2-537)に身を捧げるために、ユーディトに別れを告げる。ユーディトは、アメリカへの移住団に身を投じ、小説の第一版では、その後二度とハインリヒの前に姿をあらわすことはない。

ケラー自身の言葉を借りるなら、「詩となった絵(gedichtete Bilder)」(KE 7-309)として描きだされたこうした女性像の特徴は、ハインリヒのもう一人の恋人であるアンナのうちに、いっそう明瞭に見てとることができる。画家をこころざすハインリヒは、記憶をたよりにして、彼女の肖像画を描きあげる。この「ビザンチン風の」(KE 2-355) 肖像画は、「このうえなく優美な木彫りの細い額縁」におさめられ、「新しいすきとおったガラス」(K 2-362) でおおわれる。だが、こうして恋人を、「メールヒェンのような聖女像」として描きだすことが、彼の「アンナへの接近を困難にしてしまう」(KE 2-363)。額縁とガラスのなかに閉じこめられた恋人のイメージは、アンナの死と埋葬の場面にもあらわれる。彼女の亡骸をおさめた棺には、「音楽を演奏する三人のかわいらしい天使たち」(KE 2-533) を描いたガラスがはめられる。そして、「このガラスのせいで私は、それがおおっているこの宝物が葬られるのを、自分の経験、自分の人生の一部にガラスと額縁をはめたかのように、高揚した厳粛な気分で、だがまったく平静に見ることができた」(KE 2-536)。

『緑のハインリヒ』第一版の出版から四半世紀をへて、ケラーはこの小説に大幅な改稿をくわえた第二版(一八七九/八〇)を刊行する。ここでは、官能的なユーディトの水浴場面は削除される。だがその一方で、主人公の死によって結ばれていた第一版とはことなり、第二版の結末では、ハインリヒは町役場の書記となり、アメリカから帰国したユーディトと再会する。公務のために、岩山にはさまれた谷間を訪れたハインリヒは、「岩と同じ灰色の軽やかな姿が、岩棚にそって滑るように動いている」(KE 3-851) のに目をとめる。「その姿は、まちがいなく女性だったが、岩壁のはずれまで来ると、また向きを変えて、同じ道を戻っていった。まるで山の精が、岩のなかから抜けだしてきて、夕日のなかを行き来しているかのようだった」(KE 3-852)。それは、一〇年ぶりに帰郷したユーディトだった。第一版で、生身の女性から大理石像へと変貌をとげたユーディトは、第二版では、こうして岩のなかから、再び生身の女性となってたちあらわれる（Dominik Müller 44）。だが、彼女が身につけている「軽い灰色の生地でできた婦人服と灰色のヴェール」（KE 3-852）は、彼女がもはや、かつてのような誘惑者ではないことを物語っている。彼女はアメリカで、「人々の苦境と戦い、移住者仲間たちを教育し、団結させねばならず、必要に迫られて、気高く立派な人間へと自己を高めた」（KE 3-855）のである。「彼女は私を、激しく腕に、そして豊満な胸に抱きしめ、やさしく私の口にキスをして、小声で言った。〈これで、私たちのきずなは結ばれました。でも、あんたにとってそれは、さしあたりのものです。どんな意味でも、あんたは自由だし、自由であるべきです〉。こうして私たちの関係は、それ以上には進まなかった。まだ二〇年間、彼女は生きていた。私は活動し、もはや黙ってはいなかった。力のかぎり、あれこれの仕事をなしとげ、いつも彼女がそばにいた。任地が変わると、彼女はついて来ることもあれば、来ないこともあった。だが、会いたくなれば、私たちは会った。世のなりゆきしだいで、あるときは毎日、あるときは週に一度、あるときは年に一度。だが、毎日であれ、年に一度であれ、会うときは、私たちにとって祝祭だった。疑ったり、迷ったりしたとき、彼女の声を聴きさえすれば、自然そのものの声を聴くかのようだった」（KE 3-861f.）。こうして、『緑のハインリヒ』の第一版から第二版への書きかえは、いったん大理石像へと変貌させられた誘惑者ユーディトに、ハインリヒの後半生の同伴者として、新たな生命を吹きこもうとする試みでもあったのである。

『緑のハインリヒ』とともに、一九世紀のドイツ語圏を代表する教養小説として知られる、オーストリアの作家アーダルベルト・シュティフター（一八〇五―六八）の長篇小説『晩夏』（一八五七）にもまた、主人公ハインリヒとその恋人ナターリエとのあいだの愛にまつわるモティーフとして、大理石像が登場する。だが、これまでに見てきた作品とはことなり、主人公ハインリヒの心が、二人の女性のあいだでゆれ動くことはない。彼の教育者であるリーザハ男爵の「薔薇の家」におかれた大理石の少女像の美に、ハインリヒが目を開かれてゆく過程と、彼がナターリエへの愛に目覚め、彼女と結ばれる過程とが、この作品では、並行して描かれる。ここでは、美の発見と愛の成就とが、一つに重ねあわされているのである。

初めて「薔薇の家」を訪れたとき、ハインリヒは、階段の踊り場におかれた「白い大理石の像」（S 4/1-81）から、とくに感銘を受けることはない。「薔薇の家」からの帰途、馬車に乗ったナターリエとその母マティルデとすれ違ったとき、彼は、「人間の顔は、スケッチするのに最適の対象かもしれない」（S 4/1-200）という思いをいだく。シェイクスピアの『リア王』を観劇したさい、桟敷席で見かけたナターリエの姿を、ハインリヒは、「言いようもなく美しい」（S 4/1-198）と感じる。「薔薇の家」で、リーザハからナターリエを紹介されたとき、彼には彼女の顔だちが、「途方もなく美しく」（S 4/1-241）思われる。こうした体験をへることによって初めて、ハインリヒは、大大理石像の美しさに開眼する。「彫像を見上げると、今日はまったく違ったように、私には思われた。少女の像は、芸術家のみが考えだし、想像力のみが思いえがき、深い心情のみが予感することのできるような美しい姿で、低い台座の上に立っていた」（S 4/2-73）。彼はその少女像から、リーザハの図書室でひもといた『オデュッセイア』に登場する少女ナウシカーの姿を思いおこす。「私は、生きていながら、沈黙をたもっている人のそばに立っているような気がして、少女が今にも動きだすのではないかと、ほとんど身ぶるいをおぼえた。私は像を見つめ、赤みをおびた稲妻と灰白色の色彩が、何度も交替するのを眺めていた」(S 4/2-75)。

リーザハは、ハインリヒの求めに応じて、この大理石像の来歴を物語る。イタリアのクーメの近郊で、彼が初めてこの像とめぐりあったとき、それは石膏でおおわれていた。この彫像を買いとって、「薔薇の家」へと持ちかえった彼は、石膏のなかに、古代ギリシアの大理石像が隠されていることに気づき、「粗悪な覆い」のなかから、「高貴な中味」(S 4/2-82)を取りだすことに成功する。古い芸術作品の修復作業に携わっているリーザハは、ハインリヒにこう語る。「いにしえの巨匠が作りだした形姿が、しだいに私たちの前にあらわれてきたとき、私たちの心をみたしたのは、たんなる創造の感情ではなく、それよりずっと高次の、事物に再び生命を吹きこんだという感情でした。そうした事物は、そのままでは失われてしまったことでしょうし、私たち自身には、それを創造することはできなかったことでしょう」(S 4/2-107)。こうしてこの小説では、彫像に生命を吹きこむ芸術家ピグマリオンの創造行為が、二度にわたっておこなわれる。最初は、修復を通して、古代芸術を新たに甦らせるリーザハによって。そして次には、大理石像の美を介して、生身の女性への愛に目覚めるハインリヒによって。

そして、ナターリエへの求愛が受けいれられ、彼女との結婚をひかえたハインリヒは、『オデュッセイア』を読みながら、再び大理石像に思いをはせる。「ナウシカーが登場すると、私は初めて本当に大理石像を眺めたときのような気分になった。固い素材でできた衣装は、軽く柔らかになり、手足が動き、顔には変化にとんだ生命がやどり、その姿はナウシカーとなって、私に歩みよった。（…）そのとき、美しいナターリエの姿が、ほほえみながら、私に寄りそった。彼女は、今のナウシカーだった。真実で、素朴で、感情を飾ることも、隠すこともなく。二人の姿が、一つに溶けあった」（S 4/3-129f.）。こうしてハインリヒのうちで、大理石像とナウシカーとナターリエの姿が、一つに重なりあうのである。

ハインリヒとナターリエが、互いの愛を確認しあう場面もまた、ナターリエの母マティルデの邸宅の大理石のニンフ像のもとで演じられる。「私は感情に圧倒され、彼女を引きよせて、自分の顔を彼女の顔にかたむけた。彼女は頭をこちらに向け、美しい唇をやさしく私の口につけて、私の口づけを受けた。〈永遠にきみだけのもの〉、と私は言った。〈永遠にあなただけのもの〉、と彼女は小声で言った」（S 4/3-265）。だが、この長大な作品のなかで、二人の恋人たちのあいだで身体的接触がかわされるのは、ふだんは冷静なハインリヒが、「感情に圧倒され」るこの場面と、結末の結婚式のあとの場面の、ただ二カ所のみにすぎない。翌朝、ハインリヒは、半開きになった扉ごしに、部屋のなかに立っているナターリエの姿を覗き見る。「ナターリエは、まっすぐに立ち、上体を少しそらしていた。左腕をのばして、机の上に立てかけてある書物の上に手をおいて、身をささえていた。右手は、左腕の上にそっとおかれていた。言いようもなく美しい顔は、安らいでいた。まぶたにおおわれた目は、伏せられたようで、彼女は思いにふけっていた。いつもこのうえなく深い魂をあらわしていた彼女だが、これまで見たことのない純粋で繊細な精神が、彼女の表情にはやどっていた。その姿の語る言葉を、私は理解した。彼女の内面の言葉が、聴こえるようだった。〈新しい生活が始まる〉、と。じゅうたんが廊下の床をおおっていたので、彼女に私の足音は聞こえなかったし、彼女の顔は南に向いていたので、私の姿は見えなかった」(S 4/3 14)。ここでハインリヒは、かつて大理石像を見つめたのと同じまなざしを、生身の女性へと向けている(Begemann 148)。自らの身を隠して、水浴するユーディトを見つめる『緑のハインリヒ』の主人公のまなざしと同様に、ここでもまた二人の視線は、非対称形をなしている。このときハインリヒは、「純粋で深く美しい人間の魂を、まったく自分自身のものと呼ぶことができるのは、何という最高の幸福だろう」(S 4/3-15) という思いにとらわれる。この言葉は、二人のあいだの関係の非対称性を、端的に物語っている。大理石像が、ハインリヒによって生命を吹きこまれてゆく過程と、ナターリエが、生身の女性から大理石像へと変貌させられてゆく過程が、この小説のなかでは、表裏一体をなしているのである。

七　鞭とポエジー——マゾッホ『毛皮のヴィーナス』

一九世紀ドイツ文学におけるピグマリオン・モティーフの変容の終着点として、最後に、一九世紀オーストリアの作家レオポルト・フォン・ザッハー＝マゾッホ（一八三六—九五）の小説『毛皮のヴィーナス』（一八七一）を取りあげることにしたい。枠物語のかたちをとったこの作品の冒頭で、語り手の夢のなかに、毛皮をまとったヴィーナスがあらわれる。「あんたたち北方人には、愛することができない」（SM 9）。「最高の喜び、神々しい晴れやかさであるあの愛は、反省の子であるあんたたち近代人には、何の役にも立たない」（SM 10f.）。「あんたたちの世界では、私たちは凍えてしまう」。そう語ると、ヴィーナスは、「せきをして、暗い黒貂の毛皮を、肩のまわりでさらに固くかきあわせ」（SM 11）る。彼女が身にまとっている毛皮は、南方と北方、古代と近代とのあいだの差異のシンボルなのである。そのあと、この作品の主人公ゼヴェリーンのもとを訪れた語り手は、毛皮をまとい、右手に鞭をもった裸身の女性が、セヴェリーンを踏みつけているさまを描いた絵を見せられる。毛皮を、「女性とその美しさのうちにひそむ専制と残酷さのシンボル」（SM 15）と呼ぶセヴェリーンは、「ある超感覚的人間の告白」（SM 17）と題された彼自身の手記を語り手に渡し、こうしてセヴェリーンとワンダの物語が始まるのである。

カルパチアの保養地を訪れたセヴェリーンは、庭園に立つ大理石のヴィーナス像に心を奪われる。

「このヴィーナスは美しく、私はそれを愛している。情熱的に、病的に、狂おしく。まるで、永遠に変わることのない、永遠に平静な、石の微笑でわれわれの愛に応える女性しか愛することができないかのように」(SM 19)。だが、その彼の前に、「温かい血と脈打つ血管をそなえた、現実の愛の女神」(SM 22)があらわれる。「それを作りだした芸術家のために息づきはじめたあの彫像のように、彼女は私のために、生命あるものとなった。奇跡は、まだ半ばしか実現していなかった。彼女の白い髪は、まだ石造りで、その白い衣装は、月の光のようにほのめいている。それともそれは、繻子なのか。そして彼女の肩からは、暗い毛皮がなびいている。だが、彼女の唇はすでに赤く、その頬は色づき、目からは、二つの悪魔的な緑色の光が私をとらえ、今彼女は、笑っている」(SM 22f.)。こうして、セヴェリーンとその恋人ワンダの出会いは、ピグマリオンの物語に重ねあわされる。だが、ここでワンダは、大理石像から生身の恋人へと変貌をとげるだけではない。セヴェリーンは、毛皮をまとった女性に鞭打たれることによって、快楽に目覚めた少年時代の体験を、ワンダに物語る。「毛皮の上着を着て、私には激怒した女専制君主のように見えた美しい豊満な女性の鞭のもとで、私のうちに初めて、女性にたいする感覚が目覚めたのです」(SM 41)。「苦痛と残酷な責め苦に耐えることが、それ以来私には、快楽となりました。それが美しい女性によるのであれば、なおさらのことです。というのも、以前から私にとって、あらゆるポエジーは、あらゆるデモーニッシュなものと同様、女性のうちに凝縮されていたからです」(SM 45)。セヴェリーンは、自らの身体を鞭打つことを、ワンダに要求する。「鞭はたちまち、激しく私の背中や腕を打ち、そのどれもが私の肉に食いこみ、燃えるような痛みをあたえた。だが、苦痛は私を恍惚とさせた。というのもそれは、私が崇拝し、いついかなるときに生命を捧げてもよい女性からきたものだったからだ」(SM 53)。さらに彼は、ワンダとのあいだに、自分は「恋人としてのあらゆる権利を放棄し」、「女主人」である彼女の「奴隷」、「無制限の所有物」(SM 87) となるという契約を結ぶ。こうして、セヴェリーンとワンダとの関係が、恋人どうしのそれから、奴隷と女主人とのそれへと変貌することによって、ピグマリオンの物語における芸術家とその作品との関係は、あたかも転倒されるかに思われる。だが、この二人のあいだの関係は、それほど単純なものではない。ワンダは、セヴェリーンを非難して、こう語る。「私のなかには、危険な素質がまどろんでいました。でも、あんたが初めて、それを目覚めさせたのよ。私が今、あんたを苦しめ、虐待することに歓びを見いだしているのは、あんたのせいよ。私を今の私にしたのは、あんたなのよ」(SM 127)。セヴェリーンは、ワンダを自分の思い通りの女性へと作りかえたのであり、ドゥルーズの言葉を借りるなら、「マゾヒストは専制的女性を養成しなければならない。(…) マゾヒストは本質的に訓育者なのである」(ドゥルーズ 三〇)。

だが、ワンダの新しい恋人であるギリシア人の登場によって、二人の関係は、新たな局面を迎えることになる。ワンダはギリシア人に、セヴェリーンを鞭打たせる。「崇拝する女性の前で、幸運な恋敵に虐待されるという感情は、筆舌につくしがたい。私は恥辱と絶望のあまり、息も絶えんばかりだった。そして、何より恥ずべきことは、みじめな状況にあって、アポロンの鞭を浴び、わがヴィーナスの残酷な哄笑のもとで、私が最初は、幻想的で超感覚的な刺激を感じたということだった。だが、一打ちごとに、アポロンの鞭は、私のなかからポエジーを叩きだし、ついに私は、気の遠くなるような憤怒のうちに歯がみしながら、自分と自分のみだらな想像を、女性と愛を呪ったのだった」(SM 136)。この体験について彼は、「私は夢から覚めたようだった」(SM 136)と語り、ギリシア人とともに彼のもとを去ったワンダは、彼にこう書きおくる。「私の鞭のもとで、あなたが健康になったことを願っています。治療は残酷でしたが、徹底的でした」(SM 137)。ワンダのこの言葉を裏書きするかのように、セヴェリーン自身もまたこう語る。「治療は残酷だったが、徹底的だった。肝心なのは、私が健康になったことだ」(SM 138)。すなわち、この作品のなかで、鞭は二つの相反する役割をはたしている。それは、セヴェリーンのマゾヒズムに奉仕する道具であると同時に、彼のマゾヒズムを治療する薬でもある。「アポロンの鞭は、私のなかからポエジーを叩きだした(Apollo peitschte mir die Poesie heraus)」という一文は、「私のなかからポエジーを生みだした」と読みかえることもできる。なぜなら、夢から目覚め、病気から快癒することによって初めて、セヴェリーンは、「私の当時の日記をもとにしてまとめあげた」(SM 17)彼自身の物語を書きあげることができたからである。

オウィディウスのピグマリオン物語が体現していた、芸術家の触覚が、その作品に生命を吹きこむという理念は、触覚が復権をとげた一八世紀の文学へと受けつがれた。だが、ロマン主義の成立とともに、触覚は、視覚によってその地位を奪回され、ピグマリオンは、芸術家のはらむ両義性のシンボルとなる。さらに、一九世紀の文学において、ピグマリオンの物語は、生身の女性が、彫像へと変貌させられる過程へと反転する。そして、マゾッホにおいて、触覚のもつ創造性をめぐる寓話は、再び復活をはたすのである。ただし、自らの作品との合一をとげる芸術家ピグマリオンによってではなく、自らの身体を鞭打たれることによって作品を生みだすマゾヒストによって。

第二章　視覚の変容

一　主観的視覚――ゲーテとクレーリー

ゲーテの晩年の長篇小説『ヴィルヘルム・マイスターの遍歴時代』（一八二九）の巻末におかれたアフォリズム集「マカーリエの文庫から」のなかに、次のような一節がある。「視覚は、もっとも高貴な感覚である。ほかの四つの感覚は、触れる器官を通してのみ、われわれに教示をもたらしてくれる。われわれがすべてを聴き、感じ、嗅ぎ、触れるのは、接触を通じてである。だが、視覚はそれよりはるかに高次のものであり、物質を超えて洗練され、精神の能力に近づくのである」（GI-10-767）。ゲーテが「目の人」であったことの証しとして、しばしば引用されるこの一節は、しかしながら、じつはゲーテ自身の手によるものではなく、一八世紀末にあるイギリス人が編纂したアフォリズム集からとられたものだった（Einem 17）。じっさい、ゲーテにとって、「見ること」は、ここに典型的に見られるような、視覚を他の四つの感覚から切りはなし、非物質的で精神的な感覚として特権化する、西洋における伝統的な五感の序列とは、相いれない一面をもっていた。すでに第一章で触れたように、ゲーテは『ローマ悲歌』のなかで、こううたっていた。「そして私は学ぶ、愛らしい胸のかたちをのぞきこみ、手を腰から下へと伸ばすとき。そうして初めて私には、大理石像が理解できる。私は考え、比較し、触れる目で見、見える手で触れるのだ」(G I-1-405)。こうしてゲーテは、五感の序列の最上位に位置する視覚と、最下位に位置する触覚とを、一つに結びあわせるのである。

しかも、ゲーテにとって、他の感覚をもうちに含んだ一種の共通感覚としての視覚の働きは、文学や芸術の分野にかぎられたものではなかった。彼の自然研究におけるライフワークだった『色彩論』(一八一〇)に関連して書かれた小文『目』(一八〇四―〇七)は、次のように結ばれる。「耳は語らず、口は聴くことがない。だが、目は聴きとり、かつ語る。目のうちに、外からは世界が、内からは人間が映しだされる。内と外との全体性は、目によって完成される」(G I-23/2-269)。ここでは目は、内と外、人間と世界が触れあう接点であると同時に、人間の感覚の全体性を保証する器官でもある。そして、それゆえにこそゲーテは、『色彩論　教示篇』の序文のなかで、プロティノスに由来する四行詩を引用するのである。「目が太陽のようでなかったなら、どうしてわれわれは、光をみとめることができるだろう。われわれのうちに、神自身の力がやどっていなかったなら、どうして神々しいものが、われわれを喜ばせることができるだろう」(G I-23/1-24)。

さて、アメリカの美術史家ジョナサン・クレーリーは、その著書『観察者の技術　一九世紀における視覚とモダニティーについて』（一九九〇）のなかで、一九世紀初頭のヨーロッパにおいて、視覚のあり方をめぐる大きな変化が生じたというテーゼを提示している。クレーリーによると、一七、一八世紀を特徴づける視覚のあり方は、「カメラ・オブスクーラ（暗い部屋）」と呼ばれる光学機器によって体現されていた。小さな穴を通して、暗室のなかに差しこんだ光が、その内側の壁に、外界の倒立像を映しだすこの装置において、観察者は、「名目上は自由で自立した個人」でありながら、「外の公的な世界から切りはなされ、擬似家庭的な世界に閉じこめられた私的な主体」であり、カメラ・オブスクーラの機能は、「見るという行為を観察者の身体から切りはなし、視覚を非身体化する」（Crary 39）ことにあったというのである。それにたいして、一九世紀初頭に誕生した新しい視覚を、クレーリーは、「主観的視覚」と呼ぶ。それは、「カメラ・オブスクーラの非身体的な関係から引きはなされ、人間の身体のなかに再配置された視覚」にほかならない。この変化は、「一七、一八世紀の幾何学的光学から、一九世紀の視覚にかんする自然科学や哲学の議論を支配した生理学的光学への移行」（Crary 16）であり、それは一方では、ヨハネス・ミュラーやプルキニェの神経生理学を生みだすとともに、他方では、ステレオスコープに代表される新しい視覚メディアをもたらした。そしてクレーリーは、一八一〇年に刊行されたゲーテの『色彩論』のうちに、こうした「主観的視覚の鍵となる描写」（Crary 69）を見いだすのである。さてそれでは、ゲーテの『色彩論』における視覚のあり方とは、どのようなものだったのだろうか。

二　プリズムをのぞく——ゲーテ『光学論考』／『色彩論』

ゲーテが初めて色彩論の研究に取りくむようになったのは、一七九〇年ごろのことであると考えられている。『色彩論　歴史篇』の最後におかれた「著者の告白」のなかで、ゲーテは、そのいきさつを次のように語っている。イェーナ在住の友人ビュットナーから、実験用のプリズムを借りていたゲーテは、その返却を求められたさいに、ためしにプリズムをのぞいてみる。「私はちょうど、真っ白に塗られた部屋のなかにいた。プリズムを目にあてたとき、私はニュートンの理論を思いおこして、白い壁全体がさまざまな段階に染められ、そこから目に反射してくる光が、それと同じだけの色彩をおびた光に分散して見えるのを期待した。だが、プリズムを通して見た白い壁が、依然として白いままだったとき、私はどれほど不思議に思ったことだろう。暗いものが接しているところにだけ、いくらかはっきりした色彩が見られ、最後に窓の格子が、もっとも鮮やかな色彩をともなってあらわれ、外の暗灰色の空には、色彩の痕跡はまったく見られなかった。長いこと考えるまでもなく、私は、色彩を生みだすためには、境界が必要だと気づいた。私は本能にうたれたかのように、すぐさま声高に叫んだ。ニュートンの説はまちがっている、と」（G I-23/1-976）。

むろん、ゲーテはここで、イギリスの物理学者アイザック・ニュートン（一六四三—一七二七）が、その著書『光学』（一七〇四）のなかで主張した、白色光のスペクトル分析にかんする理論を誤解している。プリズムによって、光を色彩のスペクトルに分解するためには、小さな穴を通して、光を暗室のなかに差しこませる必要があったのであり、壁が白いままだったのは、光の散乱による当然の結果だった（高橋　三一〇）。だがここで、プリズムをのぞくというゲーテの行為は、ニュートンの光学と彼の色彩論とのあいだの決定的な相違を、象徴的なかたちで物語っている。ニュートンの実験において、プリズムは、光をスペクトルに分解して、暗室の壁に映しだすための装置であり、観察者の目は、この実験装置の外部に位置している。それにたいしてゲーテは、カメラ・オブスクーラと同じ構造をもったニュートンの暗室を開放し、自分自身の目をその位置にすえることによって、クレーリーの言う「主観的視覚」を誕生させるのである。

じっさいゲーテは、彼の色彩論研究の最初の成果として刊行された『光学論考』全二巻（一七九一／九二）のなかで、自らの経験を読者に追体験させようとするかのように、プリズムをのぞくようにと何度も繰りかえし要求する。「それではまず、プリズムを目にあて、それを通して、室内や戸外の事物を観察していただきたい」（G I-23/2-27）。「澄んだ青い空を、

図1

プリズムを通して観察していただきたい」(G I-23/2-28)。そして、『光学論考』第一巻に添えられた図版集の表紙には、図のような挿絵が描かれていた（前ページ図1）(Matthaei 266)。ここでは、中央にゲーテ自身の目が描かれ、雲と虹がそれをとりまき、下にはプリズムとルーペがおかれている。この目は、太陽の位置を占めると同時に、神の象徴でもある (Schöne 1978 128)。すなわちこの絵は、目と太陽と神との同一性をあらわすという意味で、先に引用したプロティノスに由来する四行詩の図解であると同時に、ゲーテにとって、色彩を生みだすものが、プリズムやルーペといった光学機器ではなく、人間の目にほかならないことを物語っているのである。

さらにゲーテは、『光学論考』の第三巻として、『色彩をおびた影について』（一七九二）と題する論文を書きあげる。この論文の冒頭で、ゲーテは、「朝や夕方、ある一定の薄明のもとで、ろうそくが白い紙の上に投じる物体の影が、弱い日の光に照らされると、青く見える」(G I-23/2-84)という経験を取りあげる。影が色彩をともなってあらわれるというこの現象こそは、ニュートンが主張するように、色彩は、光のなかにあらかじめ含まれているのではなく、光と闇との相互作用によって初めて生みだされるというゲーテの根本理念を裏づけるものにほかならなかった。この論文のなかで、ゲーテは、この現象を物理的に説明しようとして、次のように述べる。「ことなったエネルギーをもつ二つの向かいあった光は、互いに色彩をおびた影を生みだす。しかも、強い方の光が投じ、弱い方の光に照らされる影は青く、弱い方の光が投じ、強い方の光に照らされる影は、黄色か、黄色がかった赤、もしくは黄色がかった茶色になる」(G I-23/2-92)。だが、ゲーテはその後、この現象を、「物理的色彩」としてではなく、「生理的色彩」、すなわち人間の目のなかで生みだされる色彩現象としてとらえなおそうとこころみる。一八一〇年に刊行された『色彩論　教示篇』第六六節では、この現象は、補色の原理によって、次のように説明される。「この影が青いことには、すぐに気がつく。だが、注意深く観察することによってのみ、白い紙が赤みをおびた黄色の面として作用し、その輝きによって、あの青色が目のなかで要求されることが納得される」（G I-23/1-51）。こうして、「色彩をおびた影」は、光と闇のみならず、目と色彩、人間と世界のあいだの相互作用のあらわれとして、ゲーテの色彩論の根本現象をなしているのである。

いや、そればかりではない。『色彩論　教示篇』第七五節で、ゲーテは、彼が色彩論研究にとりかかるはるか以前へと記憶をさかのぼり、一七七七年の冬のハルツ旅行のさいに、ブロッケン山で体験した「色彩をおびた影」の思い出を物語る。「日中、雪の黄色がかった色調のもとで、すでにかすかなすみれ色の影がみとめられたが、夕日を浴びた部分から、赤みをました黄色の光が照りかえしてくると、今や影は、鮮やかな青と見なさざるをえなかった。だが、太陽がついに沈もうとし、厚いもやのためにごく弱くなった日の光が、私の周囲一帯を、このうえなく美しい真紅の色でおおったとき、影の色は、緑に変わった。それは、透明さでは海の緑に、美しさではエメラルドグリーンに比せられるものだった。この光景は、ますます鮮やかになり、妖精の国にいるような思いがした。というのも、万物が、鮮やかでよく調和する二つの色彩にいろどられていたからであり、日没とともにようやく、この壮麗な光景は、灰色の薄明へ、そしてしだいに月と星の輝く夜へと消えていった」（G I-23/1-55）。ゲーテの「色彩環」を構成する六つの色彩、すなわち、黄色とすみれ色、赤黄色と青色、真紅と緑色が、それぞれ補色の関係をたもちながら、しだいに高められてゆく過程を鮮やかに描きだすこの色彩のスペクタクルは、ゲーテの色彩論の原体験にほかならないのである。

しかしながら、ニュートンの『光学』からゲーテの『色彩論』への展開を、客観的視覚から主観的視覚へ、色彩の物理学から色彩の生理学へという図式によってとらえようとするだけでは、ゲーテの執拗かつ苛烈なニュートン批判は、十分には理解できないように思われる。ゲッティンゲンのゲルマニスト、アルブレヒト・シェーネは、その著書『ゲーテの色彩神学』（一九八七）のなかで、ゲーテの色彩論が、そのすみずみにいたるまで神学のメタファーによっていろどられていることに着目した。ゲーテは、『色彩論　論争篇』のなかで、暗室と小さな穴とプリズムによって、光をスペクトルに分解するニュートンの実験をきびしく批判して、次のように述べている。「これがいわゆる決定的実験であり、そこでは研究者は、自然を拷問にかけ、自分がすでに前から確信していたことを、無理やり自然に告白させようとする。だが自然は、どれほど苦しくても真理を守る、毅然とした高貴な人物に似ている。それとはことなることが記録にしるされているなら、異端審問官が聞きまちがえ、書記が書きまちがえたのである」（G I-23/1-345）。ここでは、暗室は拷問部屋に、プリズムは拷問器具に、そして実験者は光を拷問にかける異端審問官になぞらえられる（Schöne 1987 65f.）。

いやそればかりか、『色彩論　歴史篇』のための草案には、もともと次のように書かれていた。

「この実験で、（まさしく十字架にかけられた）自然は、どれほど明瞭に語ろうとも、十字架にかけた者たちには、ほとんど理解されなかった。いやむしろ彼らは、誤りを必要としたがゆえに、その誤りが真理だと確証されたものと考えたのである」（GL II/6-141f.）。こうして、プリズムによって光を分析するニュートンの実験は、キリストを十字架にかける行為と重ねあわされる（Schöne 67）。シェーネによれば、ゲーテのこうしたきびしいニュートン批判の根底をなしているものは、光を唯一にして分かちがたい神的なものとしてとらえる思想にほかならなかった。こうして、ゲーテの『色彩論』は、古代オリエントからギリシア、ネオプラトニズムをへてキリスト教中世へといたる「光の形而上学」、「光の神学」（Schöne 87）の伝統のなかへと位置づけられるのである。

このように見てくるなら、ゲーテの『色彩論』を、一九世紀の神経生理学の先駆けとしてとらえるクレーリーの見方と、それを近代以前の「光の神学」への回帰としてとらえるシェーネの見方とは、互いに好対照をなしているように思われる。だが、同時にまたそれは、ゲーテの自然科学それ自体がはらんでいる両義性の反映でもあるだろう。いや、自然科学のみならず、文学の分野においてもまた、近代の代表者であることと、反近代の代表者であることが、彼自身のなかで分かちがたく結ばれていたという点にこそ、ゲーテという存在のはらむアクチュアリティーはあったのである。

三　望遠鏡をさかさにする——リヒテンベルク『控え帳』／『ある夢』

ゲーテの『色彩論』が、はたして科学だったのか、それとも神学だったのかという問題はともかくとして、彼自身は、自らの『色彩論』が、同時代の自然科学者たちによって、科学として受けいれられることを、何よりも強く望んでいた。一七九二年以降、ゲッティンゲン大学の実験物理学者ゲオルク・クリストフ・リヒテンベルク（一七四二—九九）とゲーテとのあいだでかわされる往復書簡は、そのことを雄弁に物語っている。ヨーロッパを代表する自然科学者であると同時に、シュトゥルム・ウント・ドラングの作家たちとの論争を通じて、文学の世界でも名望の高かったリヒテンベルクのうちに、ゲーテが自らの自然科学のよき理解者を見いだそうとしたことは、想像にかたくない。一七九二年五月一一日に、『光学論考』をリヒテンベルクに贈呈したゲーテは、翌九三年八月一一日には、『色彩をおびた影』の草稿を彼に送り、専門家としての意見を請いもとめる。

リヒテンベルクは、一七九三年一〇月七日にゲーテにあてた手紙のなかで、贈られた論考に謝意を表して、次のように述べている。「色彩をおびた影のもっともありふれた現象のいくつかは、私も存じておりましたが、正直申し上げて、ここにぜひとも考察を進めるべき点がこれほど多いとは、思ってもみませんでした」（LB 4-161）。だがそれにもかかわらず、彼はゲーテの理論を、「まったく無条件に正しいとみとめるだけの決心が、まだつかない」（LB 4-162）ことを告白せざるをえない。

それというのも、リヒテンベルクは、ニュートン物理学の信奉者だったからである。

リヒテンベルクは、ゲーテの論考に見られる「白や白い紙といった表現のあいまいさ」を指摘して、およそ次のように述べる。われわれがふつう「白い」と呼ぶものは、じっさいに「白く見えているもの」ではなく、「純粋な太陽の光にさらされれば、白く見えるであろうもの」であり、そこで問題となっているのは、「純粋な白い色それ自体」であるよりはむしろ、「白くなり、白くありうるための素質」(LB 4-162) にほかならない。たとえば、白い煙突の片方の側が、光線の影響で、黄色や青色に見えることはしばしばあるが、そのとき、分別ある人間に煙突の色を尋ねてみるなら、どちらの側も白いが、ただ太陽の光のあたり方が違っているだけだという答えが返ってくることだろう、と。こうして彼は、ニュートンの理論にしたがって、「白」を次のように定義してみせる。「要するに、われわれが白と呼ぶのは、あらゆる種類の色彩をおびた光を、一様な強さであらゆる方向へ反射する、物体の表面の素質のことなのです。量の点でも、性質や強度の点でも、上記の色彩をおびた光があたるとき、そうした物体は、じっさいに白く見えますが、それ以外のすべての場合は、そうではありません」(LB 4-163)。この定義を、ゲーテの言う「色彩をおびた影」にあてはめてみるなら、影が「色彩をおびて見える」という認識と、それが「色彩をおびている」という事実とは、厳密に区別しなければならず、こうしてゲーテの理論は、それがよって立つ基盤を失うのである。

ゲーテは、一七九三年一〇月二三日付けのリヒテンベルクあての返信のなかで、「貴殿がお手紙のなかで、白について述べておられることは、白を色彩の混合から生じさせる説にしたがっているように、私には思われます」(LB 4-168) と述べるにとどまり、リヒテンベルクが信奉するニュートン光学にたいする反駁をさしひかえる。だが彼は、リヒテンベルクのうちに、自らの『色彩論』のよき理解者を見いだそうとする試みが、失敗に終わったことを悟らざるをえない。「白く見える」という主体の認識と、「白くありうる」という客体の素質とを峻別し、後者を前者から切りはなして問題にしようとするリヒテンベルクと、色彩現象を主体と客体のあいだの相互作用として、あくまでも人間の視覚に根ざしたものとしてとらえようとするゲーテのあいだの対立は、ニュートンの『光学』とゲーテの『色彩論』の根本的な立場の相違を端的に示している。ゲルノート・ベーメの言葉を借りるなら、前者が、「光の客観的特性」を対象とするのにたいして、後者は、「見ることの法則」を扱う「知覚の科学」(Gernot Böhme 142) なのである。

『色彩論　歴史篇』のなかで、ゲーテは、リヒテンベルクの立場を、「機知にとむ器用な懐疑主義」と呼び、「こうしたやり方では、すべての経験科学が根絶やしにされかねない」と批判する。「というのも、われわれの経験のうちにあらわれるものは、何一つとして絶対的と見なし、そう断定することができず、つねに限定条件をともなっているために、われわれの経験のうちにあるかぎりは、われわれは黒を黒と、白を白と呼ぶことも許されない。こうしてまた、すべての実験は、それがどのようなものであり、何を示そうとも、いわば自らのうちに隠れた論敵をもち、そのために、実験が主要な点において断定することも、限定された不確かなものとなるのである」(G I-23/1-

948)。経験科学の代弁者としてのゲーテのこの発言は、リヒテンベルクの客観主義のはらむパラドックスを、見事に言いあてている。あくまでも主体による経験の立場に立つゲーテが、それによって、経験科学の客観性を保証しようとするのにたいして、経験的認識と客観的事実とのあいだの断絶に目を向けるリヒテンベルクの懐疑主義は、逆に人間の知覚の主観性を浮きぼりにするのである。

しかしながら、「色彩をおびた影」をめぐるゲーテとリヒテンベルクのあいだの手紙のやりとりは、両者に何の収穫ももたらさずに終わったわけではない。リヒテンベルクの手紙は、ゲーテが後にこの現象を「生理的色彩」としてとらえなおすうえで、貴重な示唆を含んでいた (Schöne 97f.)。他方、リヒテンベルクもまた、ゲーテの論考によって、新たな着想をかきたてられていた。彼が『控え帳』と読んでいたノートには、「色彩をおびた影」にかんする次のような覚え書きがしるされている。「色彩をおびた影は、気象学の新たな要素となりうるかもしれない。とりわけ、日の出や日の入りのさいのそれは」(K 367, L 2-469)。「ゲーテやフランス人の著者の影にかんする説が正しいとするなら、青い空は、別の物体の光が投じる影が、日の光に照らされたものにすぎないかもしれない」(K 369, L 2-469)。ここではリヒテンベルクは、ニュートン光学を信奉する物理学者の仮面をかなぐり捨てて、自由奔放に想像力の翼をはばたかせているように思われる。この二つの断章が、ともに接続法第二式で書かれていることは、けっして偶然ではない。アルブレヒト・シェーネが、その著書『実験物理学の精神による啓蒙　リヒテンベルクの接続法』(一九八二) のなかで明らかにしたように、リヒテンベルクにとって、接続法は、世界を壮大な「実験室」(Schöne 1982

153) としてとらえる「実験物理学の精神」を体現するものにほかならなかったからである。

リヒテンベルクのこうした思考実験において、とりわけ重要な役割をはたす装置の一つが、世界を自在に拡大したり、縮小したりすることのできる光学機器だった（Schöne 1982 96f.）。「顕微鏡や縮小鏡もまた、アナロジーによる推論と結びつけば、発見のための主要手段である」（F 559, L 1-536）。「われわれは、周囲のものをすべて拡大し、幾多のものが、おそろしく大きく見える。この原理をしかるべく利用すれば、多くの成果が得られる。光を分解するのは、拡大することである。電気石へと縮小された地球」（F 470, L 1-524）。

リヒテンベルクにとっては、一七世紀科学革命の立役者であった顕微鏡や望遠鏡よりも、自然科学においてはあまり使い道のなさそうな縮小鏡の方が、いっそう重要な発見手段だった。「洞察力が拡大鏡なら、機知は縮小鏡である。発見は、拡大鏡だけでできるとお考えだろうか。私の考えでは、縮小鏡か、少なくともそれに似た器具によって、知性の世界では、より多くの発見がなされてきた。望遠鏡をさかさにして月を見れば、金星のように見え、裸眼で月を見れば、性能のよい望遠鏡で見た金星のように見える。ふつうのオペラグラスでプレアデス星団を見れば、星雲の中心星のように見えることだろう。美しく木や草が茂る世界も、われわれより高次の存在なら、かびがはえたと見なすかもしれない。こよなく美しく星辰のきらめく空も、われわれが望遠鏡をさかさにして見れば、虚空に見える」（D 469, L 1-301f.）。

ゲアハルト・ノイマンがつとに指摘したように、リヒテンベルクの思考をつらぬいているものは、

「転倒」の原理にほかならない（Neumann 1976 116ff.）。「コロンブスを最初に発見したアメリカ人は、悪い発見をした」（G 183, L 2-166）。「人間は、この世のあらゆる動物のうちで、猿にもっとも近い」（B 107, L 1-75）。このようにして、ヨーロッパ中心主義や人間中心主義を転倒させるリヒテンベルクは、さかさにした望遠鏡を、自然科学者としての自らの営みにも向けようとこころみるのである。

「電気石へと縮小された地球」というリヒテンベルクの着想は、『ある夢』と題された作品へと発展してゆく。「色彩をおびた影」にかんするゲーテとの往復書簡と同じ一七九三年に書かれた、わずか三ページばかりのこの小品は、夢物語の体裁をとっている。夢のなかで、語り手は、「一人の神々しい老人」から、直径一インチほどの、「青緑色で、あちこちが灰色をおびた球体」を手わたされ、「この鉱物を手に取って調査し、何が見つかったかを私に報告するように」（L 3-108）と命じられる。あらゆる科学的手段をもちいてその球体を分析した語り手は、「その鉱物にはさしたる価値はない」という結論に到達する。「化学的調査」によってその成分を分析してみせた語り手にたいして、老人は、その球体が、「縮小された地球全体にほかならなかった」（L 3-109）ことを告げる。それでは、海や生物や大気や大陸はどこへいってしまったのかと問われて、老人はこう答える。「熱した鉄で、お前はスイス全土とサヴォワ、そしてシチリアのもっとも美しい部分を叩きおとし、地中海からテーブル山へといたるアフリカの一千平方マイル以上の地域を破壊し、裏返してしまったのだ」（L 3-110）。

ここで示されているのは、たんなる自然科学的認識能力の限界にはとどまらない。自然科学的分析方法への無条件の信頼が、まさしく自然と人間の破壊をもたらさずにはいないという、きわめて現代的な問題が、ここでは提起されているのである。こうして、望遠鏡をさかさにして、世界を縮小してみせる思考実験を、夢物語というフィクションの形式と結びつけたリヒテンベルクは、あくまでも自らの肉眼を信頼し、近代科学が標榜する客観主義にたいして疑問を投げかけたゲーテとのあいだで、文学的想像力による自然科学の自己反省という同じ目標を、期せずして共有していたのである。

だが、リヒテンベルクの『ある夢』は、これで終わるのではない。「私が化学によって破壊してしまった地球を、また返してもらえるなら、残りの生涯の十分の九を捧げてもよい」という悔恨の念にかられる語り手に、老人は一つの袋を手わたし、「これを化学的に調査せよ」と告げて、姿を消す。語り手の予想に反して、袋の中味は、未知の言語で書かれた、「何の変哲もない、簡素な装丁の一冊の書物」だった。「どういうことだ、と私は自問した。書物の内容を、化学的に調査せよとは。書物の内容とは、その意味にほかならず、化学的分析とは、ここではぼろ紙と印刷インクの分析でしかないだろう。一瞬思案してから、突然私の頭のなかは明るくなり、その光とともに、私はあらがいようもない恥じらいに、顔を赤らめた。おお、と私はますます声高に叫んだ。わかりました。不死なる存在よ、私を許したまえ。そなたの善意からの叱責を、私は理解しました。理解できたことを、永遠なるものに感謝します。私は言いようもなく感動し、それで目が覚めた」(L

3-111)。ここでは、自然科学的な手段では解読不可能な、世界という書物を読みとくためにはどのようにすればよいのかという問いには、答えがあたえられてはいない(Blumenberg 209)。そして、この問いは、懐疑的な自然科学者リヒテンベルクから、ロマン主義の文学者へと受けつがれてゆくのである。

四　人形に目を奪われる――ホフマン『砂男』

リヒテンベルクにおいて、すでに明瞭にみとめることができた、「見ること」が、一方では、自然科学的認識の手段であると同時に、他方では、想像力を介してもう一つの世界を作りだすための装置でもあるという二重性を、文学作品のなかで主題化したのが、ホフマンだった。じっさい、ホフマンの作品には、光学機器のモティーフが、何度も繰りかえしあらわれてくる。とりわけ、『夜景作品集』におさめられた短篇小説『砂男』は、見ることの両義性をめぐる物語として読むことができる。

物語は、主人公の大学生ナターナエルが、恋人クラーラの兄である友人のロータルにあてた手紙から始まる。ナターナエルは、下宿先にあらわれたイタリア人の行商人で、レンズ職人のコッポラが、幼いころ彼に消し去りがたいトラウマをあたえた弁護士コッペリウスと同一人物ではないかという不安をいだく。この手紙を読んだクラーラは、「あなたが語っている恐ろしくおぞましいことは、あなたの内面で起こっていることにすぎず」(H 3-21)、「われわれ自身の自我の幻影」(H 3-23)にほかならないと言って、ナターナエルの不安を合理的に説明しようとこころみる。「幻影」を作りだすナターナエルと、それを解体しようとするクラーラ、この二人の恋人たちは、ロマン主義と啓蒙主義を特徴づける、互いにことなった視覚のあり方を代弁しているのである。

幼いナターナエルのトラウマ体験は、寝つきの悪い子供の目に砂を注ぎこんで、眠りにつかせる砂男の民間伝承にかかわっている。ナターナエルの婆やは、やさしい「眠りの精」としての砂男のイメージを変形して、子供の目に砂を投げこんで、血まみれの目玉を盗みだす「悪い男」(H 3-13)のイメージを、ナターナエルの心に刻みつける。夜になると彼の父親のもとを訪れる砂男の正体を見きわめようと、物陰に隠れたナターナエルは、コッペリウスが、父親とともに奇妙な実験にふけっている姿を目撃する。「彼は、真っ赤に焼けたやっとこをふるって、もうもうたる煙のなかから、明るく光るかたまりを取りだし、けんめいにそれを叩いていた。まわりには、人間たちの顔が見えるようだったが、それには目がなく、そのかわりに気味悪い、深く黒い穴があいていた。〈目をよこせ、目をよこせ〉、コッペリウスが、鈍くうなるような声で叫んだ」(H 3-17)。コッペリウスは、ナターナエルを物陰から引きずりだすと、「これで目が手に入った、子供の目が二つ」と言いながら、「真っ赤に焼けた砂粒を、炎のなかから素手でつかみ、ナターナエルの目のなかに撒きちらそうと」する。父親の懇願によって、ナターナエルは、目を奪われずにすむものの、恐怖のあまり、気を失ってしまうのである。

ジークムント・フロイトは、論文『無気味なもの』（一九一九）のなかでこの作品を分析し、目玉を奪われるというナターナエルの不安を、「去勢不安の代替物」（Freud 243）として解釈してみせた。じっさい、この場面は、フロイトの言う「原光景」、すなわち両親の性交場面に正確に対応している。ただし、ここでは両親ではなく二人の男性が、生殖によるのではなく、人工的な手段によって、人間の製造をこころみる。だが、人造人間に生命をあたえるためには、生きた人間の目が必要であり、それゆえコッペリウスは、ナターナエルの目玉を奪いとろうとするのである。目玉が認識器官であるだけではなく、無生物に生命を吹きこむ生殖器官でもあることは、小説のこのあとの展開から、明瞭に読みとることができる。

恋人クラーラの説得によって、いったんは不安から解放された大学生ナターナエルの前に、行商人コッポラが再び姿をあらわし、彼に眼鏡や望遠鏡を売りつけようとする。「小さな、とても入念なつくりのポケット用望遠鏡」（H 3-36）を買いもとめたナターナエルが、となりに住む物理学者スパランツァーニ教授の部屋にそれを向けると、教授の娘オリンピアの姿が目に入る。スパランツァーニという名前が、人工授精の研究で知られる一八世紀イタリアの実在の生物学者のそれであるのは、偶然ではない。じっさい、オリンピアは、物理学者スパランツァーニとレンズ職人コッポラが作りあげた自動人形だった。この二人の関係は、ナターナエルのトラウマ体験における、彼の父親とコッペリウスの関係に対応している。それゆえ、ここでもまたコッポラは、自動人形に生命をあたえるために、ナターナエルの目を必要とするのである。「今初めてナターナエルは、オリンピアのすばらしく美しい顔を眺めた。ただ目だけが、彼には奇妙にこわばって、死んだように見えた。だが、望遠鏡を通してよくよく眺めるうちに、オリンピアの目に、しっとりした月の光がさすようだった。今初めて視力がともされたかのようで、まなざしは、ますます生き生きと燃えさかった。ナターナエルは、呪縛されたように窓辺に横たわり、この世ならぬほど美しいオリンピアを、いつまでも眺めていた」（H 3-36）。

自動人形の目に生命の光をともす望遠鏡は、文学的想像力のメタファーである。なぜなら、自ら詩人でもあるナターナエルは、オリンピアがまるで人形のようだという友人の警告にたいして、こう答えるからである。「なるほど君たち冷たく散文的な人間には、オリンピアは無気味かもしれない。ただ詩的な心の持ち主にだけ、同じように作られた心は開示される。彼女の愛のまなざしにうたれ、心も思いもみたされたのは、ぼくだけだ。ただオリンピアの愛のうちにだけ、ぼくは自分自身を見いだすのだ」（H 3-42）。だが、望遠鏡という光学機器は、ペーター・ウッツが言うように、「視覚的モノローグ」（Utz 274）のシンボルでもある。自分の書いた詩を批判するクララを、「この生命のない、呪わしい自動人形め」（H 3-32）と罵り、何も言わずに彼の朗読に耳をかたむける自動人形オリンピアのうちに、「すばらしい聴き手」（H 3-43）を見いだすナターナエルは、外の世界から目をそむけ、自らの鏡像であるオリンピアとのあいだのナルシスティックな愛へと閉じこもってゆくのである。

そして、このナルシスティックな関係は、オリンピアを奪いあうスパランツァーニとコッポラとの争いによって破られる。「オリンピアの死んだように青ざめた、蠟でできた顔には目がなく、そのかわりに黒い穴があいていた。彼女は、生命のない人形だった」(H 3-45)。ナターナエルのトラウマ体験が、こうして再び繰りかえされる。それゆえ、ここでスパランツァーニは、ナターナエルの前で、コッポラのことをコッペリウスと呼ぶのである。「〈やつを追いかけろ、何をぐずぐずしている。コッペリウスが、私の大事な自動人形を盗んだのだ。二〇年もかかって、身体と生命を賭けたのに。歯車と言葉と歩行は私のもの、目はお前から盗んだ。ちくしょう、悪党め、やつを追いかけろ、オリンピアを取りもどせ、目はここにある〉。ナターナエルが見ると、二つの血まみれの目が床にころがって、彼を見つめていた。スパランツァーニは、傷ついていない方の手でそれをつかむと、ナターナエルに投げつけ、それは彼の胸に命中した。そのとき、狂気が彼を燃える爪でつかみ、彼の内部に侵入して、心を引き裂いた。〈わーいわーい、火の輪よ回れ。愉快愉快、きれいな木のお人形さんも回れ〉、こう言うと、彼は教授に跳びかかり、首をしめた」(H 3-45)。

「目はお前から盗んだ」というスパランツァーニのせりふは、ナターナエルが初めて望遠鏡でオリンピアを眺めた場面のことをさしている。ナターナエルは、オリンピアの魅力に、文字通り目を奪われることによって、自動人形のガラスの目に生命の火をともす一方で、自分自身は、彼女が人形にすぎないという現実を認識するための視力を失ってしまったのである。床の上にころがっている血まみれの目玉は、ナターナエル自身のものにほかならない。スパランツァーニは、それをナターナエルに投げつけることによって、奪われた目玉を彼に返してやる。だが、こうして視力を回復し、オリンピアが人形だったことを悟ったナターナエルは、正気に返るのではなく、逆に狂気におちいるのである。

病が癒えて、クラーラとの結婚を間近にひかえたナターナエルは、彼女と二人で市庁舎の塔にのぼる。「ナターナエルが、思わずポケットに手を入れると、コッポラの望遠鏡が見つかり、彼は横を眺めた。クラーラが、レンズの前に立っていた。すると、彼の脈管は、ひきつったように高鳴った。死んだように青ざめて、彼はクラーラをじっと見つめたが、やがて、ぐるぐる回る目のなかを、火のように燃える流れがほとばしった。彼は、駆りたてられた獣のような恐ろしいうなり声をあげ、空中高く跳びあがり、気味悪く笑いながら、金切り声で叫んだ。〈木のお人形さん、回れ、回れ〉。そして、力ずくでクラーラをつかんで、投げおとそうとしたが、クラーラは絶望的な死の恐怖を感じて、しっかりと手すりにしがみついた」（H 3-48）。

この場面は、ナターナエルが望遠鏡でオリンピアを眺めた場面と、正確な対称形をなしている。自動人形オリンピアを、生身の恋人へと変貌させた望遠鏡が、ここでは婚約者クラーラを、「木のお人形」へと逆戻りさせる。かつて、オリンピアに生命をあたえたナターナエルは、今や、クラーラから生命を奪おうとするのである。そのことは、オリンピアとクラーラという互いに対極をなす女性像が、同時にまた、表裏一体をなしていることを暗示している。ペーター・フォン・マットの言葉を借りるなら、自動人形オリンピアは、「生身の婚約者の高められたアレゴリー」（Matt 82）

にほかならないのである。

ナターナエルとオリンピアの関係が、自動人形の解体に終わったのにたいして、ナターナエルとクラーラの関係は、ナターナエル自身の身体の解体によって終焉を迎える。塔の上からコッペリウスの姿をみとめたナターナエルは、手すりから身を躍らせ、この物語は、次のように結ばれる。

「ナターナエルが、頭を打ちくだかれて、舗石の上に横たわると、コッペリウスは、人ごみのなかに姿を消した。何年かのち、遠く離れた土地で、クラーラを見かけた者がいる。やさしい夫と手に手をとって、美しい別荘の戸口に腰をおろし、その前では、二人の元気な子供たちがたわむれていた。どうやらクラーラは、その明るく快活な性格にぴったりの、平穏な家庭の幸福を見いだしたようだ。心乱されたナターナエルとでは、とてもこうはいかなかったことだろう」(H 3-49)。

「明るく快活な」クラーラと、「心乱された」ナターナエル、二人の恋人たちの対比をあざといまでに際立たせるこの最後の一節は、この二人によって代表される二つの世界観が、相いれないものであることを物語っているだけではない。ロマン主義的想像力の極致とも言うべきナターナエルの狂気と死が、クラーラの市民的幸福の前提条件をなしているという意味において、互いに対極をなすこの二つの世界は、メビウスの帯のようにひそかにつながってもいる。そして、物理学者スパランツァーニとレンズ職人コッポラと詩人ナターナエルの共同作業によって、生命をあたえられた自動人形オランピアは、啓蒙主義とロマン主義、科学技術と文学的想像力とのあいだの共犯関係を、何よりも雄弁に物語っているのである。

五　人の心をのぞく――ホフマン『蚤の親方』

ホフマンの最後のメールヒェン『蚤の親方』（一八二二）は、こうした問題意識をさらに一歩押しすすめるとともに、彼の文学全体をつらぬいている、光学機器と「見ること」をめぐるモティーフの集大成とも言うべき作品である。物語は、主人公ペレグリーヌス・テュースが迎えるクリスマス・イヴの情景から語りだされる。「ペレグリーヌスは、いつもクリスマス・プレゼントが贈られることになっていた、豪華な部屋のとなりの暗い小部屋にいた。そこで彼は静かに歩きまわり、ドアのところで聞き耳をたてたり、片隅に腰をおろして目を閉じ、部屋から漂ってくるマルチパンの神秘的な香りを吸いこんだりした。それからまた急いで目をあけると、ドアのすき間から入ってきて、壁をあちこち跳びまわる明るい光線が、甘美でひそかなおののきで、彼の身体をふるわせた」(H 6-304)。

両親からのクリスマス・プレゼントを待ちわびる幼い子供の姿を思い浮かべる読者の期待を裏切って、このあと語り手は、主人公のペレグリーヌスが、三六歳の独身男性であることを明かす。フランクフルトの富裕な商人の家庭に生まれた彼は、父のあと継ぎとなるべきあらゆる資質を欠いていた。両親の死後、彼は世間から引きこもり、乳母のアリーヌと二人きりで、幼年時代の幸福な追憶を反芻するだけの生活をおくっている。そして、カメラ・オブスクーラにも似た「暗い小部屋」

から、「明るい光線」の跳梁跋扈する外の世界へと出てゆくペレグリーヌスの歩みが、この物語の内実をなしているのである（Steigerwald 226ff., Maik Müller 104ff.）。

ペレグリーヌスは、クリスマス・プレゼントのおすそ分けをするために訪れた製本屋レンマーヒルトのもとで、「一人の若く、輝くばかりの衣装をまとった女性」（H 6-319）から、愛を告白される。これまで女性との交際を避けてきた彼は、自らの意に反して、彼女を自分の部屋へと連れて帰る。彼女の正体は、オランダ人の蚤の調教師レーウェンフックの姪デルティエ・エルヴァーディンクというのは世を忍ぶ仮の姿、じつはメールヒェンの国ファマグスタを治めるセカキス王の娘、ガマヘー王女なのである。蛭の王子の接吻を受けて、血を吸いとられていったん生命を失った彼女は、二人の自然科学者レーウェンフックとスワンメルダムの助けによって、息を吹きかえしたものの、血液の循環をたもつためには、たえず蚤に刺される必要があった。そこで、レーウェンフックは、蚤の世界の王である蚤の親方をとらえて、蚤の曲芸団を結成する。ところが、蚤の親方は、レーウェンフックの支配を逃れて、ペレグリーヌスのもとに逃げこんでしまう。デルティエは、逃げた蚤の親方を取りもどすために、ペレグリーヌスに言いよったのだった。

『砂男』の物理学教授に、一八世紀イタリアの自然科学者の名前をあたえたホフマンは、この作品では、顕微鏡による微生物の研究で知られる一七世紀オランダの二人の生物学者、アントニー・レーウェンフックとヤン・スワンメルダムを、蚤の調教師とそのライヴァルへとパロディー化して、一九世紀のドイツに登場させる。じっさい、この作品は、『砂男』と驚くほどよく似た構造をもっている。レーウェンフックとスワンメルダムの二人組が、スパランツァーニとコッポラに、ペレグリーヌスとデルティエ＝ガマヘーの男女のペアが、ナターナエルとオリンピアに対応しているだけではない。自動人形オリンピアが、コッポラの望遠鏡によって初めて生命をあたえられたように、レーウェンフックとスワンメルダムは、光学機器の助けを借りて、ガマヘーを蘇生させる。「われわれは、すばらしいクッフ式太陽顕微鏡によって、彼女の姿を映しだし、この姿を、何一つ欠けたところのないまま、器用に白い壁から引きはなした。その姿が自在に浮かびあがると、レンズに稲妻が走り、レンズは粉々に砕け散った。王女は、生身の姿でわれわれの前に立っていた」(Ⅱ 6-337)。「クッフ式太陽顕微鏡」とは、一八世紀イギリスの技術者ジョン・クッフが製作した、顕微鏡で拡大した像を、太陽光によってスクリーンに映しだす装置だった。一九世紀初頭のヨーロッパで一世を風靡した光学魔術、ラテルナ・マーギカやファンタスマゴリアの一種であるこの装置によって、一七世紀の顕微鏡学者レーウェンフックは、蚤のサーカスを拡大して観客に見せる興行師へと転身するのである(Stadler 96ff.)。

だが、『砂男』において、オリンピアの目に光をともしたものが、ナターナエルの愛のまなざしであったように、ここでもまた、デルティエ＝ガマヘーが生きながらえるためには、蚤の親方をかくまっているペレグリーヌスの愛が必要となる。他方、『砂男』のスパランツァーニとコッポラと同様に、レーウェンフックとスワンメルダムもまた、ガマヘーをめぐって仲たがいする。「二人は今や、望遠鏡を目にあてて、その武器を伸ばしたり縮めたりしながら、憤怒にみちて、互いに鋭い必殺の突きを入れあった。(…)こうして彼らは、奔放きわまる跳躍や、狂ったような身ぶりや、怒りにみちた叫びをかわすのだった。額からは、汗のしずくがしたたり、顔からは、真っ赤に充血した目がむき出しになった。二人が望遠鏡で見つめあっている以外には、彼らの舞踏病の原因は、まったくみとめられなかったので、彼らは精神病院から逃げだしてきた患者としか見えなかった」(H 6-385f.)。望遠鏡という武器によるこの二人の自然科学者の死闘は、ウルリヒ・シュタードラーの言葉を借りるなら、「科学のまなざしが、それほど無害なものではなく、相手に危害を加えずにはいない」(Stadler 103)ことを物語っているのである。

だが、『砂男』と『蚤の親方』とのあいだの決定的な相違は、この二つの作品において、光学機器がはたす役割のうちに、明瞭に見てとることができる。コッポラの望遠鏡が、ナターナエルに狂気と死をもたらしたのにたいして、蚤の親方は、自分をかくまってくれたお礼にと、蚤の一族の「たいへん器用で熟達したレンズ工が、まだレーウェンフックにつかえていたころに製作した顕微鏡」(H 6-360)を、ペレグリーヌスに贈る。スワンメルダムの前で、ペレグリーヌスがこの「顕微鏡レンズ」を目のなかに入れると、次のような光景がひらけてくる。「スワンメルダム氏の目の角膜の奥に、彼は奇妙な神経と脈管をみとめ、それが不思議にも交錯しながら脳の奥深くまで達しているのをたどってゆくと、そこにスワンメルダムの思考をみとめることができた。その思考とは、およそ次のようなものだった。何もかも問いただされずに、うまく切り抜けられようとは、思ってもみなかった。父親もつまらない、了見の狭い人間だったが、その息子ときたら、さらに頭がいかれている。子供じみた愚かしさなら、たっぷりそなえているが（…）」（H 6-370）。

このレンズは、それを目に入れると、話し相手の「もっとも内なる思考が、ありありと目の前にあらわれてくる」、「世界中にまたとない、不思議な力をもった器具」（H 6-371）だったのである。相手の「言葉と思考のあいだの著しい矛盾」を見ぬき、「人々が言うことよりも、彼らが考えていることにあわせて返答する」（H 6-383）ことによって、ペレグリーヌスは、つねに相手より優位に立つことができる。この魔法のレンズによって、うわべと本音のあいだの一致が確認されるのは、「彼の昔からの本当の友人」（H 6-378）であるゲオルク・ペープシュただ一人である。こうして、「顕微鏡レンズ」は、小さなものを大きくする手段から、目に見えない人間の心のなかを目に見えるようにする手段へ、生物学の観察器具から、心理学の実験装置へと変貌するのである。

いや、それだけではない。ペレグリーヌスが、夢遊状態のデルティエ＝ガマヘーにレンズを向けると、そこにあらわれてくるのは、次のような光景である。「ペレグリーヌスがみとめたのは、色とりどりの花々が人間に姿を変え、そうかと思うと今度は、人間が地中に流れこみ、石や金属になって顔をのぞかせるさまだった。そのあいだには、ありとあらゆる奇妙な動物たちがうごめき、何度となく変身を繰りかえし、不思議な言葉を話していた。どの姿も他のものとは調和せず、胸のはりさけるような悲哀の嘆きがあたりをつらぬき、事物の姿の不協和を告げているようだった。だが、まさしくこの不協和こそが、勝ち誇ったようにあらわれ、分裂して見えたすべてのものを、永遠の名状しがたい歓喜へと統合する深い根源的調和を、いっそうきわだたせていた」（H 6-389）。蚤の親方は、この光景を、デルティエ＝ガマヘーの「夢の思考」と呼ぶ。彼の「顕微鏡レンズ」は、人間の意識のみならず、無意識の世界をも開示することによって、フロイトの精神分析を先取りしている。こうしてペレグリーヌスは、最初は蚤の親方を取りもどすために彼に近づいたデルティエ＝ガマヘーが、今では本心から彼を思っていることを知り、彼女への愛に目覚めるのである。

ゲアハルト・ノイマンは、一六、一七世紀のヨーロッパ絵画に見られるアナモルフォーズ、すなわち、対象を変形し、歪曲して描きだす絵画技法が、ホフマンにおける「ロマン主義的啓蒙」の根底にあることを指摘したうえで、この場面を、その実例として挙げている。すなわち、アナモルフォーズの原理を体現する「夢の思考」を介して初めて、ペレグリーヌスは、デルティエ＝ガマヘーという「謎めいた他者」を理解することができる（Neumann 1997b 139）。いやそればかりか、人間の無意識の世界へと分け入り、種々雑多な事物が織りなす「不協和」の背後に、「根源的調和」を浮かびあがらせる「顕微鏡レンズ」は、ホフマンの創作原理それ自体のメタファーなのである（Kremer 119）。

だが、物語はこのあと、思いがけない展開をとげる。ペレグリーヌスは、デルティエ＝ガマヘーをひそかに愛している親友ゲオルク・ペープシュに、彼女を譲る。じつは、ペープシュこそは、メールヒェンの国ファマグスタで、ガマヘーの最初の恋人だった薊のツェヘリトにほかならなかったのである。そして、ペレグリーヌス自身は、結末にいたって突然登場する、製本屋レンマーヒルトの娘レースヒェンのうちに、理想の恋人を見いだすことになる。レースヒェンの愛を確かめようとして、いったん「顕微鏡レンズ」に手を伸ばした彼は、すぐさま罪の意識にとらわれる。「この天使の、天国のように澄みきった聖域に、お前は侵入しようとするのか？　俗世にとらわれた、卑しい魂の邪悪な営みとは、何ら共通するところのない思考を、お前はのぞき見ようとするのか？　愛の精神そのものを、恐ろしく無気味な力の呪わしい術で試し、嘲ろうとするのか」（H 6-452f.）。そしてペレグリーヌスは、次のような認識へと到達する。「この不幸なレンズをつかむと、暗い不信が心をみたし、不当な怒りと、狂気じみた妄想のうちに、真の友でさえこの胸から突きはなし、悪しき憤怒の致命的な毒が、生の奥底にまで侵入し、私をこの世の存在すべてと仲たがいさせ、自分自身からも遠ざけてしまう。いけない、冒瀆だ、呪われた冒瀆だ。この世に罪をもたらした、あの光の堕天使のように、永遠の力をもつお方と張りあおうなどとすることは。あのお方が人間の心を見通すのは、人間を支配しているがゆえなのだ。呪われた贈り物など、捨ててしまえ」（H 6-457）。こうして彼は、「顕微鏡レンズ」を、その贈り主である蚤の親方に返却するのである。

この結末は、『砂男』のそれとは、考えうるかぎりの対照をなしている。清純な娘レースヒェンと結ばれて、幸福な家庭を築くペレグリーヌスは、無惨な死をとげるナターナエルとではなく、クラーラに「平穏な家庭の幸福」をもたらす「やさしい夫」と瓜二つである。そして、ホフマンの創作原理それ自体のメタファーでもある「顕微鏡レンズ」を投げ捨てるペレグリーヌスは、そのことによって、ロマン主義からの訣別を宣言しているようにさえ思われる。

だが、事情はそれほど単純ではない。蚤の親方は、レンズを返却したペレグリーヌスに、まもなく「夢のような譫妄状態」（H 6-459）が訪れることを予言して、姿を消す。そして、この夢のなかで、ペレグリーヌスは、彼の運命を解きあかすホロスコープにしるされた「光り輝く柘榴石」（H 6-425）、レーウェンフックやスワンメルダムはもちろん、蚤の親方自身にも解読することができなかったこの記号の意味を、今初めて悟ることになる。すなわち、ペレグリーヌスは、メールヒエンの国ファマグスタの王セカキス、すなわちガマヘー王女の父その人にほかならなかったのである。そして、物語の主要な登場人物たちすべてが登場するこの夢のなかで、レーウェンフックとスワンメルダムが、「自然の内なる本質の意味を予感することもなく、自然を探究しようとした」（H 6-462）「頭のいかれた自然の小売商人」（H 6-460）として断罪される一方で、ペレグリーヌスとレースヒェン、ガマヘー王女と薊のツェヘリトの二組の恋人たちは、その愛の成就をたたえられるのである。

ペレグリーヌスが夢から覚め、二組の恋人たちの結婚式がとりおこなわれたあと、ガマヘーとツェヘリトは、植物に変身して死をとげる。ペレグリーヌスは、死によって愛を成就させた親友ツェヘリトに、こう呼びかける。「柘榴石の光は、ぼくに最高の生を授けてくれたが、君には死をあたえた。暗い力の神秘的な分裂が、奇妙に絡みあって結ばれた二人よ。神秘は解きあかされた。あらゆる憧れがみたされる最高の瞬間は、君の死の瞬間でもあったのだ」（H 6-466）。この作品が、「二人の友人たちの七つの冒険からなるメールヒェン」という副題をもっているのは、けっして偶然ではない。『砂男』の結末が、ナターナエルの死とクラーラの幸福という両極のあいだに引き裂かれながら、この二つの世界のあいだのひそかな結びつきを暗示していたように、ここでもまた、二組の恋人たちがたどる運命は、互いに対極をなしながらも、表裏一体をなしている。そして、フランクフルトとメールヒェンの国ファマグスタ、市民的現実とロマン主義的幻想という二つの世界を一つに結びつけているものが、メールヒェンという形式なのである。

六　世界の多次元性――ゲーテ『ヴィルヘルム・マイスターの遍歴時代』

ゲーテが、ホフマンの文学を好まなかったことはよく知られている。ただ、そのなかにあって、『蚤の親方』だけは、いくぶん例外的な位置を占めている。カール・アウグスト公の勧めで、刊行直後にこの作品を読んだゲーテは、一八二二年四月一二日に公にあてた手紙のなかで、これが「初めて読んだホフマンの作品」だと告白するとともに、この作品がもつ「あらがいがたいある種の魅力」(G II-9-247) をみとめている。確かに、フランクフルトの富裕な商人の息子が、さまざまな試行錯誤のすえに、理想の女性とめぐり会い、市民的な幸福を手に入れるこの物語は、『ヴィルヘルム・マイスターの修業時代』のミニチュア版としても読むことができる。とりわけ、ペレグリーヌスが「顕微鏡レンズ」を投げ捨てる結末が、ゲーテの意にそうものだったことは、想像にかたくない。というのも、この時期のゲーテは、光学機器が人間の感覚におよぼす悪影響について、繰りかえし語っているからである。

一八二一年に刊行された『ヴィルヘルム・マイスターの遍歴時代』第一稿の第一三章で、断崖絶壁の上に立つヴィルヘルムは、遠く離れた向こう側の岩壁に、妻ナターリエの姿をみとめる。望遠鏡で彼女の姿を眺める彼は、この光学機器について、次のように述べる。「望遠鏡には、何かしらとても魔法めいたところがある。若いころから望遠鏡をのぞくことに馴れていなければ、それを目にあてるたびに、慄きと驚きを感じることだろう。のぞいているのは、われわれであって、しかもわれわれではない。それは、より高次の器官をもち、制限を知らず、無限へと到達する権利をもった存在なのである」(G I-10-163)。じっさい、ナターリエをよく見ようとして、身を乗りだしたヴィルヘルムは、「もし親切な人の手が、私をつかまえて、危険と最高の幸福から引きはなしてくれなかったなら、深淵にのみこまれてしまいそうに」(G I-10-164) なる。望遠鏡による世界認識がはらんでいる両義性を、あからさまに物語るこの一節は、一八二九年に刊行されるこの小説の第二稿からは削除される。だがそのかわりに、『遍歴時代』第二稿には、望遠鏡にまつわる重要な場面が、新たに書きくわえられるのである。

第二稿の第一巻第一〇章で、ヴィルヘルムは、アメリカ移住計画の指導者であるレナルドーの伯母マカーリエの館を訪れる。夜になると、一人の天文学者が、彼を天文台へと案内し、ヴィルヘルムは、「星空の奇跡」(G I-10-382) を体験する。「感動し、驚嘆して、彼は両眼を閉じた。巨大な星空は、崇高であることをやめ、われわれの理解力を超え、われわれを破壊しようとした。〈宇宙とくらべれば、私はいったい何者だ〉、と彼は自問した。〈どうすればそれに対峙し、その中心に立つことができるのだろう〉」(G I-10-382)。だが、やがて彼は、こう思いいたる。「お前がこの永遠に生きた秩序の中心にいると考えることができるのは、お前のうちにも同様に、たえず動くものがあらわれて、純粋な中心点をめぐっていればこそではないか」、と(G I-10-383)。

「私の上なる星空と、私の内なる道徳律」(K 5-161)というカントの『実践理性批判』(一七八八)の結びの言葉を思いおこさせると同時に、マクロコスモスとミクロコスモスの照応関係という古代以来の自然観につらなってもいるこの認識が、目を閉じることによってもたらされるのとは対照的に、このあと「完璧な望遠鏡」(G I-10-384)によって、木星とその衛星を観察したヴィルヘルムは、天文学者にこう語る。「この星を、異様なほど近づけて見せてもらったことに、お礼を申し上げるべきかどうか、よくわかりません。さっき見たときには、それはほかの無数の天体とも、私自身とも釣りあっていました。けれども、それは今、私の想像力のなかで、不釣りあいに拡大されています。ほかの天体も、同様に近づけてもらうべきかどうか、私にはわかりません。それは私を圧迫し、不安にすることでしょう」(G I-10-384)。ホフマンの『砂男』と同様に、ここでもまた望遠鏡は、人間の想像力のメタファーとなっている。そして、『蚤の親方』のペレグリーヌスと同じく、ヴィルヘルムもまた、彼に不安をもたらす光学機器を捨てて、裸眼による認識へと立ちもどろうとするのである。

『遍歴時代』第二巻の巻末におかれたアフォリズム集「遍歴者の精神における考察」には、明らかにこの場面と関連する一文が収められている。「顕微鏡と望遠鏡は、じつは人間の純粋な感覚を混乱させる」(G I-10-567)。第三巻末尾のアフォリズム集「マカーリエの文庫から」の次の一節もまた、これと関連づけて読むことができる。「自らの健全な感覚をもちいるかぎりは、人間自身が、存在しうるもっとも偉大で正確な物理器具である。実験を、いわば人間から分離し、人工機器が示すことのうちにのみ自然を認識し、自然のなしとげることを、それによって制限し、証明しようとすることこそが、近代物理学の最大の災厄である」(G I-10-760)。ゲーテにとって、望遠鏡のモティーフは、彼の近代科学批判と、分かちがたく結びついていたのである。

だが、ニュートン光学を批判する一方で、プリズムをけっして手ばなすことがなかったゲーテは、望遠鏡による天体観測にも、熱心にたずさわっていた(Ishihara 54)。そして、ホフマンがその作品のなかで描きだした自然科学者たちが、徹底的に戯画化されていたのとは対照的に、『遍歴時代』に登場する天文学者は、「最上の、もっとも広い意味での一家の友人」(G I-10-379)として、敬意をこめて描かれている。この小説のもとの構想では、ヴィルヘルムがナターリエにあてた手紙のなかで、この「すぐれた自然研究者」(G I-10-846)について報告することになっており、そこには次のような一節が含まれていた。「彼は、リヒテンベルクをとても高く評価している。もっとも彼の方が、すべてをより真面目に受けとめるのではあるが。リヒテンベルクの著作を、われわれは、このうえなく不思議な魔法の杖としてもちいることができる。彼が冗談を言うところには、問題が隠されている」。「火星と木星が、そのあいだの空間に見いだされる物質をすべて吸収し、わがものとしたことを、カントが入念に証明したとき、リヒテンベルクは、この膨大で空虚な空間に、陽気な思いつきを投げいれた。彼は、彼一流の冗談めかした言い方で、こう言った。目に見えない世界だって、存在するかもしれないではないか、と。彼の言ったことは、まったく正しかった。新しく発見された惑星は、世界中の人々の目に見えないではないか。私たちが、その言葉と計算を信用せざるをえない、少数の天文学者を除いては」(G I-10-847)。

ゲーテは、最終的にこの手紙の構想を撤回し、天文学者がリヒテンベルクの崇拝者であるという一節を削除し、残りの部分をそれぞれ独立したアフォリズムとして、「マカーリエの文庫から」に収録する(Bauer 193ff., Ishihara 18ff.)。そして、この二つのアフォリズムによって、ゲーテは、かつての『色彩論』の論敵リヒテンベルクを、「魔法の杖」によって「目に見えない世界」を開示するフモリストとしてとらえなおし、彼にオマージュを捧げるのである。

さて、天文台のヴィルヘルムに話を戻すことにしよう。望遠鏡による天体観測に疑問を投げかけるヴィルヘルムにたいして、天文学者は反論することなく、明日の朝、「日の出に先立ってあらわれる金星」(G I-10-385)を観察するために、しばらく眠りにつくようにと彼に勧める。眠りこんだヴィルヘルムは、マカーリエの姿を夢に見る。その夢の内容を、彼は天文学者に次のように物語る。「彼女の足もとには雲がわきおこり、翼となってこの聖なる姿を上昇させ、最後には彼女の壮麗な顔のかわりに、分かれてゆく雲のあいだに、一つの星がまたたくのが見えました。その星はますます上へと運ばれ、開いた丸天井を通って星空全体と一体化し、星空はますます広がり、すべてを包みこむように見えました」(G I-10-386)。その瞬間、天文学者に起こされたヴィルヘルムが、窓の外を見やると、そこには、「明けの明星が、輝かしい壮麗さの点では劣るかもしれないが、同じように美しく」姿をあらわし、「この現実の、天上に漂う星が、夢に見た星にとってかわり、夢にあらわれた星の壮麗さを吸いつくしている」というのである。

ヴィルヘルムのこの体験を、天文学者は「奇跡」と呼ぶ。なぜなら、マカーリエと天体とのあいだの特別な関係について計算をおこなった彼は、「彼女は太陽系全体を自らのうちにもっている、というよりむしろ、彼女の精神は太陽系を構成する一部として、そのなかを運行している」(G I-10-391) という結論に達していたからである。ホフマンの『蚤の親方』で、ペレグリーヌスのホロスコープの秘密が、夢のなかで初めて明らかになったように、マカーリエと宇宙との関係もまた、夢を介して初めてヴィルヘルムに開示されるのである。

マクロコスモスとミクロコスモスのあいだの照応関係を体現するマカーリエの宇宙像は、この小説の第三巻第一五章で、詳細に描きだされる。「彼女は、幼いころから太陽のまわりをめぐっており、しかも、今明らかになったところでは、らせんを描いてますますその中心から離れ、外の領域へ向かって回転して」(G I-10-734) おり、「すでに火星の軌道を超えて、木星の軌道に近づいて」(G I-10-736) いる。「観る人」と呼ばれる彼女は、「誰も空にみとめることができなかった一、二の星」の存在を感知しており、それは、「当時まだ発見されていなかった小惑星かもしれなかった」。ここで、先に見た「目に見えない世界」にかんするアフォリズムを思いおこすなら、神秘的直観によって宇宙と一体化するマカーリエと、望遠鏡による観測と計算によって彼女の直観を立証する天文学者とは、目に見えないものを見えるようにするという点で、互いに相補的な関係にあることがわかる。そして、それゆえにこそ、マカーリエの「神秘的な直観」と「恍惚とした幻視」が、「病気」(G I-10-391)と見なされる一方で、天文学者は、「医師」(G I-10-379)とも呼ばれるのである。

いや、それればかりではない。マカーリエの神秘的な宇宙像を、「エーテルの詩」と呼んだ語り手は、そのあと「地球のメールヒエン」へと目を転じ、地質学者モンターンと、その協力者である、「自分の感覚によって、地上のさまざまな物質の区別を見事に言いあてることができる不思議な人物」(G I-10-737)に言及する。モンターンとこの人物の関係は、天文学者とマカーリエのそれに、正確に対応している。さらに、この二組のペアに、外科医となるヴィルヘルムを加えるなら、この小説の作品世界は、天、地、人という三つの領域のすべてにわたっているのである(Hartmut Böhme 267)。

こうした世界の多次元性は、晩年のゲーテの文学を特徴づけるものだった。一八二七年九月二七日にカール・ヤーコプ・イーケンにあてた手紙のなかで、『ファウスト』第二部に触れて、ゲーテはこう述べている。「われわれの経験の多くは、そのままのかたちで表現したり、直接に伝えたりすることができないので、私はずっと以前から、相互に対置され、いわば互いに反映しあう形象によって、秘められた意味を、注意深い者に開示する手段を選んできました」(G II-10-548)。『ヴィルヘルム・マイスターの遍歴時代』もまた、複数の鏡を対置することによって、多次元的な世界を映しだそうとする試みの一つだったのである。

しかも、こうした試みは、けっしてゲーテだけにかぎったことではなかった。これまでに見てきたように、リヒテンベルクは、文学的想像力によって、自然科学者としての自己反省を実践し、ホフマンは逆に、光学機器のモティーフを通じて、ロマン主義的想像力の自己批判をおこなった。ゲーテ、リヒテンベルク、ホフマン、この三人のテクストをつらぬいている「見ること」をめぐる省察は、もはや一次元的にとらえることができなくなった世界を、その多次元性のうちにとらえなおそうとする試みにほかならなかったのである。

第三章　非音楽的な音楽家

一　否定的な主人公——カフカとグリルパルツァー

一九二〇年の六月末から七月初めにかけて、プラハの作家フランツ・カフカ（一八八三—一九二四）は、ヴィーンに住むチェコ人の女性ジャーナリスト、ミレナ・イェセンスカのもとを訪れる。フォルクスガルテンを散策する二人は、一八八九年に作られたフランツ・グリルパルツァー（一七九一—一八七二）の記念碑の前を通りかかる（Polítzer 1973 19）。一九世紀のヴィーンを代表するこの大作家について、二人のあいだにどのような会話がかわされたのかは定かではないものの、プラハに戻ったカフカは、グリルパルツァーの短篇小説『貧しい辻音楽師』（一八四七）をミレナに送り、その理由について、こう書きそえる。「それがとてもヴィーン的で、とても非音楽的で、とてもお涙頂戴的だから。それがフォルクスガルテンで、ぼくたちを見おろしていたから。（…）それがとてもお役人的で、商売上手な娘を愛したから」（KB 80f.）。ここで、「それ（er）」という人称代名詞は、『貧しい辻音楽師』という作品と、その作者と、その主人公を、同時にさし示しているように思われる。そして、ミレナがこの小説の読後感を書きおくると、カフカはそれに答えて、「ぼくはこの物語を、まるで自分で書いたもののように恥ずかしく思う」と書き、さらにこの作品の「語り手」について、次のように述べる。「おそらくは、彼こそが、ほんとうの貧しい辻音楽師なのでしょう。この物語を、あたうかぎり非音楽的に演奏してみせ、君の目から流れでる涙によって、大げさな賛辞を存分に受けているのですから」(KB 101)。「非音楽的 (unmusikalisch)」という言葉は、カフカが自分自身の音楽にたいする否定的な関係を表現するさいに、きまってもちいるキーワードだった (Neumann 1990 391)。この言葉によって、彼は、グリルパルツァーの小説の語り手と主人公の双方を、自分自身と重ねあわせるのである。

『貧しい辻音楽師』の主人公ヤーコプが、「非音楽的な音楽家」というパラドックスを体現していることは、カフカの証言を待つまでもなく、この作品の読者には、すでに自明の事実であると言ってよいだろう。語り手は、ヤーコプのヴァイオリン演奏を、「テンポもメロディーもない、脈絡を欠いた音の連続」(GR 41)、さらには、「この地獄のコンサート」(GR 48) とまで断罪しながらも、いや、まさしくそれゆえにこそ、この人物に惹きつけられてゆく。じっさい、救いようもなく下手くそな音楽家を、このうえもなく感動的に描きだしたという点において、この作品は、ロマン主義以来連綿と続く音楽家小説の系譜のなかで、ひときわ異彩をはなっている。そして、その意味において、この小説は、天才的な創造性をそなえたロマン主義的芸術家像の終焉を告げているように思われる（Schmidt 53）。いや、それればかりか、ハンス・ユルゲン・シュラーダーは、挫折した音楽家像の系譜をたどった最近の論文のなかで、ヤーコプのことを、「ドイツ語圏の文学における、おそらくは最初の否定的な主人公」（Schrader 161）とさえ呼んでいるのである。

ところで、カフカがすでに見てとっていたように、この作品は、グリルパルツァーの自画像、ベンノー・フォン・ヴィーゼの表現を借りるなら、「グロテスクなまでに誇張された自己カリカチュア」（Wiese 149）としての側面をもっていた。じっさい、有力者だった父親との関係、音楽のレッスン、学校の公開試験での失敗、無給での役所勤めなど、グリルパルツァー自身の伝記的事実の多くが、主人公の経験として、この小説のなかには取りこまれている。だが、そのなかにあってただ一つ、伝記的事実とは一致しない点がある。長男だったグリルパルツァーは、父親の死後、弟たちと母親の生活の面倒を見なければならなかった。それにたいして、小説の主人公は、自分の兄弟について、こう語る。「私は、三人兄弟の真ん中でした。兄と弟は、役人になって出世しましたが、二人とももう死んでしまいました。まだ生きのこっているのは、私だけです。（…）兄と弟は、父を満足させましたが、私は、のろまと呼ばれました」（GR 51）。優秀な兄と弟のはざまにあって、父親から疎まれる不器用な主人公という設定が、この小説にとって必要であったことは想像にかたくない。だが、それと同時に、伝記的事実からのこの逸脱は、それとはまた別の想像をかきたててくれるようにも思われる。すなわち、「貧しい辻音楽師」ヤーコプに兄がいたように、『貧しい辻音楽師』というこの作品もまた、文学史のなかに兄貴分をもっているのではないだろうか、と。というのも、何らかの意味で否定的な性格をおびた音楽家の姿は、けっしてグリルパルツァーによって初めて生みだされたものではなく、むしろ、ロマン主義以降の音楽家小説を特徴づける要素だったからである。本章では、このような観点から、『貧しい辻音楽師』とその文学史上の兄弟たちの系譜をたどってみたい。そして、同時にまた、芸術家小説の主人公として、とりわけ音楽家が選びだされることの意味についても考えてみることにしたい。

二　引き裂かれた意識——ディドロ『ラモーの甥』

大都会の雑踏のなかで、語り手が一人の奇妙な音楽家と出会い、この人物にあらがいがたい関心をいだいた語り手の前で、音楽家が自らの来歴を物語る。グリルパルツァーの『貧しい辻音楽師』の内容を、このように要約してみるなら、これと瓜二つの筋書きをもった作品を、一八世紀のフランスに見いだすことができる。ドニ・ディドロ（一七一三—八四）の対話体の小説『ラモーの甥』（一七六一—八二執筆）である。ディドロの生前には公刊されなかったこの作品の出版をめぐる事情は、一九世紀初頭のドイツ文学とも深くかかわっていた。ロシアのエカテリーナ二世が所有していたこの作品の原稿の写しが、ロシア宮廷に仕えていたドイツの作家フリードリヒ・マクシミリアン・クリンガーを介して、ヴァイマルへともたらされ、ゲーテはこの作品をドイツ語に翻訳し、詳細な注をつけて、一八〇五年に出版する。一八二三年になってようやく最初のフランス語版が出版されるまでのあいだ、ゲーテによるこの翻訳は、この作品の唯一のテクストとして、同時代の文学や思想に大きな影響をおよぼした（Mortier 232ff.）。そうした理由から、ここでは、オリジナルのフランス語版ではなく、ゲーテのドイツ語訳を、テクストとして使用することにしたい。

この作品は、「哲学者」（D 17）と呼ばれる語り手が、パリのパレ・ロワイヤルに面したカフェで、奇妙な人物に話しかけられるところから始まる。この人物のモデルは、一八世紀のフランスを代表する大作曲家ジャン・フィリップ・ラモー（一六八三―一七六四）の甥にあたる実在の音楽家、ジャン・フランソワ・ラモー（一七一六―六七）だった。伯父のような音楽的才能には恵まれなかった甥のラモー（以下ではラモーと表記）は、パリのブルジョワのサロンを転々とする放浪生活をおくっている。語り手はラモーを、「変わり者（Original）」（DR 13）、「高貴さと下劣さ、良識と非理性の混合物」（DR 11）と呼び、ラモーは自らのことを、「無知で、愚かで、阿呆で、恥知らずで、悪党で、大食らい」（DR 37）と称する。ミシェル・フーコーが、『狂気の歴史』（一九六一）のなかで指摘しているように、ラモーは、前近代の宮廷道化と、近現代の狂気の芸術家という二つの相貌をかねそなえている（フーコー　三六八）。彼は、そのパントマイムによって、ブルジョア社会の腐敗ぶりを暴きだし、それを見た語り手は、こう嘆息する。「私は、これほどの巧みさと低劣さ、正しい考えと誤った考え、すっかり転倒した感情と、まったくの恥知らずと、たぐいまれな率直さに困惑してしまった」（DR 51）、と。

ラモーの芸達者ぶりは、彼がさまざまなオペラを、歌手たちからオーケストラにいたるまで、たった一人で実演してみせる場面にいたって、最高潮に達する。「彼は、三〇曲ものアリアを、イタリアものもフランスものも、悲劇も喜劇も、ありとあらゆる種類のものを並べたて、ごちゃまぜにした。深々としたバスで、地獄におりたつかと思えば、のどを締めつけて、裏声で天空を切り裂き、歩き方や姿勢や身ぶりによって、さまざまな歌手のまねをして、荒れ狂ったり静まったり、号令をかけたり嘲ったりした」(DR 165ff.)。この一人舞台に圧倒された語り手は、こう自問自答する。「わたしは彼に驚嘆したか？　たしかに驚嘆した。私は感動し、共感したか？　感動し、共感した。だが、ある種のばかばかしさが、この感情には溶けこんでいて、その本性を奪い去ってしまった」(DR 169)。ラモーのパフォーマンスが、「驚嘆」や「感動」や「共感」と同時に、「ばかばかしさ」の感情を聴き手に呼びおこすのは、それが、他者の作品の、他者による演奏の、たんなる模倣にすぎないという二重の意味において、オリジナリティーを欠いているからにほかならない。そして、それゆえにこそ、語り手はラモーに、こう問いかけるのである。「巨匠たちのもっとも美しいパッセージを、やすやすと感じとり、記憶にとどめ、情熱をこめて再現し、他人をも感動させるあなたが、少しでも価値のある作品を何一つ生みださなかったのは、いったいどうしてなのですか」(DR 193)、と。

ゲーテは、自らの翻訳にそえた注のなかで、ラモーという人物がはらんでいるこうした矛盾を、見事に言いあてている。「ラモーの甥は、まったくの寄食者で、外的なきっかけから、どんな悪でもなしうるような人物であり、したがって、われわれの軽蔑、いやそれどころか憎悪をかきたてるが、それにもかかわらず、こうした感情は、彼がまったく才能を欠いてはいない、想像力ゆたかな演奏をおこなう音楽家として登場することによって、和らげられる」(DR 273)。ゲーテがここで、作品の語り手である良識ある「哲学者」と同じ視点から、ラモーの人物像をとらえようとしているのにたいして、ゲオルク・ヴィルヘルム・フリードリヒ・ヘーゲル(一七七〇—一八三一)は、『精神現象学』(一八〇七)のなかでこの作品を取りあげ、語り手とラモーを、それぞれ「誠実な意識」と「引き裂かれた意識」として対置したうえで、次のように述べている。「誠実な意識は、すべての要素を不変の実体としてとらえており、それがまた正反対のことをもなすという点に気づくだけの教養と思考力をそなえていない。だが、引き裂かれた意識は、転倒の意識、それも絶対的な転倒の意識である。彼のうちに働いている概念の力は、誠実な意識にとっては遠く隔たっている思考を結びつけ、それゆえ、機知にとんだ言葉を語るのである」(HG 283)。ここでは、語り手とラモーとのあいだの上下関係は転倒され、ラモーの「引き裂かれた意識」は、その否定性のゆえにこそ、硬直した価値観を転倒させ、解体するための起爆剤としてとらえなおされる。そしてヘーゲルは、こうした「引き裂かれた意識」の典型的なあらわれを、たった一人でオペラ全体を演じきる「音楽家の狂気」(HG 283)のうちに見てとるのである。

さてそれでは、ヘーゲルの言う「引き裂かれた意識」が、ほかならぬ音楽家の姿をとってあらわれる理由は、どこにあるのだろうか。音楽家は、ほかのジャンルの芸術家とはことなり、作品を創造するだけではなく、それを聴衆の前で自ら演奏してみせる表現者でもある。ラモーもまた、自らの作品を創造することこそないものの、自らの音楽観を、そのパフォーマンスによって実演してみせる。そして、彼のパフォーマンスは、語り手の言葉によって、再現されることになる。こうして、ここに、音楽家と語り手とのあいだの共同作業を通じて、音楽と文学とのあいだに対話がかわされる。ここに、音楽家小説というジャンルが成立する原点があるように思われる。そして、ロマン主義以降、連綿と書きつがれてゆくことになる音楽家小説の起源とも言うべき作品が、『ラモーの甥』だったのである。

三　ロマン主義的音楽家小説の誕生——ホフマン『騎士グルック』／『B男爵』

ゲーテ、ヘーゲルとならんで、『ラモーの甥』に魅了されたもう一人のドイツ人が、ホフマンだった。ヘーゲルの『精神現象学』が出版された一八〇七年、ナポレオン軍の侵攻によって、プロイセンの役人としての職を失ったホフマンは、求職活動のためにベルリンに滞在する。このときの経験をもとにして、彼は最初の短篇小説『騎士グルック』（一八〇九）を書きあげる。「一八〇九年の思い出」という副題をもつこの作品の冒頭部分は、『ラモーの甥』のそれと、驚くほどよく似ている（Laußmann 65ff.）。ベルリンのティーアガルテンに近い屋外のカフェで、オーケストラの調子はずれの響きに悩まされている語り手は、奇妙な人物に話しかけられる。この人物が、オーケストラの団員に声をかけ、テーブルに腰をおろしたまま、タクトを振りはじめると、グルックのオペラ『アウリスのイフィゲーニエ』の序曲を演奏するオーケストラの響きは、にわかに精彩をおびはじめる。だが、「作曲家」(H 2/1-23)を自称するこの人物は、ラモーとは違って、自らの名前を明かそうとはしない。そればかりか、語り手から「変わり者(Sonderling)」(H 2/1-26)と呼ばれる彼は、自らの音楽論を滔々と語ると、次のような謎めいた言葉を残して、忽然と姿を消してしまう。「辛いことにも、私は肉体を離れた亡霊のように、この荒涼たる空間をさまようという劫罰を受けたのだ」(H 2/1-26)、と。

数カ月後、この人物と再会した語り手は、彼の住まいへと案内される。長年にわたって人の住んだ形跡のない、古色蒼然とした部屋で、この音楽家は、グルックのオペラ『アルミーダ』を、ピアノと声によって、見事に演奏してみせる。そして、「あなたは誰なのです」という語り手の問いにたいして、大礼服を身にまとってあらわれた彼は、こう答えるのである。「われこそは、騎士グルックなり」(H 2/1-31)、と。一八世紀ドイツの実在の作曲家クリストフ・ヴィリバルト・グルック(一七一四—八七)は、二〇年以上前にすでに世を去っていた。この「変わり者」の正体が、自分はグルックだと思いこんでいる妄想家なのか、それとも、天才作曲家グルックの再来なのかという点にかんしては、すでに何度となく議論がかわされてきた(Liebrand 30ff.)。だが、ハンス・マイアーがつとに指摘したように、こうした世界の「二重性」(Hans Mayer 472)こそが、ホフマンの文学の特色であり、天才的な創造性が、同時にまた狂気と劫罰という否定性と不可分に結ばれているという点にこそ、彼の芸術家像の本質はあったのである。

『ラモーの甥』と同様に、ここでもまた、音楽家のパフォーマンスが、作品のクライマックスをなしている。彼が『アルミーダ』の譜面を開くと、驚いたことに、「五線を引いたページ」には、「音符が一つもしるされて」いない。そして、彼が始める演奏は、しだいにグルックの原曲から逸脱してゆく。「彼は、たくさんの新しい天才的な表現法を持ちこんだので、私の驚きは、ますますつのっていった。とりわけ彼の転調は、鮮やかでありながら、どぎつくはなく、単純な主題にたくさんの流麗な装飾を加えるので、主題がたえず新たに若がえった姿で立ちもどってくるように思われた」。「今や彼は、『アルミーダ』の終幕を、私の心の奥底にしみ入るような表現で、うたってみせた。ここでも彼は、原曲からは、はっきりと逸脱していた。だが、彼が変更を加えた音楽は、いわば、より高い力のこもったグルックの場面だった」(H 2/1-30f.)。白紙の楽譜は、彼の音楽が、ふつうの人間の目には見えない、いわば亡霊の音楽であることを示している。だがその一方で、グルックの音楽を文字通りいったん白紙に戻し、それを「より高い力のこもったグルック」へと変容させることによって、古典主義の作曲家グルックは、ロマン主義的な音楽家としてよみがえる(Valk 125)。そして、白紙の楽譜にしるされた目に見えない音楽を、言葉によって再現する役割は、語り手にゆだねられる。演奏を始めようとする音楽家から、「正しいタイミングでページをめくってくれ」と頼まれた語り手は、「彼のまなざしを追いながら、懸命にページをめくって」

（H 2/1-30）ゆく。こうして、白紙の楽譜にともにまなざしを注ぐ、音楽家と語り手との共同作業が、新しい音楽を、そしてそれとともに、新しい音楽家小説を生みだすことになる（Pontzen 174）。「われこそは、騎士グルックなり」という音楽家の最後の言葉は、同時にまた、ロマン主義作家ホフマンの誕生を告げているのである（Oesterle 1992/93 71）。

ホフマンのその後の創作において、『騎士グルック』の主人公は、狂気の音楽家クライスラーへと、さらに変貌をとげてゆく。だがホフマンは、作品集『ゼラピオンの兄弟たち』におさめられた短篇小説『B男爵』（一八一九）のなかで、それとはまたことなった音楽家像を描きだしている。この作品の主人公のモデルになった音楽愛好家カール・エルンスト・フォン・バッゲ男爵（一七二二―九一）の名前は、ディドロの『ラモーの甥』にも登場するが、ホフマンは、『一般音楽新聞』一八〇一年九月一六日号に掲載された記事をもとにして、この作品を書いたと考えられている。この小説の語り手である若いヴァイオリン奏者カールは、音楽に深い造詣をもつばかりか、数々の名ヴァイオリニストたちの師匠を自認しているB男爵のもとで、指導を受けることになる。はたして、男爵の助言通りに演奏してみると、「力にみちた響きを引きだし、それをピアニッシモからフォルテッシモまで強めたり、また弱めたりする」ことができるようになる。だが、そのあとB男爵自身が模範演奏を始めると、彼は驚きのあまり、言葉を失ってしまう。「彼は、駒のすぐそばで、ふるえる弓をすべらせたので、ぎしぎし、ひゅうひゅう、があがあ、にゃあにゃあというその音色は、鼻眼鏡の老婆が、何かの歌の音程をとろうと苦労しているようなしろものだった。そして、そのさい彼は、至福の恍惚感をおぼえて天をあおぎ、弓を弦にあてて動かすのをようやくやめて、楽器を手からはなすと、目を輝かせ、深い感動をこめて言うのだった。〈これぞ楽の音、これぞ楽の音というものだ〉、と。私は、ひどく奇妙な気持ちになった。笑いだそうとする内なる衝動がこみあげてはきたものの、熱狂に輝くおごそかな顔を見ると、それも消えうせた。そのうえ私には、すべてが不気味な亡霊のように思われ、胸騒ぎをおぼえて、一言も口に出すことができなかった」(H 4-904)。レッスンのあと、男爵は、若いヴァイオリニストに金貨を一枚握らせる。じつは音楽家たちは、この報酬を目当てに、男爵のレッスンを受けに来ていたのである。

結末におかれた演奏場面によって、音楽家の真価が明るみに出されるという点で、『騎士グルック』とこの作品は、まるで鏡像のように好一対をなしている。そして、騎士グルックが、天才と狂気という両義性をはらんでいたように、B男爵もまた、たんなる似非音楽家のカリカチュアにはとどまらない。先輩のコンサートマスターは、カールにこう忠告する。「男爵のところに熱心に通うがいい。狂った人間のばかげたまやかしにではなく、内なる感覚によって芸術をきわめる人物の分別ある言葉にだけ、耳をかたむけるのだ。そうすれば、君のためになることだろう」(H 4-906)、と。こうして、芸術と狂気を表裏一体のものとして描きだすことによって、この作品は、『騎士グルック』のテーマを引きつぐとともに、「非音楽的な音楽家」という、グリルパルツァーの『貧しい辻音楽師』のモティーフを、すでに先取りしているのである(Matt 9, Brandt 347ff., Pikulik 185)。

四　物語る音楽家──グリルパルツァー『貧しい辻音楽師』

『ラモーの甥』が、一八世紀のパリを、『騎士グルック』が、一九世紀初頭のベルリンを背景としていたのにたいして、グリルパルツァーの『貧しい辻音楽師』の舞台となるのは、ブリギッタ祭でにぎわう、一八三〇年ごろのヴィーンの街である。「人間、とりわけ民衆を情熱的に愛する」「劇作家」(GR 39) を自称する語り手は、雑踏のなかでヴァイオリンを奏でる老音楽師に興味をひかれ、彼と言葉をかわすことになる。『ドイツ文学における変わり者』と題する先駆的なモノグラフィーを書いたオランダのゲルマニスト、ヘルマン・メイアーが言うように、この冒頭部分は、ほとんど『騎士グルック』の焼きなおしであるように思われる (Meyer 178)。ただ一つだけ違っているのは、『騎士グルック』では、物語のクライマックスをなしていた、奇妙な音楽家のパフォーマンスが、ここでは、作品の冒頭におかれている点である。「七〇歳そこそこ」この老人は、「すり切れてはいるが、小ぎれいなメルトンの上着」に身をつつみ、「微笑みを浮かべ、自分自身にみちたりた様子」(GR 40) で、「テンポもメロディーもない、脈絡を欠いた音の連続」を奏でている。ほかの辻音楽師たちが、すべて暗譜で弾いているのとは対照的に、彼の目は、「前におかれた楽譜にじっと注がれて」いる。そして、稼ぎ時はまだこれからだというのに、彼は、「何事も節度が肝心」というラテン語の成句をつぶやくと、さっさと引きあげてゆく。この「変わり者 (Original)」(GR 41)

の、こうした矛盾にみちた人となりが、語り手の「人間学的な渇望」と、「脈絡を知りたいという願望」(GR 42)をかきたてる。すなわちここでは、まさしく「非音楽的な音楽家」というパラドックスが、物語を成立させるのである。

数日後、語り手は、老音楽師の住まいを訪れる。彼が奏でる「地獄のコンサート」に耳をかたむけるうちに、語り手は、「この迷宮をつらぬく一本の糸、いわば狂気のなかの方法」(GR 48)を見いだしたように思う。「ある曲に、意味とリズムにしたがって抑揚をつけるのではなく、彼は耳に快い音符や音程を強調し、引きのばし、それどころか勝手に繰りかえすこともためらわず、そのとき彼の顔は、しばしばまさしく恍惚の表情を浮かべるのだった。同時にまた彼は、不協和音をできるだけ手短に片付け、そのうえ、自分にはむずかしすぎるパッセージを、律儀に一音も省略せず、曲全体からするとゆっくりすぎるテンポで演奏したので、そこから生まれてくる混乱は、容易に想像がつくことだろう」(GR 48f.)。不協和音を避けようとして、逆に不調和を生みだしてしまい、楽譜に忠実であろうとするあまり、曲の全体像をとらえそこなってしまう彼の演奏は、白紙の楽譜から、より高いグルックの音楽を引きだしてみせた『騎士グルック』の主人公のそれとは、一見対極をなしているように思われる。だがそれにもかかわらず、原曲からの逸脱という一点において、両者は奇妙に似かよってもいる。じっさい、老音楽師は、その音楽観をこう語る。「人は、ヴォルフガング・アマデーウス・モーツァルトや、ゼバスティアン・バッハを演奏しますが、神さまを演奏する者は、誰もいません」(GR 55)、と。彼にとって、演奏とは、特定の作曲家の作品を忠実に再現することではなく、音楽を介して神を演じることにほかならないのである。むろん語り手は、彼の演奏を、「聴き手のためではなく、演奏者のためのもの」(GR 47)と呼ぶことによって、それがたんなる主観的な幻想にすぎないことを見のがさない。だが、まさしくこうした両義性によって、老音楽師ヤーコプは、ロマン主義的音楽家像の継承者となるのである。

じっさい、彼がロマン主義の音楽観を共有していることは、音楽にかんするその発言からも、明瞭に見てとることができる。「言葉は音楽をだめにする」(GR 54)と主張する彼は、音楽に言葉をつけ加えることを、「神の子らが、地上の娘たちと結びつくようなもの」としてしりぞける。「話すことは、食べ物と同様に、人間には必要ですが、飲み物はまた、純粋にたもつべきです。それは、神から来るのです」(GR 55)、と。ここでは、音楽が純粋な飲み物に、言葉が不純な食べ物にたとえられ、前者が後者の上におかれている。音楽学者カール・ダールハウスによれば、器楽をもっとも純粋な音楽のジャンルとして、声楽の上におく「絶対音楽の理念」は、ドイツ・ロマン主義に由来するものだった(Dahlhaus 12ff.)。それればかりではなく、言葉と食物との結びつきは、この物語の展開のうえで、重要な役割をはたしている(Hoverland 68ff., Koch 179ff.)。若き日のヤーコプが思いを寄せるバルバラは、彼が勤める役所にお菓子を売りに来る雑貨屋の娘だが、そのような食べ物に「喜びや愉しみを求める」(GR 57)のは、彼には思いもよらないことだった。ヤーコプは、バルバラのうたう歌に魅了されるが、彼にとってその歌詞は、「まったく聴く必要のない」(GR 54)ものである。だが、彼がバルバラにその歌の「写し」(GR 58)を求めると、彼女はそれが楽譜ではなく、歌詞のことだと誤解してしまう。そして結局バルバラは、父親の命令にしたがって、「肉屋の妻」（GR 76）になる。「絶対音楽の理念」の信奉者であるヤーコプは、バルバラとは、しょせん別の世界の住人なのである。

だがそれにもかかわらず、ヤーコプと言葉のあいだの関係は、けっして否定的なものではない。ホフマンの音楽家小説の主人公が、演奏によって自らの真価をあらわしたのとは対照的に、彼は、自分自身の生涯を、言葉によって物語るからである。ここでは、音楽家小説というジャンルは、「絶対音楽の理念」によって、いったん言葉から切りはなされた音楽を、文学の領域へと再び取りこもうとする試みにほかならない。「あなたのお話（Geschichte）が聞きたい」という語り手の要望にたいして、最初ヤーコプは、「私にはお話しすることなどありません」と答える。「昨日も今日も、今日も明日も、同じことの繰りかえしです」（GR 50）、と。だが、不幸な少年時代の思い出を語りはじめた彼は、バルバラを介して、音楽との再会をはたしたくだりにさしかかると、こう言って話を中断する。「いいお話があります。そのお話をしましょう」（GR 53）、と。こうして、自らの過去を振りかえることによって、ヤーコプは、自分自身の歴史＝物語（Geschichte）を見いだすのである（Heine 653ff.）。バルバラの歌のことを語りながら、彼はそのメロディーをヴァイオリンで、これまでとはうってかわった「正しい表現で」（GR 54）弾いてみせる。なぜなら、これまでの彼の演奏が、「脈絡のない音の連続」にすぎなかったのにたいして、この歌は、彼の人生に脈絡をあたえるものだからである。そして、それゆえにこそ、自らの物語を語るうちに、彼は、「これまでとは見ちがえるほどに、「生き生きと」(GR 56) してくるのである。[illegible]ぶ、実を結ぶことはない。だが、何年もの歳月がたって、母親となったバルバラと再会したヤーコプは、自分と同じヤーコプという名前をもつ彼女の息子に、ヴァイオリンを教えることになる。ヤーコプが教えたバルバラの歌を、息子は上手に弾きこなし、かたわらで母親がそれに唱和する。こうして、自分自身の物語を語りおえた彼は、「ヴァイオリンを手にとってその歌を奏ではじめ、いつまでもやめない」(GR 77) のである。

だがその一方で、ヤーコプのこうした変貌は、この音楽家小説の構造にもまた、変化をもたらさずにはいない。ホフマンの『騎士グルック』のクライマックスをなしていた、音楽家と語り手との共同作業を、この作品の結末に見いだすことはできない。冒頭からすでに、語り手は、老音楽師の演奏にたいして、批判的な距離をたもっている。ヤーコプ自身が、語り手の役割を引き受けているようになると、本来の語り手はその存在理由を失い、作品世界からいったん姿を消す。そして、自らの物語を語り終えて、一心にヴァイオリンを奏でつづけるヤーコプをあとに残して、語り手は、「うんざりして立ちあがり、銀貨を二、三枚かたわらのテーブルにおいて、立ち去って」(GR 77f.) ゆくのである。

翌年の春、再び老音楽師のもとを訪れた語り手は、大洪水のさいに、家主一家の子供たちと財産を救いだそうとして、自らの命を犠牲にしたことを聞かされる。「心理学的な好奇心」をかきたてられて、「老人のヴァイオリンをかたみにもらいたいという口実」をもうけて、バルバラの住まいを訪ねた彼にたいして、彼女はこう答える。「とんでもありません。このヴァイオリンは、私たちのヤーコプのものです」(GR 81)、と。ここでヤーコプという名前が、亡くなった老音楽師をさしているのか、それとも彼女の息子を意味しているのかは両義的だが、前者の場合、「私たち」はバルバラとその家族を、後者の場合、バルバラと老音楽師の二人を意味することになるだろう。いずれにしても、バルバラのこの言葉は、「変わり者」の辻音楽師が、最後には「私たち」の世界へと迎えられたのにたいして、語り手だけは、「私たち」の世界から締めだされていることを暗示している。そして、この作品は、こう結ばれる。「最後におかみさんの姿が目に入った。彼女はこちらに向きなおり、涙がはらはらと、彼女の両頰をつたっていた」。物語を締めくくるバルバラの涙は、彼女が老音楽師に寄せる思いを告げると同時に、無神経な語り手に向けられた「叱責」(Seeba 128)のしるしとしても読むことができる。カフカが「お涙頂戴的」と評したこの小説の結末は、じつはその内部に緊張をはらんでもいる。そして、主人公と語り手とのあいだのこうした緊張関係が、この作品を成りたたせているのである。

五　慈善家と年金生活者——シュティフター『石灰石』/『電気石』

グリルパルツァーのこの作品を高く評価した数少ない同時代人の一人が、シュティフターだった。

この作品への書評のなかで、彼は、「いかなる力も、いかなる才能も、どれほど鋭敏な知性ですら、素朴にして道徳的な偉大さと善良さを前にすれば、何物でもない」(S 8/1-29) と述べている。そして、『貧しい慈善家』という表題で、一八四七年に雑誌に発表され、のちに改稿され、『石灰石』と改題されて、短篇集『石さまざま』(一八五三) に収められたシュティフターの小説は、その表題のみならず、筋書きの点でも、『貧しい辻音楽師』からの影響を如実に示している。

この作品の語り手である測量士は、石灰岩におおわれた谷間に住む一人の司祭と知りあいになる。いつもすりきれた上着を身につけたこの司祭は、極度につましい生活をおくっており、周囲の人々からは、ひそかに金を貯めているのではないかとうわさされている。彼と親交を結ぶようになった測量士の前で、司祭は、その生い立ちを物語る。裕福な工場主の家庭に生まれた彼は、父のあとを継いだ兄のもとで、家業がかたむいたために、やむなく聖職者として、生計をたてるようになったのである。司祭の遺言の管理をまかされた測量士は、彼の死後になって初めて、そのつましい生活の真の理由を知ることになる。遠く離れた学校に通う子供たちを、洪水の被害から守るべく、近くに新しい校舎を建設するための費用を、彼はたくわえていたのである。周囲の人々から変わり者とみなされている人物が、語り手に自らの生涯を物語ることによって、その人間性を開示するという点で、この作品は、グリルパルツァーのそれと同じ筋立てをもっている。だが、音楽家を聖職者に、「貧しい辻音楽師」を「貧しい慈善家」におきかえることによって、ここでは音楽にまつわるモティーフは削除され、それとともに、主人公の姿から、否定的な要素は、きれいさっぱりと拭い去られているのである。

　こうして、『石灰石』からは排除された音楽のモティーフは、一八五二年に『お屋敷の門番』という表題のもとに発表され、改稿をへて、『電気石』という表題で『石さまざま』に収められた作品のなかに、かたちを変えてあらわれてくる。「電気石は暗く、ここで物語ることはたいへん暗い」（S 2/2-135）という言葉で語りだされるこの作品は、二つの部分から成っている。前半部では、ヴィーンの街に住む「ある奇妙な男」（S 2/2-135）と、その妻と娘の暮らしぶりが語られる。周囲の人々から、「年金のご主人」（S 2/2-137）と呼ばれているこの男は、部屋の壁を有名人の肖像画でおおいつくし、楽器を奏で、絵を描き、文学作品を綴るという芸術三昧の生活をおくっている。だが、彼と知りあいになったある有名な俳優が、彼の妻とのあいだで不倫をおかす。彼は、妻の罪を許すが、彼女はやがて、どこへともなく姿を消す。そして、彼自身も、幼い娘と一本のフルートとともに家を出てゆき、空家となった家が競売にかけられるところで、前半部は結ばれる。

　それから何年もたった後の出来事を物語る後半部は、ある女性によって語られる。ある夜、彼女は夫とともに、「奇妙なフルートの演奏」を耳にする。「それは、すぐれた演奏ではありませんでしたが、まったくの下手くそというわけでもありませんでした。ただ、注意をかきたてたのは、それがふつう音楽と呼ばれたり、学ばれたりしているものからは、かけ離れている点でした。（…）いちばん興味を引いたのは、演奏者があるパッセージを奏で、そのあとをたどるようにと聴き手を誘うとき、いつも予期していたもの、予期するのが当然だったものとは違うものがあらわれるので、つねに最初からやりなおし、たどりなおさねばならず、ついには、ほとんど狂気じみたといってもよいほどの混乱におちいってしまうことでした。けれども、脈絡のなさにもかかわらず、悲しみと嘆きと、さらには何かしら異様なものが、その演奏にはこもっていて、あたかも演奏者が不器用なやり方で、自らの苦悩を物語っているかのようでした」(S 2/2-152f.)。

ヤーコプのヴァイオリン演奏を思いおこさせるこのフルートの調べは、郊外のあるお屋敷の門番に身をおとしたかつての年金生活者が、「フルートをもって、レストランや公園や公共の場所にあらわれ、わずかな施しを求めて吹いていた」(S 2/2-176) 音楽だった。この男の死後、異様に大きな頭をもつ彼の娘が、ただ一人あとに残される。語り手の女性は、これまで父親によってなおざりにされてきたこの少女に、教育をほどこそうとこころみる。父親の死や、母親の放浪について書くようにと父親から命じられて、少女がこれまでに綴ってきた作文を読んだ語り手は、それについてこう語る。「もしもそこに思想がこめられており、言われていることの動機や原因や経過を読みとくことができたなら、それは、詩と呼ぶこともできたでしょう。死や放浪や絶望からの自殺が、何を意味するのかを理解しているふしは、少しも見られませんでした。それでいて、こうしたことすべてが、作文の悲惨な内容をなしていました。表現は簡潔明瞭で、文章は正しく的確で、言葉は無意味であるにもかかわらず、崇高でした」(S 2/2-177)。

脈絡のない父親のフルートの演奏と、意味を欠いた娘の作文は、あきらかに相似形をなしており (Campbell 582)、その意味で、この作品は、音楽と文学とのあいだの対話という、これまでに見てきた音楽家小説のモティーフを引きついでいる。だがここでは、父親の演奏と娘の作文は、ふつうの意味では、音楽とも文学とも呼ぶことのできないもの、ただ非現実話法によってのみ、芸術と関係づけることができるような、いわば芸術の否定像をなしている。こうしてシュティフターは、グリルパルツァーの『貧しい辻音楽師』のモティーフを受けつぎながらも、それを二つの対照的な作品、善良な慈善家の物語と、心のうちに闇をかかえこんだ反芸術家の物語へと、二極分解させたのである。

六　演奏家から教育者へ――シュトルム『静かな音楽家』

シュティフターが、二つの作品に分割したモティーフを、再び一篇の音楽家小説へと統合した作品が、テーオドーア・シュトルム（一八一七―八八）の短篇小説『静かな音楽家』（一八七五）だった。この作品は、当時音楽を学びながら、自分自身の才能に行きづまりを感じていた、シュトルムの三男カールの将来の姿を描きだそうという意図のもとに書かれたものだった（Frommholz 79ff.）。シュトルムが、この小説の執筆のさいに、グリルパルツァーの『貧しい辻音楽師』を念頭においていたという確かな証拠は見いだせない。だが、この二つの作品は、表題のみならず、その筋書きの点でも、まるで双子のようによく似かよっている。

物語は、語り手が独身の老人ヴァーレンティーンと知りあい、彼の身の上話を聞くところから始まる。裕福な弁護士の家庭に生まれたヴァーレンティーンは、父親からピアノのレッスンを受けるが、厳格な父親を満足させることができなかった。「指と思いとが、私のなかでうまく一致してさえいれば、もっとうまく弾けたでしょうに」(SN 291) という彼自身の言葉が示しているように、彼はすぐれた音楽性をそなえながらも、それを演奏に生かすことができない。演奏会で、緊張のあまり失態を演じた彼は、それ以降、貧しい人々にピアノを教えることで、生計をたてるようになる。歌の上手な下宿先の娘アンナとの淡い恋は、実を結ぶことがなかったが、老境に達した彼は、彼女の娘マリーに音楽を教えているのである。

だが、こうした細部にわたる一致にもかかわらず、二つの作品の主人公は、少なからずことなっている。老音楽師ヤーコプとは違って、ヴァーレンティーンが「変わり者」と呼ばれることはない。グリルパルツァーの作品は、ヤーコプからヴァイオリンを教わったバルバラの息子のその後については、何も語っていないが、シュトルムの小説は、語り手が、マリーの演奏会を聴く場面によって結ばれる。すばらしい歌唱によって聴衆を魅了した若い歌姫は、自分のことを、今は亡きヴァーレンティーンの「弟子」(SN 309) と呼ぶ。演奏家から教育者への彼の転身は、こうして見事に実を結んだのである。

グリルパルツァーの音楽家小説が、主人公と語り手とのあいだの緊張関係から成りたっていたのとは対照的に、シュトルムの小説では、両者は深い共感によって結ばれている (Mullan 194)。二人は音楽のみならず、文学についてもまた、趣味と関心を共有している。マリーが演奏会で最後にうたう曲は、ヴァーレンティーンが自作の詩に、自ら曲をつけた作品だった。ここでは、音楽家と文学者が対話をかわすのではなく、主人公のうちにすでに、音楽と文学が共存しているのである。こうした、あまりにも融和的な作品の性格は、それが書かれた個人的な動機を考えるなら、当然のことであるかもしれない。だが、ロマン主義からグリルパルツァーをへてシュティフターへと受けつがれてきた音楽家小説の系譜のあとに、この作品を位置づけてみるなら、ロマン主義においては、市民社会のアウトサイダーだった芸術家が、しだいに一九世紀の市民社会へと取りこまれてゆく過程を、そこに見てとることができるのである。

七　否定としての芸術――カフカ『変身』／『断食芸人』／『歌姫ヨゼフィーネ、あるいは鼠族』

すでに冒頭で触れたように、カフカはグリルパルツァーの『貧しい辻音楽師』にたいして、近親憎悪にも似た奇妙な愛着をいだいていた。ハインツ・ポーリツァーは、カフカの『変身』（一九一五）のうちに、この作品からの影響を読みとっている (Politzer 1965 56ff.)。むろん、グレーゴル・ザムザは、音楽家ではない。だが、妹のグレーテが、間借り人たちのためにヴァイオリンを演奏する場面で、虫になったグレーゴルは、部屋をぬけだしてその調べにうっとりと耳をかたむけ、自らにこう問いかける。「音楽にこれほど感動するのだから、自分は動物なのか？ 彼には、あこがれていた、未知の食物への道がひらけたかのようだった」（KD 185）。一見すると、「音楽にこれほど感動するのだから、自分は人間にちがいない」という意味の修辞疑問文であるかのように思われるこの問いは、間借り人たちが演奏に何の関心も示さないという、この場面の状況を考えあわせるなら、「虫だからこそ、音楽にこれほど感動することができるのだ」という、もう一つの意味をはらんでもいる。そして、グリルパルツァーのヤーコプにとって、食物と音楽が、互いに相いれないものだったように、虫になったグレーゴルもまた、ふつうの人間の食べ物には食欲をおぼえなくなる。彼にとっては、音楽こそが、「あこがれていた、未知の食物」となるのである。

食物と音楽というこのモティーフは、カフカの最後の短篇集に収められることになる二つの芸術家小説へと分割されて、受けつがれてゆく。そのうちの一つである『断食芸人』（一九二二）では、断食という芸は、「大いなる自己否定」（KD 341f.）から成りたっていると同時に、観衆から賞賛を受けるためには、芸人は断食をやめなければならないという二重の意味において、否定性をうちにはらんでいる。この作品の主人公である断食芸人は、断食の期間が、興行上の理由から、四〇日間と決められていることに不満をいだく。「さらに断食を続け、あらゆる時代のうちで最大の断食芸人――彼は、おそらくすでにそうだったのだが――になるだけではなく、自分自身をも乗りこえて、不可解な境地へと達するという名声を、なぜ彼から奪おうとするのか？ 断食をする能力に、彼は限界を感じてはいなかったのに」(KD 339)。だが、断食芸の衰退とともに、彼はサーカスの一員へと身をおとし、それによって初めて、いつまでも断食を続けたいという願望をみたすことができるようになる。人々からすっかり忘れ去られ、サーカスの片隅の檻のなかで、なおも断食を続ける彼は、その存在に気づいた監督に、自分を賞賛しないでほしいと訴える。「だって、私には、断食する以外にはどうしようもないからです」。監督からその理由を問われて、彼はこう答える。「私は、自分の口にあう食物を見つけることができなかったからです。それが見つかっていたら、人目を引くこともなく、あんたやみんなと同様に、たらふく食べていたことでしょう」(KD 349)、と。彼にとって、断食という行為は、自由意思による選択の結果ではなく、彼の存在の唯一の可能性でしかないがゆえに、芸術として人々の賞賛を受ける権利を否定される。だがその一方で、臨終のさいの断食芸人の目に浮かぶ、「さらに断食を続けるという、もはや誇らかではないが、断固たる確信」は、彼の存在が、まさしくそうした否定の上に成りたっていることを物語っているのである。

もう一つの芸術家小説『歌姫ヨゼフィーネ、あるいは鼠族』(一九二四)は、音楽家小説の系譜につらなる作品である。だが、ここでは、語り手と音楽家とのあいだに対話がかわされるのではなく、鼠族の一人である語り手が、鼠の歌姫ヨゼフィーネの芸術家としての資質にかんする疑念を、一方的に語りつづける。語り手は、ヨゼフィーネの「歌の力」(KD 350)と、鼠族が「まったく非音楽的(unmusikalisch)である」(KD 350f.)という事実とのあいだの矛盾を説明しようとして、次のように考える。彼女の歌が、どんなに鈍感な感覚の持ち主でもあらがえないほど美しい、というのであれば説明は簡単だが、事実はそうではない。じっさい、彼女の歌は、けっして並はずれたものではなく、そればかりか、そもそも歌でさえなく、どんな鼠にもできる「ちゅうちゅう鳴き（Pfeifen）」（KD 351）にすぎないのではないか、と。もしそうだとすれば、断食芸人の場合と同様に、「ヨゼフィーネが芸術家であるという主張は否定される」（KD 352）。だが、語り手は、「彼女がここでちゅうちゅう鳴くのは、ちゅうちゅう鳴きではない（was sie hier pfeift, ist kein Pfeifen）」（KD 354）というパラドックスによって、彼女の「ちゅうちゅう鳴き」を、いわば、否定のなかから生みだされる芸術として救いだそうとこころみる。「ほかのすべての者に沈黙が課せられているところに響く、このちゅうちゅう鳴きは、ほとんど民族の便りのように、個々の者のもとに届く。重大な決断のさなかでの、ヨゼフィーネのかぼそいちゅうちゅう鳴きは、ほとんど、敵意にみちた世界の喧騒のさなかでの、われわれの民族のあわれな存在のようだ。ヨゼフィーネは、自らを主張し、この無にひとしい歌声、この無にひとしい成果は、自らを主張し、われわれのもとへと道をひらく。それを思うのは、心地よいことだ」（KD 362）。こうして、ほかならぬ「非音楽性」を介して、ヨゼフィーネと鼠族、芸術家と社会とは、一つに結ばれるのである。

むろん、ヨゼフィーネ自身は、自らが芸術家であることを主張して譲らず、すべての労働から免除されることを要求し、それをみとめない鼠族の世界から、最後には姿を消す。語り手は、次のように述べて、この物語を締めくくる。「だがヨゼフィーネは、彼女の考えでは、選ばれた者にのみあたえられる、地上の労苦から救済され、われわれの民族の数知れない英雄たちのなかに、嬉々として消えてゆき、われわれは歴史学（Geschichte）を営まないので、彼女はやがて忘れ去られ、救済はさらに高められることだろう。彼女の兄弟たちすべてと同様に」（KD 377）。『断食芸人』と同じく、この作品もまた、芸術家の消滅と忘却によって結ばれ、さらにそれに追いうちをかけるかのように、ここでは歴史＝物語までもが否定される。だがその一方で、芸術家のこうした消滅と忘却を、いわば「否定の物語」（Lubkoll 758）として、忘却のなかから救いだし、語りつたえてゆこうという断固たる意志が、この二つの芸術家小説を成りたたせてもいるのである。

『歌姫ヨゼフィーネ』を締めくくる「彼女の兄弟たち」という言葉を、これまでに見てきた『貧しい辻音楽師』とその文学史上の兄弟たちに、重ねあわせてみることはできないだろうか。とりわけ、「私にはお話しすることなどありません」と言いながら、自らの歴史＝物語を紡ぎだしてみせた、老音楽師ヤーコプの姿に。こうした作品の主人公たちはみな、ヨゼフィーネと同様に、否定性のうちに、自らの存在の根拠をもっていた。そして、そうした否定性のもつ力を、何よりもよくあらわしているものが、「非音楽的な音楽家」というパラドックスだったのである。

第四章　食・愛・言葉

一　趣味と味覚――カント

西洋の各国語において、美的判断力をあらわす「趣味（taste, goût, Geschmack）」という言葉が、もともと五感の一つとしての「味覚」に由来するものであったことは、よく知られている（Lüthe/Fontius 795f.）。だがそれにもかかわらず、いやむしろ、それゆえにこそ、「趣味」と「味覚」とは、互いにけっして相性がよかったわけではない。「趣味の世紀」（Dickie）とも呼ばれる一八世紀における「趣味」の探究の集大成とも言うべきカントの『判断力批判』（一七九〇）には、「味覚」にかんする言及はごくわずかしか、しかも、たいていは否定的な文脈においてしか見いだすことができない。カントによれば、「カナリア島産のシャンパンは心地よい」という言説が、たんなる個人的な判断にすぎないのにたいして、「あるものが美しい」（K 5-212）という判断は、個人を超えた普遍妥当性をもつものでなければならない。「味覚」にかんする判断が、「感覚的判断」であるのにたいして、「美」にかんする判断のみが、「本来の趣味判断」（K 5-223）と呼ばれるのである。そして、あたかもこの区別に対応するかのように、『実用的見地における人間学』（一七九八）において、カントは、人間の「外的感覚」としての五感を、「主観的というよりは客観的な」三つの感覚、すなわち、触覚、視覚、聴覚と、「客観的というよりは主観的な」二つの感覚、すなわち、味覚と嗅覚とに二分するのである（K 7-154）。

だがその一方で、カントは、同じ『人間学』のなかで、「趣味」と「味覚」が同じ言葉によって表現される理由に触れて、次のように述べている。「よき仲間とのよき食事ほどに、享受のうちに感性と悟性とが統合され、これほど永続きし、満足をもって頻繁に繰りかえされる状況は、ほかにない」（K 7-242）。じっさい、カントがその実生活において、食卓での友人たちとの語らいを好んだことは、よく知られている（Riermeier/ Steiner 109）。そればかりか、彼は、「きわめて繊細な舌と、満足させるのがむずかしい味覚」（Borowski/ Jachmann/ Wasianski 192）の持ち主として通っていた。カントの伝記作者ボロフスキーは、次のように述べている。「料理がおいしいと、男性ばかりの席であっても、彼はその調理法を教えてもらった。説明を聞くと、彼は、ほかの人々がもっともだと思うようなことでも、非常にきびしく、あれこれと批評した。ヒッペルは、何度か冗談に、そのうち彼は、料理法批判を書くだろうと言ったものだった」（Borowski/ Jachmann/ Wasianski 55）。

カントの第四批判は、残念ながら、幻の書にとどまった。本章では、カントが体系的に論じることがなかった「食」と「味覚」の諸相を、同時代のドイツ文学のうちに探ってみることにしたい。

ゲーテ、ゲオルク・フォルスター（一七五四―九四）、ノヴァーリス（一七七二―一八〇一）、ハインリヒ・フォン・クライスト（一七七七―一八一一）という四人の文学者たちのテクストにおいて、「食」と「味覚」のモティーフがどのような役割をはたしているのかをたどるとともに、同時代の哲学や美学からは排除されたこのテーマが、文学において取りあげられた理由についても考えてみたい。

二　パンとワイン――ゲーテ『若きヴェルテルの悩み』

カントの『判断力批判』が、一八世紀における「趣味」の理論の集大成だったとするなら、一九世紀前半において、「味覚」の復権をもたらした立役者が、『味覚の生理学（美味礼讃）』（一八二六）の著者ブリア゠サヴァラン（一七五五―一八二六）だった。ロラン・バルトは、『ブリア゠サヴァランを読む』（一九七五）と題するエッセイのなかで、この稀代の美食家が、ゲーテの同時代人だったことを指摘したうえで、両者の「食」にたいする関心のあり方を比較して、次のように述べている。「たしかにヴェルテルは、ヴァールハイムでの隠遁生活のさいに、エンドウ豆をバターでいためてもらうのを拒まなかった。だが彼が、トリュフの催淫効果や、美貌のグルマンドたちの顔をよぎる欲望の稲妻に、興味をいだくことがあっただろうか。一九世紀にいたって初めて、実証主義とロマン主義が一体化するのである」(Barthes 32f.)。

たしかにバルトが言うように、一八世紀と一九世紀とのあいだで、「食」をめぐる関心は、大きく変化した。粗食をむねとするヴェルテルは、美食家ブリア＝サヴァランの対極をなす存在であるようにさえ思われる。だがそのことは、『若きヴェルテルの悩み』(一七七四)において、「食」がなおざりにされていることを意味しているのではない。いやそれどころか、この恋愛小説において、「食」と「愛」という二つのモティーフは、互いに分かちがたく結ばれているのである。

ヴェルテルが、初めてロッテに出会う場面においてすでに、「食」のモティーフは、重要な役割をはたしている。舞踏会へと向かう馬車で、彼女のもとに立ちよったヴェルテルは、「これまでに見たこともないほど魅力的な光景」を目のあたりにする。ロッテは、幼い弟妹たちに取りまかれて、「黒パンを手にもち、まわりの子供たちのそれぞれに、年齢と食欲に応じて切りわけ、やさしく手わたしてやって」いる。「子供たちは、私がパンを切ってあげないと承知しないのです」(G I-8-40) と、彼女はヴェルテルに弁解する。こうして、ヴェルテルの前にロッテは、子供たちに食物をあたえる「母親イマーゴそのもの」(Meyer-Kalkus 98) として立ちあらわれるのである。

一七八三年から八六年にかけて、『ヴェルテル』を改作したゲーテは、ロッテにおける「食」と「愛」との重ねあわせをさらに強調しようとするかのように、カナリアのエピソードを、新たにつけ加えた。ヴェルテルの前で、カナリアにキスしてみせたロッテは、「あなたにもキスさせてやりましょう」と言って、小鳥を彼に手わたす。「小さなくちばしは、彼女の口からぼくの口へと移り、それがついばむ感触は、愛の享楽の息吹、予感のようだった」。「このキスには、欲望が含まれている。食べ物がほしいから、単なる愛撫には満足せず、顔をそむけるんだ」とヴェルテルが言うと、ロッテは、「私の口から餌も食べるのよ」と答え、「唇にパンくずを少し含んで、小鳥に差しだして」（G I-8-167）やる。ヴェルテルは、この光景から顔をそむけ、こう独白する。「そんなことはしてくれるな。この世ならぬほど無垢で至福のこうした光景によって、ぼくの想像力を駆りたて、味気ない人生が時おり誘いこんでくれる眠りから、ぼくの心を目覚めさせるようなことは」（G I-8-167f.）。ここでは、食欲と性愛という二つの欲望が、ロッテの唇を介して一つに結ばれることによって、彼女は、子供たちを養い育てる母親から、ヴェルテルを誘惑する恋人へと変貌するのである。

だが、ヴェルテルとロッテのあいだの愛をはぐくむ「パン」のモティーフは、小説の結末にいたって、まったく新たな次元を獲得することになる。自殺を決意して、ロッテの手からピストルを借りうけたヴェルテルは、召使いの少年に、「パンとワイン」（G I-8-258）を運ばせ、彼女にあてた最後の手紙に、こう書きしるす。「さあ、ロッテ、ぼくはおびえることなく、冷たくおそろしい盃を手に取り、死の眩暈を飲みほそう。君がぼくにそれを手わたしてくれたのだから、ぼくはためらわない」（G I-8-262）。ヘルベルト・シェフラーがつとに指摘したように、死にゆくヴェルテルは、自らの「苦悩（Leiden）」を、キリストの「受難（Leiden）」と重ねあわせようとこころみる（Schöffler 167）。最後の晩餐のシンボルである「パンとワイン」は、そのために不可欠の道具立てなのである。むろん、シェフラーが強調するように、ここでは、伝統的な神の観念にもとづく彼岸的な価値観は、

「性愛」を至上のものとする現世的な価値観にとってかわられる（Schöffler 175f.）。だが、この作品全体をつらぬいている「食」のモティーフは、互いに相いれないこの二つの世界観を結びあわせる役割をはたしているのである。

三　味覚と文明――フォルスター『世界周航記』／『美食について』

『若きヴェルテルの悩み』が世に出た一七七四年、博物学者ゲオルク・フォルスターは、キャプテン・クックに率いられた第二次世界周航の途上にあった。一七七七年に英語版が、翌七八年から八〇年にかけてドイツ語版が刊行された『世界周航記』からは、南太平洋における「食」の諸相にたいして、フォルスターが鋭い観察眼を注いでいたことがうかがわれる。タヒチ島に上陸した彼は、パンノキ、ココヤシ、バナナ、タロイモ、ヤムイモ、サトウキビといったさまざまな食用植物が繁茂している景観を前にして、「ブーガンヴィル氏がこの島を楽園と呼んだのも、あながち誇張ではなかった」（F 2-230）と賛嘆する。だがその一方で、フォルスターは、こうしたタヒチ像が、ヨーロッパ人の願望の投影にすぎないことも見逃さない。一行が、ある「立派な家」を訪れると、「ひどく太った男」（F 2-248）が、だらしない格好で横になり、召使いの女性に、食物を食べさせてもらっている。地上の楽園と見えたこの島にもまた、ヨーロッパと同様に、身分の相違が存在していることを思い知らされたフォルスターは、こう嘆息する。「この男が、人間社会の何の役にも立たずに、ぜいたくに、無為にその人生を過ごしているのは、文明国の特権階級の寄食者たちが、飽食に身を肥やし、同じ国の勤勉な市民たちが、額に汗して働かねばならないのと同じである」(F 2-249)。こうして、フォルスターにとって、「食」は、その社会のはらむ権力関係を映しだす鏡にほかならないのである。

南太平洋における「食」の多様性の経験は、カニバリズムとの出会いによって、さらに新たな局面を迎えることになる。ニュージーランドの住民たちが、戦いで打ち殺した少年の肉を食べている場面に遭遇したフォルスターは、カニバリズムについて、次のように述べる。「いかにわれわれの受けた教育に反していようとも、人肉食それ自体は、不自然でもなければ、罰すべきでもない。それを禁止する必要があるのはただ、それによって人間愛と同情という社会的な感情が、容易に失われてしまいかねないからである。この感情がなければ、人間社会は存立しえないので、すべての民族において、文化への第一歩は、人肉食を断念し、それにたいする嫌悪感を引きおこそうとすることでなければならなかった」(F 2-406f.)。ここには、「人肉食それ自体」を許容することによって、文化の多様性を守ろうとする相対主義と、それにもかかわらず、人肉食の否定のうちに、「文化への第一歩」を見いだそうとする普遍主義とが、まだかろうじて、あやうい均衡をたもっているのである。

三年間にわたる世界周航も終わろうとするころ、一行は、南アメリカ大陸南端のティエラ・デル・フエゴ島にさしかかる。「ペセレー」という一語以外に何の言葉を発することもなく、ヨーロッパ人にたいして何の好奇心も示さず、寒さから身を守る手段すら持たないこの島の住民たちの「食」について、フォルスターはこう書きしるす。「岩だらけの不毛な島に住むこの不幸な住人たちは、ひどくいやな臭いのする、なかば腐ったアザラシの生肉を食べていた。(…)こうした食事の当然の結果として、彼らの全身は、耐えがたい腐敗臭を発し、周囲のものすべてに、その臭いが染みついていた。この悪臭は、私たちには耐えがたく、彼らのそばに長くとどまることはできなかった」(F 3-384)。こうして、南太平洋における「食」の多様性は、フエゴ島にいたってついに、ヨーロッパ人にとって許容することのできる限界を、踏みこえてしまうのである。

「食」の多様性を、そのままのかたちで受けいれようとする相対主義と、それに一元的な序列をあたえようとする普遍主義とのあいだで揺れるフォルスターの立場の両義性は、一七八八年に発表されたエッセイ『美食について』において、いっそう明瞭にあらわれてくる。この小文は、「味覚」を過小評価したカントにたいする反論として書かれたものでもあった(Uhlig 228)。カントが、その論文『人類史の憶測的起源』(一七八六)において、人類が原始時代からもちあわせていた「味覚」と「嗅覚」を、動物的な「本能」(K 8-111)と見なしたのにたいして、フォルスターは次のように述べて、「味覚」の擁護と復権をこころみる。「味覚の器官が形成されたのは、たんに飢えや渇きをみたすためでも、有害なものから身を守るためでもない」(F 8-169)。「感性の洗練、したがって美食もまた、文明化した民族にのみ見られるものであり、それは、普遍的啓蒙をも促進せずにはいないのである」(F 8-170)。こうして、「味覚」の洗練を、文明化と啓蒙の原理としてとらえるフォルスターは、さらに一歩進んで、「われわれは、ほとんどすべての知識を味覚に負っている」(F 8-172)と述べることによって、カントが『人間学』において定式化することになる五感の序列を転倒させるのである。

だが、ヨーロッパ人の「味覚」について、フォルスターが次のように述べるとき、そこにはまた別の序列化の危険を見てとることができる。「ただヨーロッパ人のみが、美味なるものを決定することができる。というのも、他のすべての人間に先んじて、ただ彼のみが、繊細な識別器官と、さまざまな鍛錬によって高められた感性をもつからである」(F 8-168)。その一方で、非ヨーロッパ世界に見られる「食」を、フォルスターは次のように断罪する。「腹いっぱい食べることすらめったにない、哀れなフエゴ島の住人たちは、彼らが操るように思われたわずかな観念が、理性に属するのか、それとも本能に属するのかという疑念を、旅行者たちにいだかせた。ただ肉だけしか食べない東アジアの遊牧民族より、粗暴な人間がいるだろうか。もっぱら米だけで暮らしているインド人より、虚弱な人間がいるだろうか」(F 8-170)。こうして、世界の食文化の多様性は、ヨーロッパを頂点とするピラミッドへと一元化されるのである。

だが、こうした「食」のヨーロッパ中心主義は、フォルスターの美食論の、あくまでも一面にすぎない。このエッセイの後半で、フォルスターは、「味覚」の器官としての「舌」のもつ重要性について、次のように述べる。「最後にこの小さな身体部位を、同時にまた言語の器官としてとらえるなら、その重要性は、いっそう強烈な光のもとにあらわれる。というのも、今や人類の完成可能性は、本質的には、もっぱらこの器官のうちに内包されているからである。味覚と発話というこの二つの生まれながらの資質が、共通の器官のうちに統合されているという事実のうちに、自然研究者や人類学者は、汲めども尽きぬ省察の素材を見いだすのである」(F 8-175)。

さらにフォルスターは、「味覚」と「発話」とのあいだのこうした分かちがたい結びつきを、自ら実証してみせようとこころみる。あらゆる美味の頂点をなすものは、「甘み」にほかならないと主張する彼は、ヨーロッパの各国語において、「甘み」をあらわすすべての言葉(hedus, dulcis, dolce, süß, sweet, slodkie)が、「舌もつれ音」を含んでいるという事実のうちに、「ヨーロッパの諸民族が、この味覚をいたく愛好しているという確かなしるし」(F 8-177)を見いだすのである。そして、このエッセイの結び近くで、彼は、そうした「甘み」を体現する食物として、「アジアの果物の長いリスト」を列挙してみせる。「オレンジ、グレープフルーツ、バナナ、ナツメヤシ、マンゴ、マンゴスタン、ドリアン、ナンカ、ジャンボラン(…)」(F 8-180)。こうしたエキゾティックな果物の名前を、自らの舌で発音することによって、フォルスターは、かつて世界周航のさいに体験した南国の果実の味わいを、反芻しようとするのである。

このようにして、フォルスターの美食論は、ヨーロッパ中心主義と非ヨーロッパ世界への憧れとのあいだでたくみにバランスをとりながら、「味覚」と「言葉」とのあいだの分かちがたい結びつきを浮きぼりにすることによって、のちのドイツ文学における「食」のモティーフを、すでに先取りしているのである。

四　メタファーとしての「食」――ノヴァーリス『断章』／『聖歌』／『青い花』

フォルスターの問題提起を受けついで、「味覚」の器官と「発話」の器官との同一性について考察をめぐらせたのは、「自然研究者や人類学者」よりはむしろ、同時代の文学者たちだった。初期ロマン主義の作家ノヴァーリスが、一七九八年の夏、結核の療養のために滞在していた保養地テプリッツで書きしるした断章群のなかには、「食」にまつわるものがいくつか見いだされる。そのうちの一つでは、次のように言われている。「食べることは、強調された生にほかならない。食べること、飲むこと、呼吸することは、固体、液体、気体という物質の三区分に対応している。呼吸するのは、身体全体だが、飲み食いするのは、唇だけである。唇はまさしく、精神が準備し、他の感覚を通して受けとったものを、さまざまな音声によってより分ける器官である。唇は、社交に大いに役立ち、キスにはうってつけである。優しく柔らかにふくらんだものはすべて、触れあうことへの願望を象徴している」(N 2-407)。ここでは、「味覚」の器官である「舌」から、「食」の器官である「唇」へと視点を移すことによって、食べる行為が、「言葉」と「性愛」という二つのことなった領域と重ねあわされる。そして、文学の根源をなすこの二つのテーマと密接にかかわっているからこそ、「食」は、文学にとって不可欠のモティーフとなるのである。

さらにまた別の断章のなかで、ノヴァーリスは、次のように述べている。「食事をともにすることは、象徴的な合一の行為である。（…）享受し、わがものとし、同化することはすべて、食べることである。あるいはむしろ、食べることは、わがものとすることにほかならない。それゆえ、すべての精神的な享受は、食べることによって表現される。友情において、人はじっさい友人の一部を食し、あるいは友人から糧を得る。身体を精神の代わりとし、友人を偲ぶ会食において、大胆な超感覚的想像力を働かせ、一口ごとに彼の肉を、一飲みごとに彼の血を味わうのは、真の比喩である」（N 2-409）。五感のなかで、対象との完全な一体化を体験することができるのは、ただ「味覚」のみであり、食べることは、他者との合一のメタファーとなる。キリスト教の聖餐式に典型的に見られるように、食べる行為は、精神と身体を重ねあわせることによって、言葉のもつメタファーとしての機能を、現実の世界において反復するのである（Pape 151）。

ノヴァーリスの詩集『聖歌』（一七九九）におさめられた詩『讃歌』では、聖餐式における「愛の秘儀」が、次のようにうたわれる。

わずかな者だけが
愛の秘儀を知り、
飽くことのない

永遠の渇きを感じる。
聖餐式の
神聖な意味は、
現世の感覚にとっては謎である。
だがかつて、
熱くいとしい唇から、
生の息吹きを吸った者、
聖なる灼熱に心溶かせ、
震える波となった者、
天上の
究めがたい深みを測る
目が開かれた者は、
あの方の肉を食べ、
血を飲むだろう、
永遠に。

地上の肉の高い意味を、

誰が推しはかっただろう。
血の意味が理解できると、
誰に言えよう。
いつの日か、すべては肉と、
唯一の肉となり、
この世ならぬ血のなかで、
至福の二人は泳ぐのだ（N 1-188f.）。

濃厚な官能性をたたえたこの詩において、「愛」と「食」は、あくまでも神との合一のメタファーにすぎないのかもしれない。だが、他者との合一のメタファーとしての「食」というノヴァーリスの思想は、宗教的なメタファーの次元にとどまるだけではなく、未完の長篇小説『青い花』（一八〇二）に挿入されたクリングゾール・メールヒェンにおいて、このうえなく美しい文学的表現を見いだすことになる。愛をあらわす少年エロスと、平和をあらわす少女フライアとの結婚によって、新たな黄金時代が到来する過程を描きだすこの寓意的なメールヒェンのなかで、エロスの母が焼き殺されると、あとに残された者たちは、その灰を水に溶かして飲む。「皆は、この神々しい飲み物を味わい、心のうちに母のやさしいあいさつを聴きとって、言い知れない喜びをおぼえた。母は、皆のもとにあり、その神秘的な存在は、皆を浄化してくれるようだった」（N 1-361）。ここでは、キリスト教の聖餐式が世俗化され、キリストの肉と血にかわって、母の灰を飲むことが、聖なるものとの一体化をもたらすのである。

五　カニバリズムと愛──クライスト『ペンテジレーア』

一九世紀に入ると、ノヴァーリスにおいてすでに暗示されていた、愛する者との合一のメタファーとしての「食」が、現実の世界において、カニバリズムへと反転する可能性を、正面から取りあげた作品が出現する。劇作家ハインリヒ・フォン・クライストの悲劇『ペンテジレーア』（一八〇八）である。女性だけからなるアマゾン国の女王ペンテジレーアは、ギリシア軍の戦士アキレウスへの恋にとらわれ、アマゾン族の風習にしたがって、戦いによって彼を征服し、捕虜として祖国へ連れ帰ろうとする。他方、ペンテジレーアの美の虜になったアキレウスは、自ら進んで彼女に打ち負かされようと、武器をもたずに彼女の前にあらわれる。侮辱されたと思った彼女は、狂乱のうちに、犬たちとともに彼に襲いかかり、「アキレウスの手足を八つ裂きにし」（KL 239）、「彼の白い胸に歯をたて」、「その口と両手から血をしたたらせる」（KL 241）。狂乱からさめ、自分がアキレウスを、「キスによって殺してしまった」ことを知った彼女は、こう語る。

それはまちがいでした。キス（Küsse）と噛むこと（Bisse）は、
韻が合います。心の底から愛する人は、
一方を他方のかわりにしてよいのです。
（…）
恋人の首にすがる女は、
よくこう言います。この人をとても愛している、
愛するあまり、すぐにも食べてしまいかねないほどに。
でも、あとからその言葉を思いかえすと、馬鹿な女、
うんざりして吐き気をもよおしてしまう。
恋人よ、私はそうではありませんでした。
ほら、あなたの首にすがったとき、
私はその言葉を、文字通り実行しました。
私は、見かけほど狂ってはいなかったのです（KL 254f.）。

「キス」と「噛むこと」、愛することと食べることとのあいだの比喩的な関係を、「文字通り」の同一性へと変換することによって、ペンテジレーアは、愛するアキレウスとの一体化を、精神と身体の両面において実現するのである（Neumann 1997c 190）。そのさい、彼女は、通常の「愛」

と「食」の規範を逸脱する自らの行為を、「まちがい（Versehen）」、さらには「言いまちがい（sich versprechen）」と呼ぶ。

ディアーナにかけて、私は言いまちがいをしただけなのです。
早口で喋る唇が、私の意のままにならないがゆえ（KL 254）。

ペンテジレーアとアキレウスとのあいだの悲劇が、二人のあいだのコミュニケーションのすれ違い、さらに言うなら、二人が使用する言語のコードの相違に由来することは、二人が互いに愛を語りあう牧歌的な場面のうちに、すでに明瞭に見てとることができる。戦いの場でアキレウスに敗れたにもかかわらず、自分が勝利者だと思いこんでいるペンテジレーアにたいして、アキレウスはこう語る。

なるほど、愛の力によって、ぼくはお前のものだ。
この枷を、ぼくは永遠に負いつづけよう。
だが、戦いの勝利によって、お前はぼくの虜なのだ（KL 224）。

こうしてアキレウスは、「愛」と「戦い」という二つの言説の次元を明瞭に区別する。それにひきかえ、こうした比喩的な思考を受けいれることができないペンテジレーアは、アキレウスにたいする愛を成就させるためには、「文字通り」の戦いによって、彼を征服するしかないのである。

だが、メタファーとしての言語を拒絶し、愛することと食べること、愛の勝利と戦いの勝利を重ねあわせるペンテジレーアの「言い間違い」は、言葉が本来もっている身体性を回復しようとする試みでもある。最後の場面で、すべての武器を取りあげられた彼女は、次のようなせりふとともに、自らの命を絶つ。

だって、これから私は、まるで竪穴のような
自分の胸のなかにおりてゆき、鉱石のように冷たい、
私を滅ぼす感情を掘りだすのです。
この鉱石を、悲嘆という炎で
堅いはがねに鍛えあげ、
焼けるような後悔という毒にたっぷり浸し、
希望という永遠の鉄床に運び、
研ぎすまして短剣を作りあげます。
そしてこの短剣に、今わが胸を差しだすのです。
そう、そう、もう一度、これでよし（KL 256）。

こうして、自らの感情を、短剣へととぎすまし、言葉を語ることによって、自らの死を遂行するペンテジレーアは、精神と身体、言葉と行為を一体化させる（Brandstetter 112）。恋人の亡骸をむさぼり食うことによって、愛を完成させ、言葉の短剣によって、自死をとげるペンテジレーアの存在は、「食」と「愛」と「言葉」が重なりあう極点をさし示しているのである。

六　拒食と沈黙——ゲーテ『親和力』

ゲーテが、クライストのこの戯曲を好まなかったことはよく知られている。だが、『ペンテジレーア』とほぼ時を同じくして、ゲーテが刊行した小説『親和力』（一八〇九）にもまた、食にまつわる逸脱行為が描かれている。この作品の筋書きは、二組の男女のあいだの恋愛関係から成りたっている。中年の田舎貴族エードゥアルトとその妻シャルロッテの館に、エードゥアルトの友人である大尉と、シャルロッテの姪にあたるオティーリエが呼びよせられ、エードゥアルトとオティーリエ、シャルロッテと大尉のあいだに、新たな恋愛感情が芽ばえる。ある晩、エードゥアルトとシャルロッテは、ともに別の恋人の姿を思いえがきながら、一夜をともにし、想像力によるこの「二重の不倫」（G I-8-492）からは、奇妙なことに、オティーリエと大尉に瓜二つの子供が生まれてくる。

オティーリエは、この子供を誤って溺死させてしまったことから、自ら食を断って死を選び、エードゥアルトもまた、彼女のあとを追うようにして死んでゆく。

オティーリエの拒食のモティーフは、すでに小説の冒頭近くで、「彼女の飲み食いの量がひどく少ないのは感心しません」(G I-8-293) という寄宿学校の校長の言葉としてあらわれ、シャルロッテもまた、彼女の「飲み食いの少なさ」(G I-8-313) に不安をいだく。子供の死後、オティーリエは、「エードゥアルトを断念し (entsagen)、彼から離れよう」(G I-8-514) と決心する。彼女は、「終始沈黙を守りながら、ほとんど食べ物も飲み物もとらず」、「エードゥアルトとは口をきかないという約束」を固く守り、友人たちにたいして、「無理に私にしゃべらせたり、必要最低限以上の食事や飲み物をとらせたりしないでください」(G I-8-515) と懇願する。「食」と「言葉」をともに拒絶するオティーリエのふるまいは、不倫の愛にたいする道徳的な自己処罰の試みとして解釈することもできるだろう。この作品が、そのなかに収められるはずだった長篇小説『ヴィルヘルム・マイスターの遍歴時代』(一八二九) のキーワードである「諦念 (Entsagung)」という言葉が、オティーリエ自身の口から語られることもまた、こうした読み方を裏づけてくれるように思われる。

だが、事情はそれほど単純ではない。なぜなら、このすぐあとの場面では、エードゥアルトとオティーリエのあいだに働く「名状しがたい、ほとんど魔術的な牽引力」が、次のように描きだされるからである。「まなざしや言葉をかわすことも、身ぶりも触れあいも不要だった。ただ単に、いっしょにいさえすればよかった。そのとき彼らは、二人の人間ではなく、無意識のうちに完全に自足し、自分自身にも世界にもみちたりた、ただ一人の人間だった」（G I-8-516）。プラトンのアンドロギュノスの神話を思いおこさせるこの一節は、オティーリエの拒食と沈黙が、愛の断念よりはむしろ、愛する人との完全な合一による愛の完成をめざすものであることを物語っているのである（浅井　四―五）。

じっさい、オティーリエの沈黙は、けっして言葉の否定を意味するものではない。小説の後半部では、オッティーリエが書きしるした日記の一節が、再三にわたって引用され、彼女は小説の一登場人物から、もう一人の語り手とも言うべき存在へと高められる。その引用のなかには、次のアフォリズムが含まれている。「その種のなかで完璧なものはすべて、その種を超えて、何か別の比類ないものとならずにはいない。ある音調でさえずっているあいだ、ナイチンゲールはまだ鳥である。そのあと、その類を超越し、すべての翼あるものに、歌うことの何たるかを示そうとしているように思われる」（G I-8-463）。この一節は、日常的な言語を超越したオティーリエの、言葉にたいする特権的な関係を暗示しているのである。

オティーリエの臨終の場面で、エードゥアルトは、彼女にこう呼びかける。「もう二度と、君の声を聴かせてはくれないのか。生きかえって、ぼくに一言も語ってくれないのか。ならいい。ぼくも君のあとを追おう。あそこでは、ぼくたちは別の言葉で話すことだろう」（G I-8-522）。そしてじっさい、彼女の死後、この小説は、それまでとはまったく「別の言葉」、奇跡と恩寵を告げる天上の言葉を語りはじめる（Hörisch 160, Egger 241）。「いつまでも美しく、死んだというよりは眠っているような」オティーリエの亡骸は、それに触れた人々に奇跡をもたらす。オティーリエのあとを追うように世を去ったエードゥアルトが、彼女のかたわらに葬られたあと、小説は、次のように結ばれる。「こうして恋人たちは、ならんでやすらっている。その墓の上には平和がただよい、晴れやかで、オティーリエによく似た天使の絵が、丸天井から二人を見おろしている。いつの日かまた、二人がともに目覚めることになれば、どれほどなごやかなひとときとなることだろう」(G I-8-529)。

だが、聖人伝説を思わせるこの結末には、ひそかなアイロニーが含まれてもいる。エードゥアルトは、聖女オティーリエのまねびをこころみるかのように、「食事と会話を控え」ようとする。だが、その決心は長続きせず、彼は、「殉教者になるのにも、天才が必要だ」(G I-8-528)と嘆息する。エードゥアルトのこの言葉は、断食という行為がまだ宗教的な意味を担っていた前近代と、「神経性無食欲症(anorexia nervosa)」という病名が生みだされた一九世紀後半とのちょうどはざまの時期に、この作品が書かれたという事実を、読者に思いおこさせてくれるのである。

七　吐き気と美——再びカント

ペンテジレーアとオティーリエ——この二人のヒロインは、ともに「食」にまつわる規範を逸脱することによって、究極の愛を実現しようとすると同時に、日常的な言葉とはことなる「別の言葉」の可能性を切りひらこうとするという点で、まるで鏡に映った像のようによく似ている。そして、この点にこそ、この二つの作品において、「食」と「愛」と「言葉」という三つのモティーフが重ねあわされていることの意味はあるように思われる。

だがそれにもかかわらず、いやむしろ、それゆえにこそ、この二つの作品は、同時代の読者には受けいれられなかった。一八〇八年にある雑誌に掲載された『ペンテジレーア』への書評のなかで、匿名の評者は、クライストを次のように批判する。「彼は、たんに驚愕を呼びおこそうとして、趣味（Geschmack）を侮辱し、繊細な感情を逆なでする。吐き気をもよおすもの（das Ekelhafte）は、けっして芸術の対象ではない」（Sembdner 254）。また、フリードリヒ・ヤコービは、一八一〇年一月一二日に友人にあてた手紙のなかで、『親和力』には、「真の満足（Wohlgefallen）を感じさせてくれる人物」が一人も登場しないと述べ、ここで描かれる「想像力による二重の不倫」を、「いとわしく、吐き気をもよおす（ärgerlich und ekelhaft）」と評し、「結末において、肉欲が、一見精神的なものに変容すること」を、「悪しき欲望の昇天」（Härl 113）と呼んでいる。

ここに見られる「趣味」、「満足」そして「吐き気」というキーワードとともに、われわれは、冒頭で触れたカントの『判断力批判』へと立ちもどる。というのも、カントはこの著作のなかで、芸術は、たとえ「醜い」ものであっても、美しく描くことができると述べたあとで、こうつけ加えていたからである。「だが、ただ一つの醜のみは、自然のままに描きだすと、あらゆる美的満足を、したがって芸術美を台なしにしてしまう。それはすなわち、吐き気をもよおすような醜である」（K

5-312)。こうして、カントが、「美」と「吐き気」を鋭く対立させたのとは対照的に、クライストとゲーテは、読者の「趣味」を逆なでし、「吐き気」をもよおさせるようなヒロインたちを、あえて「美」の化身として描こうとした (Chaouli 128, Menninghaus 126)。まさにこの点にこそ、この二つの作品の新しさと、そしてまた、それが同時代人に理解されなかった理由はあった。伝統的な「趣味」の概念をいったん解体することによって、「美」の領域を拡張すること——同時代の哲学や美学からは排除された「食」と「味覚」のモティーフが、この時期のドイツ文学において取りあげられた理由は、まさしくこの点にあったのである。

第五章　芳香と悪臭のあいだ

一　悪臭除去の近代――コルバンとカント

一六世紀の初頭にシュトラースブルクで刊行された民衆本『ティル・オイレンシュピーゲルの退屈しのぎ話』（一五一五）をひもとく人は、この作品の世界が、鼻をつくような匂い／臭いにみたされていることに驚かされることだろう。この稀代のトリックスターは、時とところをかまわず、思いのままに糞便をたれ流す、特異な才能をそなえているのである。第一〇話で、「麻（henep）」（T 13）の茂みで排便をするようにと、領主から教えられたティルは、「芥子（senep）」（T 14）の壺のなかに糞をたれて、主君とその客の食事を台なしにしてしまう。第三五話で、ある男が、アレクサンドリア産の麝香を高値で売りさばいているのを見た彼は、自分の糞玉を麝香に見たてて布につつみ、これは「本物の予言の木の実」で、「口に入れてから鼻に突っこむと、その瞬間から未来を予言できるようになる」（T 54）と称して、ユダヤ人たちに一〇〇〇グルデンで売りつける。また、第五二話では、毛皮職人として雇われたティルは、「糞のようにいやな臭いのする」毛皮の悪臭に耐えかねて、「毒をもって毒を制する」ために、「臭いおならを一発ぶちかましたので、親方夫婦は、鼻をつままずにはいられなかった」(T 83)。ここで興味深いのは、アメリカの民俗学者アラン・ダンデスが主張した、ドイツの民衆文化には、「肛門性欲の傾向」(ダンデス　二〇五)が顕著にみとめられるというテーゼが、この作品によって見事に実証されていることだけではない。ティルにとって、糞便は、彼の周囲にたちこめている強烈な臭い/匂いに対抗するための消臭剤、もしくは芳香剤としての役割をはたしている。それは、持たざる者が、権力者や金持ちに抵抗するための、唯一の武器ともなるのである。

さて、「感性の歴史学」を提唱するフランスの歴史家アラン・コルバンは、その著書『においの歴史　嗅覚と社会的想像力(原題　瘴気と黄水仙)』(一九八二)のなかで、西洋近代における匂い/臭いにたいする感受性の変遷を、次のように描きだしている。一八世紀の中葉にいたるまで、パリの街は、汚物と悪臭にあふれていた。だが、ブルジョア階級の台頭とともに、嗅覚にかんする「これまでになく鋭敏な感受性」(コルバン　三一四)が誕生する。「糞便、泥、便槽、死体といったものが、激しい恐怖の念をよびさまし」、「社会階層のピラミッドの頂点から底辺にむかって、恐怖感が伝わってゆき、臭気をしりぞけようとする動きがにわかに激しく」(コルバン　三一三)なってゆく。ブルジョアたちは、悪臭を、民衆や農民、労働者たちに背負いこませて排除すると同時に、自分たちの生活空間を、芳香によってみたそうとこころみる。だが、こうした「嗅覚革命」

（コルバン　八〇）によって除去されたものは、悪臭だけではない。それまで芳香剤としてもちいられてきた、麝香や竜涎香などの動物性の強烈な匂いは、「大便の臭いとの危険な嗅覚的類似」（コルバン　八九）のゆえに、忌避されるようになり、ほのかな花の香りを放つ植物性の香水が、それにとってかわる。このような歴史過程をふまえて振りかえってみるなら、『ティル・オイレンシュピーゲル』は、糞便と悪臭にたいして、人々の感受性がまだ寛大だった時代の証言であると同時に、糞玉を麝香と称して売りさばこうとするティルのいたずらは、動物性の芳香剤と糞便の悪臭とのあいだのひそかな類似を嗅ぎとった、一八世紀以降のブルジョアたちの嗅覚を、すでに先取りしているのである。

ところで、コルバンが、匂い／臭いにたいする新たな感受性が誕生し、都市から悪臭が排除され、ブルジョアたちの世界が芳香によってみたされてゆく過程として描きだした「嗅覚革命」を、五感の序列における嗅覚の地位の変遷という視点からとらえなおしてみると、ここでもまた、一八世紀中葉が、一つの大きな転換点をなしていることに気づかされる。すでに序章で述べたように、アリストテレス以来の西洋における伝統的な五感の序列は、視覚、聴覚、嗅覚、味覚、触覚という順序をなしており、ここでは嗅覚は、「視覚と聴覚という二つの遠隔感覚と、味覚と触覚という二つの近接感覚の中間」（Jütte 79）におかれていた。それにたいして、一八世紀に入ると、触覚の復権がこころみられる。フランスの思想家コンディヤックは、その著書『感覚論』のなかで、五感をもたない彫像に、嗅覚、聴覚、味覚、視覚、触覚を、この順序で次々にあたえてゆくことによって、彫像の世界認識がどのように変容してゆくかという思考実験をおこない、そこから、「それ自身で外界の対象を識別することができる唯一の感覚」（C 89）は、触覚であるという結論を導きだした。この思考実験を嗅覚から始める理由として、コンディヤックは、「あらゆる感覚のなかで、嗅覚は、人間精神の認識に寄与するところがもっとも少ないと思われるからである」（C 11）と述べている。こうして、一八世紀に再編成された新たな五感の序列において、触覚の復権とはうらはらに、嗅覚は、最下位の感覚へと転落するのである。そして、一八世紀後半のドイツにおいて、触覚の復権をさらに押しすすめたのが、ヘルダーの彫刻論『彫塑』だったとするなら、嗅覚の価値の下落を決定づける役割をはたしたのは、カントの『実用的見地における人間学』にほかならなかった。すでに序章で見たように、カントは、人間の「外的感覚」としての五感を、「主観的というよりはむしろ客観的な」三つの感覚、すなわち、触覚、視覚、聴覚と、「客観的というよりはむしろ主観的な」（K 7-154）二つの感覚、すなわち、味覚と嗅覚とに分類し、前者を後者の上においただけではない。嗅覚について、彼は次のように述べている。「嗅覚は、いわば距離をおいた味覚であり、好悪にかかわらず、他者にも享受をともにすることを強いるので、自由に反するものとして、味覚よりも非社交的である」（K 7-158）。「どの感覚がもっとも役に立たず、不要だと思われるだろうか？　それは、嗅覚である。享受のために、嗅覚を磨きあげ、洗練しようとしても、無駄なことである。というのも、嗅覚がもたらすものは、心地よさよりはむしろ、（とりわけ大勢の人間のいる場所では）吐き気の対象であることが多く、この感覚の楽しみは、それが好ましいときでも、つねに束の間のうちに過ぎ去ってしまうからである。だが、有害な空気（暖炉の煙、泥沼や腐肉の悪臭）を吸いこんだり、腐りかかったものを摂取したりしないための、健康上の否定的要件としては、この感覚も重要でないわけではない」（K 7-158f.）。このようにして、カントの『人間学』は、悪臭の除去という点において、コルバンの言う「嗅覚革命」とひそかに呼応しながらも、嗅覚の位置づけにかんしては、著しい対照をなしている。一八世紀フランスのブルジョアたちが、その嗅覚をとぎすますことによって、都市から悪臭を排除し、芳香の悦楽にふけろうとしたのにたいして、カントは、嗅覚という感覚自体を、「自由に反する」、「非社交的な」感覚、「もっとも役に立たず、不要だと思われる」感覚、「磨きあげ、洗練する」価値のない、「束の間のうちに過ぎ去ってしまう」感覚として、美的な領域から排除し、有害な臭気を感知するセンサーとしての実用的な役割のみに、その効能を限定しようとするのである。

二　花、麝香、腐ったりんご——ジャン・パウル『美学入門』／ノヴァーリス『青い花』／ゲーテ『西東詩集』／エッカーマン『ゲーテとの対話』

だが、カントによる否定的評価にもかかわらず、一八世紀末から一九世紀前半にかけてのドイツ文学から、嗅覚のモティーフが、すっかり姿を消したわけではない。ジャン・パウル（一七六三

―一八二五）は、『美学入門』（一八〇四）のなかで、「物質的な味覚」と「精神的な嗅覚」を対置したうえで、カントを正面から批判して、次のように述べる。「カントは嗅覚を、距離をおいた味覚と呼んでいるが、私の考えでは、この二つの感覚の永続的同時作用によって欺かれている。花をかみ砕くと、それは砕けながら、香りを発する。だが、口だけで息をして、舌から鼻の協力を取り除いてみるがよい。そうすれば、舌だけによる享受は、貧弱で麻痺したように思われることだろう。それにたいして、嗅覚は舌を必要としない。（…）想像力の広がりをもつ嗅覚は、音楽に似ており、散文的な鋭さをもつ味覚は、視覚に似ている」（J 183）。ドイツ語における味覚をあらわす語彙の豊富さにくらべて、「嗅覚をあらわす語彙の乏しさ」を指摘する彼は、次のように述べる。「というのも、われわれが持ちあわせている語彙は、嫌悪感をいだかせる側の極（悪臭）のみであり、魅了する側の語彙は、一つもない。なぜなら、〈香り（Duft）〉はあまりにも視覚的であり、〈匂い（Geruch）〉は両義的であり、〈芳香（Wohlgeruch）〉となってようやく一義的となる。ドイツのいたるところで、花を〈嗅ぐ（riechen）〉のではなく、〈味わう（schmecken）〉と言い、ニュルンベルクやヴィーンでは、花束のことを、〈美味（Schmecke）〉と呼ぶ」（J 183f.）。そして、味覚と嗅覚の対比に話を戻した彼は、両者の関係を、「水」と「エーテル」、「果実」と「花」（J 184）のそれに重ねあわせる。こうして、ジャン・パウルは、社交的な味覚と非社交的な嗅覚というカントの図式を転倒させ、精神的で音楽的な嗅覚を、物質的で散文的な味覚の上におくことによって、文学における嗅覚の復権をはかろうとするのである。

ところで、ここでジャン・パウルが、嗅覚と花の香りとのあいだの結びつきをとりわけ強調しているのは、けっして偶然ではない。コルバンは、一八世紀以降の西洋において、植物性の香水が、動物性のそれにとってかわるのにともなって、「かすかな香りを放つ、自然な女—花、というサンボリズム」(コルバン　二五〇)が広まっていったことを指摘し、その文学的起源として、ドイツ・ロマン主義の作家ノヴァーリスの名を挙げている(コルバン　二五四)。ノヴァーリスの未完の長篇小説『青い花』の冒頭で、主人公は、青い花を夢に見る。「彼をいやおうなしに引きつけたのは、泉のほとりに咲く、一輪の背の高い、明るい青色の花だった。その幅広い、輝くばかりの葉が、彼の身体に触れた。その花のまわりには、ありとあらゆる色の数知れない花々が咲きみだれ、このうえなくかぐわしい香りが、大気をみたしていた。彼は、青い花に目を奪われ、名状しがたい優しさをこめて、長いことそれに見入っていた。ついに彼が、その花に近づこうとすると、花は突然動きだし、姿を変えはじめた。葉は輝きをまして、伸びてゆく茎にまとわりつき、花は彼の方に身をかたむけ、花びらがその青いえりを広げると、そのなかには、ほっそりとした顔が浮かんでいた。この奇妙な変容とともに、彼の甘美な驚きは高まってゆき、突然母の声がして目を覚ますと、彼はもう朝日で金色にそまった両親の部屋にいた」(N 1-242)。ここでは、花々が放つ「このうえなくかぐわしい香り」に触れられてはいるものの、青い花とその女性への変容は、もっぱら主人公の視覚を通して描きだされている。「暗青色」の岩山と、「紺碧」の空から、「明るい青色」の花をへて、「金色」の朝日へと、しだいにその輝きを増してゆく色彩のグラデーションは、視覚的なイメージが、この作品の根底をなしていることを物語っているのである。

「目の人」を自任していた古典主義者ゲーテもまた、嗅覚にたいして、特別な関心をはらうことが少なかったように思われる。だが、古典主義の呪縛を脱して、オリエントの文学世界へと逃れる試みだった『西東詩集』（一八一九）には、それまでの作品には見られなかった異国の香りが吹きかよっている。この作品の冒頭を飾る詩『遁走』のなかで、自らの想像上の東方旅行を、預言者ムハンマドのメッカからメディナへの移住になぞらえる詩人は、その旅の途上の情景を、次のようにうたう。

羊飼いたちに混じって、
オアシスで生気を取りもどそう、
隊商と歩みをともにし、
ショール、コーヒー、麝香を商おう。
どんな小道にも足を踏み入れ、
荒野から街々へと向かおう（G I-3/1-12）。

この詩集に添えられた『注解と論考』のなかで、ゲーテはこう述べている。「旅人が持ち帰るもののすべてが、自国の人々を少しでも喜ばせるようにと、彼は商人の役割を引きうけ、品物を見ばえよく並べ、あの手この手で買う気をそそる」(G I-3/1-139)。こうして、旅する詩人は、西洋世界に東方の香りをもたらす商人ともなるのである。さらに、東方の町の情景は、次のように描かれる。

浴場や酒場では、
聖なるハーフィスよ、そなたを思いおこそう、
いとしい女がヴェールを掲げ、
揺れる巻毛に竜涎香がかおるとき。
詩人の愛のささやきには、
天女さえ心乱すがよい (G I-3/1-13)。

そして、この詩集を締めくくる詩『お休み』のなかで、うたいおえた詩人に安らぎをあたえてくれるのもまた、同じ東方の香りなのである。

お前たちいとしい歌の数々よ、
わが同胞の胸にやすらうがよい、
そして、麝香の雲のうちに、
ガブリエルよ、疲れた私の身体を

やさしく見守っておくれ（G I-3/1-136）。

一八世紀中葉以降の西洋からしだいに排除されていった麝香と竜涎香の匂いが、この詩集のなかで再び呼びだされているのは、けっして偶然ではない。ゲーテの東方への「遁走」は、ナポレオン戦争によって荒廃したヨーロッパの政治的現実からの逃走だっただけではない。それはまた、「嗅覚革命」によって根源的な生命力を失ってしまった西洋から、人間の感覚的な欲望をかきたててくれる動物性の芳香がまだ生きのびている東方へと逃れることによって、若返りをはたそうとするゲーテの試みでもあったのである。

だが、この詩集のちょうど中心におかれた詩『ズライカに』では、一転して、幾千もの薔薇の花から作りだされる香水の芳香がうたわれる。

快い香りでお前をくすぐり、
お前の喜びを高めるためには、
まず幾千もの薔薇のつぼみが、
灼熱のうちに滅びなくてはならぬ。

永遠に香りをたもつ、

お前の指先のようにほっそりとした小壜を
わがものとするには、
一つの世界が必要になる。

充溢を求めながら、
もう小夜啼鳥の愛を、
胸ときめかせる歌を予期していた、
生の欲求にあふれた世界が。

あの苦しみが、われわれを苦しめるだろうか。
それは、われわれの喜びを増してくれるのだから。
何万という人々の魂を
ティムールの支配は食いつくさなかったか（G I-/I-71）。

暴君ティムールをうたった「ティムールの書」の末尾におかれ、それに続く「ズライカの書」の内容を予告しているこの詩では、恋人ズライカに贈られる香水が、無数の薔薇のつぼみの死と引きかえに初めて生みだされたものであることが、何万という民衆の生命の犠牲の上に築かれたティムールの帝国と重ねあわされる。そして、芳香と死とのあいだのひそかな結びつきというこのテーマは、一九世紀から二〇世紀へといたるドイツ文学へと受けつがれ、女性たちの死体から究極の香水を作りあげるジュースキントの『香水』（一九八五）の主人公グルヌイユにおいて、極点に達するのである。

ところで、ゲーテが東方の香りを介して、「嗅覚革命」によって矮小化されたブルジョア的嗅覚の限界を乗りこえようとこころみたとするなら、もう一人の古典主義者フリードリヒ・シラー（一七五九―一八〇五）は、ゲーテを上回るさらに大胆な嗅覚をそなえていた。エッカーマンの『ゲーテとの対話』（一八四八）のなかで、ゲーテは、シラーと自分自身とのあいだの「生理的相違」の一例として、「シラーには快適だった空気が、私には毒のような作用をおよぼした」というエピソードを語っている。シラーが不在のさいに、その書斎を訪れたゲーテは、「ひそかな不快感に襲われ、それがますます昂じて、ついには失神しそうに」なる。やがて彼は、机の引き出しから、「ひどくいやな匂い」がもれてくることに気づく。「引き出しをあけてみると、驚いたことに、それは腐ったりんごでいっぱいだった。私はすぐに窓辺に行き、新鮮な空気を吸いこむと、不快感は瞬時におさまった。夫人がまた部屋に入ってきて、私に言うには、この匂いがシラーを元気づけてくれ、それがないと生活も仕事もできないので、引き出しは、いつも腐ったりんごでいっぱいにしておかねばならないということだった」（G II-12-632）。りんごの腐敗臭を、創作のインスピレーションのための刺激剤としてもちいていたシラーのこのエピソードは、二人の古典主義者のあいだの「生理的相違」の証左であるだけではない。それはまた、一九世紀以降のドイツ文学において、嗅覚にまつわるモティーフが、芳香から悪臭へとしだいに移りかわってゆくことを、すでに先取りしているのである。

三　芳香から悪臭へ――シュティフター『晩夏』／ラーベ『ライラックの花』／『プフィスターの水車小屋』

コルバンは、『においの歴史』のなかで、一九世紀フランス文学が、匂いのモティーフを好んで取りあげたことを指摘し、こうした「嗅覚のめざめ」（コルバン　二七一）の実例として、バルザック、フローベール、ボードレール、ゴンクール兄弟、ゾラといった作家たちの作品を挙げている。コルバンによると、文学におけるこうした嗅覚の復権は、世紀末フランス文学を代表するユイスマンスの『さかしま』（一八八四）において、頂点に達するという。この作品の主人公デ・ゼッサントは、「嗅覚もまた、聴覚や視覚の快楽にひとしい快楽を感じとることができる」（HU 149）と主張し、「自然のままの原初の匂いを彫琢し、錬磨し、あたかも宝石細工師が、宝石の品質を純化し高めるように、これを完璧の域にまで向上させる」（HU 150）ために、香水の調合にふけるのである。

このようにして、一九世紀フランス文学が、むせかえるような芳香にみちているのとは対照的に、同時代のドイツ文学において、匂いが主題化されることは多くない。この点で、シュティフターの長篇小説『晩夏』は、興味深い一例をなしている。作品の冒頭近く、山歩きの途中で、雷雨の到来を予感した主人公ハインリヒは、雨宿りを求めて、ある屋敷に立ちよる。「その屋敷は、いたるところ薔薇でおおわれていた。その豊かな丘陵地では、花が一輪咲くと、同時にすべてが咲きそろうが、ここもまたそうだった。薔薇は、互いに約束をかわして、すべてが同時に咲きだしたようで、この屋敷を、このうえなく美しい色と、このうえなく甘い香りでつつみこんでいた」(S 4/1-47)。だが、薔薇の香りについて語られるのは、わずかにこの一カ所だけにすぎない。このあとに続く一節では、もっぱら薔薇の色彩と形状が、詳細に描きだされる。「色は、純白から黄色や赤みがかったものをへて、淡い赤と深紅、さらには青や黒みがかったものまでさまざまだった。薔薇の姿かたちも、それに応じてさまざまだった。花は、色によって区分されているのではなく、薔薇の茂る壁に隙間ができないことだけを考えて、植えられているようだった。そのために、さまざまな色合いの花が、入り混じって咲いていた」(S 4/1-47f.)。ハインリヒは、この屋敷の主人リーザハ男爵との対話のなかで、薔薇の香りに触れて、こう語る。「香りのことは、言わないことにしましょう。それはまた別の問題だからです」。リーザハ男爵もまた、彼の意見に同意する。「美について語るなら、香りは別問題です。でも、美を度外視して、香りについて語るのであれば、薔薇の香りほど好ましいものはないでしょう」(S 4/1-142)。あたかもカントのひそみにならうかのように、この小説の世界でもまた、「美」と「香り」とは厳格に区別され、嗅覚は、美の領域からは排除されているのである（Rindisbacher 69）。

一九世紀ドイツ文学におけるこうした嗅覚軽視の傾向のなかにあって、数少ない例外をなしている作家の一人が、ヴィルヘルム・ラーベ（一八三一―一九一〇）である。彼の初期の短篇小説『ライラックの花』（一八六三）では、ライラックの花の香りが、作品全体をつらぬくライトモティーフの役割をはたしている。老医師である主人公ヘルマンは、若い女性患者の死の部屋に遺されていたライラックの花環にいざなわれるようにして、青年時代の思い出を物語る。プラハ大学で医学を学ぶドイツ人学生だった彼は、「ベト・シャイム（生命の家）」と呼ばれるユダヤ人墓地を訪れる。「日ざしは心地よく、季節は春で、さわやかな風に時おり揺れるライラックの枝と花が、墓の上でそよぎ、甘い香りで空気をみたしていた。だが、私はますます息苦しくなった。この場所が、ベト・シャイム、〈生命の家〉と呼ばれているのか？」だが、彼の息を詰まらせるのは、むせかえるようなライラックの花の香りだけではない。そこにはまた、まったく別種の臭いがたちこめてもいる。「苦しめられ、虐げられ、あざけられ、不安にさいなまれた、数知れない世代の人々を飲みこんできた、そして、まるで貪欲な底なし沼のように、人々の生命が折り重なって沈んでいる、黒く、湿った、かび臭い土のなかからは、死体が累々と横たわる戦場にもまして、息詰まるような腐敗臭が、立ちのぼってきた。それは、あらゆる陽光も、春の息吹も、花の香りも消し去るほどの妖気にみちていた」（RA 9/1-97）。ここでは、墓地をとりまくライラックの花の芳香と、地中から立ちのぼる死者たちの腐敗臭が重ねあわされることによって、花と死とのあいだのひそかな結びつきが暗示されているだけではない。この墓地への訪問をきっかけにして、ユダヤ人の少女イェミマと知りあい、彼女の住むゲットーを訪ねたヘルマンは、その家の「汚さ」とともに、「その臭いは、その光景よりもさらにひどかった」(RA 9/1-99) ことに驚かされる。イェミマから、墓地に眠る彼女の祖先たちの物語を聞くうちに、ヘルマンは、「この場所の空気は、ぼくにとってもう息の詰まるようなものではなくなった」(RA 9/1-102) と感じはじめる。だがその一方で、心臓の病をかかえるイェミマを救いだそうとして、ヘルマンは彼女にこう語りかける。「生きるんだ、長く生きるんだ。美しく、かわいらしい娘のままでいて、このじめじめした、かび臭いところから、この太古の恐怖から出ていくんだ」(RA 9/1-107)。だがそれにもかかわらず、ユダヤ人としての自尊心を守り、ゲットーにとどまろうとする彼女を、彼は最後には見捨てざるをえない。「こうして私は、プラハのゲットーで生まれた、かわいそうなイェミマを殺してしまった。それゆえに、ほかの誰をも喜ばせるライラックの花は、私にとっては、永遠に死と裁きの花となったのだ」(RA 9/1-113)。コルバンも指摘するように、ダーウィン以降の人類学は、「人種や民族に固有の匂い」(コルバン　二八五)を強調することによって、「嗅覚を、人種を維持するための特権的道具とみなす見かた」(コルバン　二八六) へとかたむいてゆく。この作品のなかで描かれた、ユダヤ人墓地とゲットーにたちこめる臭気は、匂いがはらんでいる他者性の記号としての役割を、すでに明瞭に示しているのである (Hahn 96f.)。

ラーベの後期の小説『プフィスターの水車小屋』(一八八四)では、それとはまったく別の意味において、嗅覚が重要な役割をはたしている。「もっともいやな臭いのする一九世紀ドイツ小説」(Sammons 271)であると同時に、「ドイツ文学における最初のエコロジー小説」(Detering 10)とも評されるこの作品では、工場の廃液による環境汚染が描かれる。小説の語り手エーベルトの言葉を借りるなら、「ドイツ国家の農業国から工業国への移行」(RA 16-114)が、この作品の主題なのである。ベルリンのギムナジウム教師エーベルト・プフィスターは、売却されることになった亡き父ベルトラムの水車小屋で、新婚の妻とともに夏の日を過ごし、父とその水車小屋の思い出を物語る。この水車小屋と、それに隣接する飲食店は、かつては自然にめぐまれた保養地として、近隣の人々に愛されていた。だが、いつのころからか、その周囲に悪臭が漂いはじめる。水車小屋の常連客や従業員たちは、「この香水は、毒が強すぎる」(RA 16-48)、「この悪臭は、すべてを殺してしまう」(RA 16-49)と言いのこして、次々にこの場所から立ち去ってゆく。「村や町から来る客たちも、水車小屋の徒弟たちも、水車も、かわいそうな陽気な父も、もはや耐えることができなかったのは、秋と冬になるとたちこめる匂いだった。魚たちもまた同様だった。(…)私の幼年時代と青春時代の初期には、あらゆる新鮮なもの、純粋なものの化身のように、さらさらと流れていた、生気にみちた、澄んだ川は、どんよりとよどみ、ねばねばした青白い何ものかに変貌してしまっていた。それは、もはやけっして、生命や純粋さの象徴とはなりえないものだった」(RA 16-52f.)。

ラーベは、雑誌『ドイツ展望』の編集者ユリウス・ローデンベルクに、この作品の原稿を送付した。だが、ローデンベルクは、雑誌への掲載を見送り、その理由について、作者にあてた手紙のなかで、次のように述べている。「プフィスターの水車小屋が、悪臭を放ちはじめるまでは、すべては上々でした。けれども、ここから先は、読みすすめることができませんでした。（…）私には、プフィスターの水車小屋の楽しみを台なしにしてしまった、このいやな匂いしか感じとれなかったのです。誰もが私と同じように考え、感じるだろうというわけではありません。あなたの描写は、まぎれもなく現実の生の事実であり、それゆえに、描写するだけの権利があるのですから、私以外の人なら、別の感じ方をするかもしれません。けれども、趣味の点でも、道徳の点でも、責任ある雑誌編集者なら、できるかぎりリスクをおかすべきではないと思うのです」（RA 16-521）。文学作品において、「いやな匂い」がどこまで許容されるかという点をめぐって、作家ラーベと編集者ローデンベルクは、二つの相いれない立場を代弁している（Rindisbacher 105f.）。そして、それと同時に、ラーベのこの作品は、嗅覚にかんする新たな「趣味」と「道徳」の誕生を告げてもいるのである。

さて、ベルトラムの友人の息子で、化学を研究しているアーダム・アッシェは、水車小屋の上流に建設されたクリッケローデ製糖工場の廃液を調査し、悪臭と汚染が、「有機物質が一定量の硫酸塩におよぼす還元作用の産物」（RA 16-100）であることを突きとめる。製糖工場にたいして裁判をおこしたベルトラムは、常連客の一人だった弁護士リーヒャイの尽力によって勝訴する。だがそれにもかかわらず、彼の水車小屋が、かつての盛況を取りもどすことはない。ベルトラムは、水車小屋を売却し、アッシェがベルリンのシュプレー川のほとりに建設するクリーニング工場に投資するようにという遺言をエーベルトに託して、世を去ってゆく。古き良き時代の水車小屋の象徴である「粉屋の斧」(RA 16-173) を、アッシェの手に譲りわたしたベルトラムは、彼にこう語りかける。「君のような種類の人間こそが、どれほど高い工場の煙突の下であれ、どれほど汚物にまみれた流れのほとりであれ、プフィスターの水車小屋の伝統を、誰よりもよく守りつづけてくれることだろう」(RA 16-175f.)、と。

だが、ベルトラムのこの願いが、アッシェによって実現されることになるかどうかは、きわめて疑わしい。「学問が工業と結びつくと、あまりよい匂いがするものではない」(RA 16-60) と主張するアッシェのクリーニング工場は、「それにくらべれば、私の父の小川がいちばんひどかったころでも、まったく物の数ではなかった」とエーベルトが語るほどの「このうえなくひどい匂い」(RA 16-126) を、周囲にまき散らす。アッシェは、妻アルベルティーネのために、彼自らが戯れにギリシア語で「ぼろぎれ御殿 (Rhakopyrgos)」と呼ぶ大邸宅を建設し、そこでアッシェ一家とエーベルト夫妻が過ごす平和な休日の情景によって、この小説は結ばれる。「となりでは、巨大なクリーニング工場ががたがたと音をたて、クリッケローデにも負けない煙を、夕暮れの空に吐きだしている。クリッケローデのほとりの川よりは大きいが、さしたる大河というわけでもないこの川は、われわれが力ずくで汚染しているにもかかわらず、ありとあらゆる舟やヨットでにぎわい、〈ぼろぎれ御殿〉など、どこ吹く風といったふぜいだった」(RA 16-177)。この結末は、コルバンの言う「嗅覚革命」から一〇〇年の歳月をへて、一九世紀ドイツの市民たちの嗅覚が、悪臭にたいする新たな寛大さを再び獲得したことを物語っているように思われる。こうして、現実の世界においても、文学の世界においても、芳香は、しだいに悪臭にとってかわられてゆくのである。

四　死と病気の香り――マン『ブデンブローク家の人々』／『ヴェニスに死す』／『欺かれた女』

二〇世紀前半のドイツ文学において、嗅覚は、新たな役割をはたすようになる。トーマス・マン（一八七五―一九五五）の最初の長篇小説『ブデンブローク家の人々』（一九〇一）には、すでにその兆候をみとめることができる。この作品の第九部第三章で、幼いハンノーは、祖母にあたる領事夫人の葬儀がいとなまれる前日、その亡骸に別れを告げる。「喪服に身をつつんだ縁者たちにとりまかれ、セーラー服のそでに幅の広い喪章をつけ、たくさんの花束や花環の放つ香り――そこには、ごくかすかで、時おり息をするときにだけそれとわかる、また別の、見知らぬ、だが奇妙にも慣れ親しんだ香りが入り混じっていた――に意識をもうろうとさせて、小さなヨーハンは棺のわきに立ち、白い繻子のあいだにいかめしく、おごそかに横たわっている動かない姿を見おろしていた。（…）彼はゆっくりと、ためらいがちに息をした。というのも、一息ごとに彼は、あの香りを予期していたからだった。あたりにみちあふれる花の匂いによっても、かき消すことができるとは限らない、あの見知らぬ、だが奇妙にも慣れ親しんだ香りを」(MB 599f.)。『ライラックの花』においてと同様に、ここでもまた、花の香りと死臭とが重ねあわされる。だが、ラーベの場合とはことなり、ここではその両者が、芳香と悪臭として対置されるのではなく、「香り(Duft)」という同じ言葉で呼ばれることによって、死もまた美的な領域へと取りこまれる。その香りがハンノーにとって、「奇妙にも慣れ親しんだ」ものであるのは、それが愛する祖母の亡骸から立ちのぼるというだけの理由によるのではない。この場面が、ブデンブローク家の最後の一人となるハンノーの視点から語られているのは、けっして偶然ではない。幼いころから死に慣れ親しんでいる彼は、その香りのうちに、自分自身の早すぎる死をすでに予感しているのであり、この小説では、市民性の没落は、芸術的感性の洗練のみならず、とぎすまされた嗅覚ともまた結びついているのである(Rindisbacher 199f.)。

芸術と嗅覚とのあいだのひそかな結びつきは、『ヴェニスに死す』(一九一二)にもまた見てとることができる。ヴェニスに到着した作家アッシェンバッハは、「ラグーンの腐ったような匂い」を嗅ぎつけると、「もうこの瞬間に立ち去ることを」(MF 588)考える。「路地には、不快なむし暑さが漂い、空気はよどんでいて、住居や店や屋台からもれる匂い、油煙や香水の靄やその他のさまざまなものが、散逸することなくあたりにたちこめていた。たばこの煙が一カ所にとどまって、なかなか消えなかった。人々の群れは、散歩する彼を楽しませるどころか、逆に悩ませた。歩けば歩くほど、海からの風がシロッコとともに生みだす不快な状態、興奮であると同時に、弛緩でもある状態が、彼を苦しめた。脂汗が流れでた。視力はきかず、胸は苦しく、身体がほてり、血が頭にのぼった」(MF 595)。だが、彼の健康をむしばむヴェニスのこの臭気は、同時にまた、彼をあらがいがたくこの町に引きよせる魅惑をもはらんでいる。「この町の雰囲気、海と沼のこのかすかに腐ったような匂いから、彼はどうしても逃れたかったのだが、今彼はそれを深く、やさしくも痛ましい思いで吸いこんだ。自分の心が、いかにそのすべてに執着しているかを知らず、考えもしなかったなどということがありえようか」(MF 598)。こうして、ヴェニスにとどまることになったアッシェンバッハの前に、この町にひそかに蔓延しはじめるコレラは、「悲惨と傷といかがわしい清潔さを思いおこさせる、甘く薬品めいた匂い」(MF 615)、「消毒剤の匂い」(MF 616) となって立ちあらわれる。そして、美少年タジオのあとを追って、サン・マルコ寺院に足を踏みいれたアッシェンバッハが嗅ぎつけるのは、それとはまた別種の匂いである。「香煙が立ちのぼり、祭壇のろうそくの弱々しい炎をかげらせていた。鈍く甘い供物の香りのなかに、かすかに別の香りが混じっているようだった。病んだ町の匂いが」(MF 617)。『ブデンブローク家の人々』において、花の香りと死の香りとが入り混じっていたように、ここでもまた、聖堂の薫香と疫病の香りが重ねあわされる。そして、幼いハンノーが、祖母の死の香りのうちに、すでに自らの運命を予感していたように、芸術家アッシェンバッハもまた、彼のとぎすまされた嗅覚を魅惑する病気と死の香りから、逃れることができないのである。

それにたいして、マンの最後の短篇小説『欺かれた女』（一九五三）では、嗅覚は、芸術ではなく、むしろ自然と結びつけられる。この作品のヒロインである初老の未亡人ロザーリエ・フォン・テュムラーは、「自然への愛情」と「素朴で快活な性格」と「温かい心」（MS 408）をそなえた女性である。それとは対照的に、三〇歳になろうとする彼女の娘アンナは、「考え深い冷静さ」と「並はずれた知性」（MS 409）によって特徴づけられる。画業を営むアンナは、「たんなる自然模倣をしりぞけ、感覚的な印象を、厳格に思弁的、抽象的かつ象徴的、しばしば立体的かつ数学的なものへと変形するきわめて精神的な方向」をめざすが、母親は、娘の芸術を理解することができない。春になると咲きみだれる薔薇の花をこよなく愛するロザーリエは、その芳香を、「神々の香り」、「天上のアロマ」と称賛する。「自然がわれわれの嗅覚器官にあたえてくれる香りなら、優美なものでも、甘いものでも、刺激のきいた苦いものでも、むせかえり、酔いしれるような香りでさえ、彼女は何よりも愛し、深く感謝して、このうえなく感覚的な敬虔さをもって受けいれた」（MS 415）。そして、自然にたいする愛情を欠いた娘にたいして、彼女は、「香りを色彩で表現しようとこころみる」ようにと提案する。「こう言ってよければ、香りは感覚的であると同時に抽象的で、目には見えず、エーテルのように私たちに語りかけます。目には見えず、人を喜ばせてくれるものを、視覚に訴えるようにするという試みは、あんたたちには魅力的なものにちがいないわ。だって絵画は、結局のところ視覚が頼りですもの」（MS 416）。だが、母親のこの思いつきを、娘はにべもなくはねつける。「ママは筋金入りのロマン主義者ね。共感覚者みたいに五感を混ぜあわせて、香りを色彩へと神秘的に変形するなんて」(MS 417)。こうしてこの作品では、ロザーリエとアンナという母娘に、自然と精神、嗅覚と視覚という二つの二項対立が重ねあわされるのである。

ある夏の日、ロザーリエとアンナは、散歩の途中で、「麝香の香り」を嗅ぎつける。だが、近づいてみると、その香りの正体は、「いとわしい」ものだった。「道ばたにあったのは、日ざしに温められ、クロバエがびっしりたかって、まわりを飛びまわっている糞の山で、それ以上眺めたくもないしろものだった。狭い場所に、動物か人間の排泄物が、腐った植物といっしょになり、とっくに腐敗した森の小動物の死骸も、そのそばにあった。要するに、この蒸れたかたまりほどむかつくものはなかった。だが、クロバエを引きつけるそのいやな臭気は、薄められてあいまいになると、もはや悪臭とは呼べず、疑いなく麝香の匂いと言うべきものだった」(MS 417)。この奇妙な光景は、小説のその後の展開を暗示する伏線の役割をはたしている。アメリカ人青年ケン・キートンと出会ったロザーリエは、息子ほど年齢の隔たったこの若者に恋をし、それとともに、止まっていた彼女の月経が復活したかのように思われる。だが、彼女の若返りのしるしと見えたものは、じつは、末期の子宮癌の症状にほかならなかった。こうして、偽りの自然によって欺かれた彼女は、無残な最期をとげるのである。

このように見るなら、この小説のなかで、麝香の香りは、人間の感覚的な欲望をかきたてることによって、死へと誘惑する自然の欺きを体現しており、明晰で理知的な視覚とはことなり、「感覚的であると同時に抽象的」な嗅覚にたいする警告が、この作品のメッセージをなしているかのように思われる（Elsaghe 190f.）。だが、臨終の床で、ロザーリエは、娘にこう語りかける。「アンナ、自然の欺きとか、残酷な嘲りだなんて言わないでね。私もそうだけど、あんたも自然のことを悪く言わないで。あんたや、人生の春から別れるのはいやよ。でも、死がなければ、春はどうなるの。死は、生の偉大な手段よ。死が、私の復活と生の喜びにかたちをあたえてくれたのなら、それは偽りではなく、善意と恩寵だったのよ」。そして、「ロザーリエは、彼女を知るすべての人々に悼まれて、安らかに息を引きとった」（MS 481）という一文によって、小説は結ばれる。こうして彼女の死が、自然の欺きと恩寵とのあいだに宙づりにされているように、ここでは、嗅覚もまた、両義性をおびているのである。

五　見えないものを嗅ぐ——リルケ『マルテの手記』／『オルフォイスに捧げるソネット』

二〇世紀前半のドイツ文学のなかでも、嗅覚がとりわけ重要な役割をはたす作品として、リルケの『マルテの手記』を挙げることができる。序章ですでにふれたように、「ぼくは見ることを学んでいる」（R 6-710）という一文で知られるこの作品の冒頭では、大都市パリが、語り手の視覚のみならず、嗅覚によってもまたとらえられる。「通りは、四方八方から匂いはじめた。ぼくが嗅ぎわけたかぎりでは、ヨードフォルムと、フライドポテトの油と、不安の匂いだった。どの街も、夏は匂うのだ」(R 6-709)。ヨードフォルムの匂いが、大病院で病人たちが迎えることになる「大量生産」(R 6-713)で「レディーメイド」(R 6-714)の死を、フライドポテトの油の匂いが、街の人々の貧しい食生活を暗示しているとするなら、不安の匂いは、「人々がここにやって来るのは、生きるためというよりはむしろ、死ぬためなのかもしれない」(R 6-709)という冒頭の一文とも呼応して、大都市パリがマルテの内面に呼びおこす、ばくぜんとした不安感のあらわれである。一九世紀末にいたるまで、文学作品のなかで描かれる匂いが、つねに具体的な外界の事物と結びついていたのにたいして、ここで初めて匂いが、ある抽象的な観念や、内的な感情をさし示す記号となるのである。

パリの街を徘徊するマルテは、内壁だけを残して取りこわされた家の前で立ちどまる。その家の描写は、壁の形状や色彩から、しだいにそこから立ちのぼる匂いへと移りかわってゆく。「間仕切りの壁を取りこわした跡が、枠のように残っている、青や緑や黄色だったこの壁からは、生活の空気が立ちのぼってきた。それは、風に吹き散らされることもない、しぶとく、よどんだ、かび臭い空気だった。昼食や、病気や、吐く息や、長年にわたる煙、わきの下から出て衣服を重くする汗、口臭や、むれた足のフーゼル油の匂い。鼻をつく尿の臭い、暖炉のすす、じゃがいもを炒める灰色の煙、古びてゆくラードの重くぬらりとした臭気。かまう者もない乳飲み子の、甘くいつまでも残る匂い、学校に通う子供たちの不安の匂い、成熟した少年たちのベッドにこもる、むっとした匂い。

下の街路から蒸発して、立ちのぼってくるさまざまな匂いや、都会の上空で汚染された雨とともに、したたり落ちてくる匂いが、これに加わった。いつも同じ通りにとどまり、弱まってしまった風も、あまたの匂いを運んできた。それにまだ、どこから来たのかわからない匂いもたくさんあった」(R 6-750f.)。こうして、際限もなく列挙されてゆくさまざまな匂いは、もはや目で見ることのできない、失われた生活の情景を、マルテのうちにまざまざと甦らせる(Pasewalck 169)。ここでは嗅覚は、不可視の過去の痕跡を嗅ぎとることによって、視覚を補完する役割をはたしているのである。

見えないものを可視化する、こうした嗅覚の機能は、シューリン家の人々をめぐるエピソードのうちに、とりわけ明瞭にあらわれている。火事によって屋敷が焼けおちてしまって以来、この一家の人々は、匂いにたいして異常に敏感になっている。「〈ママが匂いを嗅いでいるの〉。ヴィエラ・シューリンが、父の背後でそう言った。〈そういうときは、私たちはみんな、ずっと静かにしてなくちゃ〉。ママは、耳で匂いを嗅ぐのよ〉。そう言うと、彼女自身、眉をつり上げて、注意深く、全身を鼻にしていた。シューリン家の人たちは、火事以来、この点では少し変わっていた。狭い、暖房のききすぎた部屋では、いつも何かの匂いがした。すると、みんながそれを調べて、めいめいに意見を言った。ツォーエは、ストーブをきちんとていねいに調べ、伯爵はあたりを歩きまわって、どの隅でも少し立ち止まって待ち、それから、〈ここじゃない〉と言った。伯爵夫人は立ちあがったが、どこを調べればよいのかわからなかった。ぼくの父は、まるで背後で匂いがするかのように、ゆっくりと一回りした。侯爵夫人は、すぐさまいやな匂いだと決めこんで、ハンカチを顔にあてて、もう匂わなくなったかどうか、一人一人の顔を見た。〈ここ、ここよ〉と、ヴィエラが時おり、匂いを嗅ぎつけたかのように叫んだ。そのたびごとに、奇妙な静けさが生まれた。ぼくはといえば、熱心に嗅ぎまわった。だが突然、（部屋が暑すぎるせいか、たくさんの間近な灯りのせいか）ぼくは生まれて初めて、幽霊への恐怖に襲われた。ぼくは、はっきりと意識した。ついさっきまで談笑していたちゃんとした大人たちが、腰をかがめて歩きまわり、目に見えないものを相手にしていることを。目に見えないものが存在するのを、彼らがみとめていることを。その目に見えないものが、彼ら全員よりも強大であることが、恐ろしかった」（R 6-841）。ここでは嗅覚は、「目に見えないもの」を現前させる感覚として特権化されると同時に、「幽霊への恐怖」になぞらえられることによって、再び相対化される。そして、嗅覚がはらむこうした両義性は、人間の想像力それ自体がはらむ両義性を映しだしているのである。

『オルフォイスに捧げるソネット』（一九二三）第一部第一六番の詩のなかでもまた、目に見えない存在を嗅ぎとる嗅覚の働きがうたわれる。

友よ、お前が孤独なのは…
私たちは、言葉や指さすことによって、
しだいに世界をわがものとするが、
それは世界のもっとも弱く、危うい部分なのかもしれない。

誰が匂いを指さすだろうか。
だが、私たちをおびやかす力の多くを、
お前は感じとる…お前は死者たちを知り、
魔法の呪文にも驚かされる。

見よ、部分があたかも全体であるかのように、
ともに担うことが必要なのだ。
お前を助けるのはむずかしいだろう。とりわけ、

私をお前の心のなかに植えつけないでくれ。私はすぐに大きくなりすぎる。
だが私は、わが主の手を導いて、こう言おう。
これが、毛皮をまとったエサウです、と（R 1-741）。

リルケは、妻クララにあてた手紙のなかで、この詩が、「一匹の犬にあてて」（R 2-738）書かれたものであることを告白している。リルケにとって、犬は、「私たちを許容しようとする決意に強いられて、その本性の限界領域に住みつつ、その人間化したまなざしや、郷愁のこもった鼻づらによ

って、たえずその限界を踏みこえてゆく」（R 6-1099）存在、すなわち、人間と動物の境界に位置する存在だった。この詩のなかでは、犬のもつ並はずれた嗅覚と、死者や魔法の呪文を感じとる能力が、「言葉や指さすこと」によって世界を分節化し、わがものとしようとする人間の営みに対置される。そして、「私をお前の心のなかに植えつける」、すなわち人間に犬を従属させることではなく、犬と人間が、それぞれの領分を守ることによって、「部分があたかも全体であるかのように、ともに担うこと」が要請される。最後の詩行で暗示されているのは、『創世記』で語られるエサウとヤコブにまつわるエピソードである。ヤコブは、毛皮をまとって毛深い兄エサウに身をやつし、目の不自由な父イサクの前に進みでて、長子にあたえられるべき祝福をだまし取る。だが、リルケの詩では、毛皮をまとったヤコブが主の祝福を求めるのではなく、純朴なエサウになぞらえられる犬に、祝福があたえられる。賢しいヤコブの末裔である人間は、長子としての権利を、エサウの手に返すべきであるとでも言うかのように。

六　嗅覚の復権？――ジュースキント『香水』

二〇世紀も後半にいたって、ドイツ文学において初めて、嗅覚をその主題にすえた作品があらわれる。パトリック・ジュースキント（一九四九―　）の小説『香水　ある殺人者の物語』（一九八五）である。この作品が、コルバンの『においの歴史』のドイツ語版刊行の翌年に出版されたものであることは、けっして偶然ではない。コルバンの言う「嗅覚革命」の時代のパリを舞台としたこの小説では、一八世紀のパリのなかでも、「とりわけ地獄のように悪臭が立ちこめる場所」（SP 6）のただなかで、魚売りの女によって私生児として生みおとされ、自らはまったく体臭をもたないかわりに、人並みはずれた嗅覚をそなえた主人公グルヌイユが、究極の香水のエッセンスを集めるために、若い女性たちを次々に殺してゆく。悪臭の除去と芳香の発明というブルジョアたちの欲望を、下層階級出身のグルヌイユに体現させることによって、ジュースキントは、コルバンの「嗅覚革命」の図式を反転させると同時に、カント以来の五感の序列において最下位におかれてきた嗅覚を、文学というメディアを介して復権させようとこころみるのである。

この作品の冒頭で、語り手は、主人公を、「天才的にして、おぞましい人物には事欠かないこの時代にあって、もっとも天才的にして、もっともおぞましい人物の一人」として呈示する。彼が歴史にその名を残さなかったのは、その天才が、「匂いという束の間の王国」（SP 5）に限定されていたためである、というのである。ここで語り手は、カントが『人間学』において、嗅覚に否定的評価をくだすさいにもちいた「束の間の（flüchtig）」という形容詞を引用しながらも、その「束の間の王国」に、文学作品という永続するかたちをあたえようとする。ちょうどグルヌイユが、香水の調合によって、女性の香りというはかないものに、永遠の生命をあたえようとこころみたように。

だが、小説家ジュースキントのふるまいが、調香師グルヌイユのそれをなぞるものであるのは、その点だけではない。グルヌイユが、女性たちの死体から、究極の香水のエッセンスを集めるように、ジュースキントは、ゲーテからロマン主義をへてボードレール、ユイスマンスへといたる、過去のさまざまな文学テクストを参照することによって、その作品を作りあげてゆくのである（Ryan 91）。そのなかでもとりわけ、ロマン主義の芸術家小説の典型であるホフマンの『スキュデリー嬢』（一八一九）とのあいだの対応関係は、これまでにもたびたび指摘されてきた（Jacobson 202f., Whitinger/Herzog 222ff., Fritzen 765f.）。一七世紀のパリを舞台にしたホフマンの作品でもまた、「その時代のもっとも腕ききであると同時に、もっとも奇妙な人間の一人」（H 4-799）であり、「あらゆる人間のうちでもっとも極悪非道であると同時に、もっとも不幸な人間」（H 4-830）である金細工師カルディヤックが、自らの作品である装身具を取りもどしたいという欲望にかられて、その所有者たちを次々と殺害してゆく。いや、それればかりではない。グルヌイユの並はずれた嗅覚が、悪臭漂うパリの魚屋の屋台で、母親によって魚の臓物のなかへ生みおとされたという、彼の出生の事情と無関係ではないように、カルディヤックの金細工師としての才能もまた、妊娠中の彼の母親が、「きらめく宝石の鎖」を身にまとった騎士にたいしていだいた欲望が、「このうえなく奇妙で、破滅的な情熱」（H 4-832）となって、生まれてきた息子に受けつがれたものにほかならない。こうして、ジュースキントの作品は、芸術と犯罪、天才と殺人者とのあいだの不可分の結びつきという、ロマン主義以来の芸術家小説のテーマを引きつぐのである。ただし、そのさいに、ホフマンの金細工師カルディヤックが、調香師グルヌイユへと書きかえられたのは、けっして偶然ではない。ジュースキントは、この変更によって、作品の主題を、視覚から嗅覚へと転換させるのである。

パリの街で、プラム売りの少女が発散するえも言われぬ香りに魅せられたグルヌイユは、彼女を殺して、その匂いをわがものとする。「香りの世界に革命をおこし」(SP 57)、「香りの創造者」、「あらゆる時代を通じて最大の調香師」(SP 58)となることを決意した彼は、バルディーニ親方のもとに弟子入りして、香水作りの技術を学ぶ。だが、彼が究極の香水の調合をめざすようになる背景には、もう一つの動機が隠されている。パリを去って、香水の本場グラースへと向かう途中で、山のなかの洞窟で暮らす彼は、自分自身がまったく何の体臭ももたないという衝撃的な事実に直面する。彼は、「人間の匂い」(SP 190)のする香水を作りだし、それを身につけることによって初めて、自分自身の匂いをわがものとする。すなわち、匂いとは、人間のアイデンティティーの証しにほかならず、香水の調合によって、グルヌイユは、自分自身のために、フィクションとしてのアイデンティティーを作りだすのである。さらに彼は、こう考える。「自分には、人間の香りだけでなく、人間を超えた天使の香りだって作りだせる。言いようもなくかぐわしく、生気にとみ、それを嗅いだ者が、この香りを身につけている彼グルヌイユを、心の底から愛さずにはいられないような香りを。(…)偉大なもの、恐ろしいもの、美しいものにたいしては、目を閉ざし、メロディーや魅惑的な言葉にたいしては、耳を閉ざすことができる。だが、香りからは、逃れることができない。なぜなら、香りは呼吸の兄弟だからだ。(…)匂いを支配する者は、人の心を支配するのだ」(SP 198f.)。カントが、「自由に反する」がゆえに「非社交的である」としてしりぞけた嗅覚が、ここでは、人間の心を支配する手段へと復権をとげる。いやむしろ、嗅覚のはらむこの二つの側面は、暴力性という点において、じつは表裏一体をなしている。こうしてグルヌイユは、究極の香水を創造する芸術家から、匂いによって大衆を支配する権力者へと、変貌をとげるのである。

連続女性殺人事件の犯人として逮捕されたグルヌイユは、公開処刑の場へと引きだされる。だが、自らの調合した究極の香水を、一滴身にまとって登場した彼を、観衆たちは、神のように崇め、互いの情欲に身をゆだねはじめる。その光景を前にしたグルヌイユは、次のような思いにとらわれる。「彼がずっと憧れてきたこと、すなわち、他人たちが彼を愛するということが、実現したその瞬間に、彼には耐えがたいものとなった、というのも、彼自身は、彼らを愛しているのではなく、憎んでいたからである」(SP 305)。フィクションとしてのアイデンティティーを介して、彼が周囲の人々とのあいだにとり結ぶ関係は、けっして相互的なものにはなりえない。「自由に反する」、「非社交的」な感覚である嗅覚は、自由で対等な人間関係にもとづく「愛」とは、もともと相いれないものなのである。

作品の最終場面で、グルヌイユは、自らがこの世に生を受けた、悪臭漂うパリの一角に舞いもどり、究極の香水を、残らずわが身に振りかける。「この天使」(SP 319) から放たれる芳香に引きよせられた浮浪者たちによって、彼の身体は、あとかたもなく食いつくされる。「人食い」たちの顔に浮かぶ「微笑み」によって、この作品は締めくくられる。「彼らはひどく誇らしげだった。愛によって、初めて何事かをなしとげたのである」(SP 320)。嗅覚を主題とするこの物語が、味覚によって結ばれるのは、けっして偶然ではない。グルヌイユが求めた「愛」は、カントの言う「距離をおいた味覚」としての嗅覚ではなく、愛する対象との一体化を可能にする味覚を介して初めて、なしとげられるものだからである。

この結末は、この作品がはらんでいるパラドックスを、端的に示しているように思われる。カント以来の近代における五感の序列を転倒させようとする試みは、逆にその序列を再確認する結果へと立ちいたる。文学における嗅覚の復権をめざすかに思われるこの作品は、同時にまた、五感のなかからただ一つの感覚のみを切りはなして、特権化しようとすることのもつ危険にたいして、警告を発してもいるのである。

七　五感を超えて――ヴォルフ『原発事故』

『香水』が刊行された翌年の一九八六年四月に起こったチェルノブイリの原子力発電所事故は、文学における嗅覚の描写にも、少なからぬ影響をおよぼした。カントが嗅覚にたいして唯一みとめていた、人体にたいする危険を感知するセンサーとしての役割さえもが、これ以降は、嗅覚から奪われることになったからである。ドイツで原発事故が起こったという想定のもとに書かれた、グードルン・パウゼヴァング（一九二八―　）の小説『雲』（一九八七）では、「毒」のある「雲」（P

27）から逃げようとする小学生ウーリと、一四歳の姉ヤンナ・ベルタとのあいだで、次のような会話がかわされる。「〈雲なんて見える？　ぼくを休ませて〉。〈毒は目に見えないの。だから、雲は見えないのよ〉」（P 45）。だが、放射能は、「目に見えない」だけではない。それは、触れることも、聴くことも、味わうことも、そして嗅ぐことすらできない「毒」なのである。それゆえ、この作品では、嗅覚が何らかの役割をはたすことはない。ここで描きだされているのは、五感がその無力さを露呈するカタストロフなのである。

『雲』と同じ年に刊行されたクリスタ・ヴォルフ（一九二九―二〇一一）の『原発事故　ある日の報告』（一九八七）は、メクレンブルクの田舎町に住む女性作家である語り手が、遠く離れた病院で脳腫瘍の手術を受けようとしている弟にあてて、チェルノブイリ原発事故によって深刻な影響をこうむった日常生活と、そのなかで考えたことについて報告するという体裁をとった作品である。この作品では、脳外科手術と原発事故は、科学技術の発展が人類にもたらした二つの対照的な帰結として対置される。ここでもまた、冒頭近く、放射能の「見えない雲」のことが語られる。「私のおばあさんの時代には、雲といえば、水蒸気のかたまりとしか考えられなかった。白く、多かれ少なかれ美しい形をして空に浮かび、想像力をかきたててくれるものとしか」（W 15）。「それとはまったく別の物質からなる見えない雲が、私たちの感情――まったく別の感情を、引きつけるようになった。そしてそれが、ポエジーのあの白い雲を、古文書館へと追いやったのだ、私は暗く、底意地の悪い思いで、そう考えた」（W 62）。「私たちの時代のユートピアは、必然的に怪物を生みだすのだろうか」(W 37) と、語り手は問いかける。だがその一方で、語り手の日常生活は、さまざまな匂いにみたされてもいる。「オレンジ色の計量スプーンで計ったコーヒーを、フィルターに入れ、コーヒーメーカーのスイッチを入れ、台所に広がる香りを楽しむ。匂いをこれまでより強く、意識的に嗅ぎとることは、まだ思いつかなかった。あなたから匂いが失われるだろうということを、私はまだ知らなかった」(W 13f.)。科学技術の輝かしい成果としての脳外科手術の代償として、語り手の弟は、五感の一つを喪失しなければならない。「五感の一つを犠牲にしなければならないのなら、誰もが嗅覚を、と言うだろう」(W 51)。なぜなら、「夜行性の爬虫類がもっていた三つの遠隔感覚、すなわち、視覚、聴覚、嗅覚のうち、嗅覚は、爬虫類が死滅して、哺乳類が増殖し、陸に住む昼行性動物となるにつれて、その意味を失いはじめた」(W 58) のであり、それは、「退化しつつある感覚の一つ」(W 59) にほかならないからである。脳外科手術によって、語り手の弟が失うことになる嗅覚は、人類が、その進化と発展と引きかえに支払わねばならなかった代償のメタファーなのである (Rindisbacher 337)。

こうして、カント以来の五感の序列を再確認した語り手は、しかし、作品の後半にいたって、人類の進化の過程を批判的にたどりなおそうとこころみる。「何十万年ものちに、こうした威嚇や恭順の身振りを補い、われわれを本能の束縛から解放し、動物にたいする決定的な優位をあたえてくれたほかならぬ言葉の助けを借りて、ある群れの人間たちが、他の群れの人間たちから、自らを区別しはじめたのだろう。別の言葉を話す者は、よそ者であって、人間ではなく、殺人のタブーにしたがわなくてもよくなったのである」(W 90f.)。文明の発展が、人間のうちに必然的に生みだしてしまった闇の部分を、語り手は視覚の比喩をもちいて、「盲点」(W 97)と呼ぶ。「盲点は、もしその位置が測定可能なら、私の脳のどこにあるのだろう、と私は考えた。言葉。話し、定式化し、表現すること。最高の喜びの中心が、あのもっとも暗い点と隣りあっていなければならないのだろうか?」(W 99)言語中枢が、人間の心の暗部と隣りあっており、言葉が必然的に暴力を生みだしてしまうとすれば、言葉を唯一の表現手段とする作家にとって、それは致命的な帰結を生む。「言葉の光が、言葉を知る以前は薄明につつまれていただろう私の内面世界の全領域を、闇のなかに突きおとしてしまったのだ」(W 99f.)。

だが、作品の結末近くで語り手は、一九世紀ドイツの劇作家フリードリヒ・ヘッベル(一八一三―六三)の戯曲『ギューゲスとその指輪』(一八五六)のなかで、カンダウレス王がギューゲスに向かって語る、「お前は、私を弁護すべきではない。ことの顚末を、ただ語りさえすればよい」(HB 55)というせりふを、ただ一字だけ変更して引用する。「お前は、自らを弁護すべきではない。ことの顚末を、ただ語りさえすればよい」(W 109)。この言葉に勇気づけられて、語り手は、こう考えなおす。「それでもやはり、人は言葉を喜びとしなければならない。お前はことの顚末を、ただ語りさえすればよい。この〈ただ〉が、私にはとてもうれしかった」(W 109f.)、と。イギリスの作家ジョゼフ・コンラッド(一八五七―一九二四)の小説『闇の奥』(一八九九)を読んだ語り手は、「未知の大陸アフリカの深い闇」と、「白人の征服者たちにははかり知れない、その住民たちの心の秘密」（W 117）を描きだしたこの作品について、こう書きしるす。「この作者は、悲しみとは何かを知っていた。彼は、頭で考えるだけではなく、身をもって、彼自身もそこに属している、あの文化の盲点のただなかへと分け入っていった。恐れることなく、闇の奥へと」（W 118）。五感のすべてが、その無力さを露呈したカタストロフを超えて、「文化の盲点」のただなかへ、「闇の奥」へと分け入ってゆくだけの力を、文学の言葉は、まだそなえているのだろうか？　ヴォルフがこの作品の結末で投げかけた問いは、世紀を超えて、フクシマ以後の時代を生きるわれわれにもまた向けられているのである。

終章　五感の統合と協働

一　色彩の音楽――スクリャービンとカステル神父

一九一五年三月二〇日、ニューヨーク。ロシアの作曲家アレクサンドル・スクリャービン（一八七二―一九一五）の交響曲『プロメテウス――火の詩』（一九〇九／一〇）が、世界で初めて、色光ピアノをともなって演奏された。色光ピアノ（clavier à lumière/ tastiéra per luce）とは、この曲の演奏のために、スクリャービン自身が考案した楽器であり、鍵盤をたたくと、それぞれの鍵盤に対応した、色彩をおびた光が放射されるというものだった。一九一五年四月一〇日の『サイエンティフィック・アメリカン』誌には、『色彩の音楽――科学の助けを借りて創造された新しい芸術』と題する、この演奏会の紹介記事が掲載された。そこでは、オーケストラのなかにおかれた色光ピアノの操作によって、さまざまな色彩の光が、背景のスクリーンに投影されるメカニズムが、詳細に解説されている（Plummer 343）。この記事のタイトルが示しているように、この演奏会は、科学技術の助けを借りて、色彩と音楽を統合する新しい芸術作品を創造する試みだったのである。

ある音を聴くと、同時にある特定の色が見えるといったふうに、ある感覚刺激が、それを知覚する主体のうちに、それとは別種の感覚印象を呼びおこす現象を、一八六六年に出版された講義録のなかで、「共感覚（synesthésie）」と呼んだのは、フランスの生理学者アルフレッド・ヴュルピアン（一八二六―八七）だった（Adler 1）。最初はもっぱら病理学の観点から論じられたこの現象は、二〇世紀初頭の芸術において、重要な役割をはたすようになる。画家ワシリー・カンディンスキー（一八六六―一九四四）は、スクリャービンの友人でもあったロシアの音楽批評家レオニード・サバネーエフ（一八八一―一九六八）が、『プロメテウス――火の詩』を論じた文章を、自らドイツ語に翻訳して、一九一二年にミュンヒェンで刊行された年刊誌『青騎士』第一巻に掲載した。この論考のなかで、サバネーエフは、この交響曲を、「ばらばらになったすべての芸術の再統合」(Sabanejew 58）の試みとしてとらえたうえで、そこに見られる「響きと色彩の照応という原理」(Sabanejew 59f.）について、こう述べている。「どの調にも、それに照応する色彩がある。どの和声の交替にも、それぞれに照応する色彩の交替がある。そのすべてが、A・N・スクリャービンに固有の色彩音響感覚にもとづいている。『プロメテウス』において、音楽は、色彩の調和から、ほとんど切りはなすことができない。この奇妙な、媚びるような、だが同時にまた、深く神秘的な和声は、こうした色彩のなかで成立したのである」(Sabanejew 60)。

カンディンスキー自身もまた、共感覚による芸術の再統合という理念を、スクリャービンと共有していた。同じ『青騎士』に掲載された彼の舞台コンポジション『黄色い響き』は、そのタイトルからしてすでに、視覚と聴覚、色彩と音響を重ねあわせることによって、絵画と音楽と演劇を統合する新しい芸術ジャンルを生みだそうという意図を物語っている。『青騎士』刊行の前年にあたる一九一一年に発表された評論『芸術における精神的なもの』のなかで、すでに彼は、「色彩の心理的作用」(Kandinsky 45)について、「あるソースを、いつもきまって青く味わった、すなわち、青い色彩のように感じた」(Kandinsky 46)ある共感覚者の例を引きあいに出して、次のように述べている。「感受性のすぐれた人々においては、魂へと通じる道はきわめて直接的で、その印象もきわめて速く達するので、味覚を介して、ある作用がすぐに魂におよび、魂から他の感覚器官(今の場合は、目)へと通じる道を共鳴させるのである。これはちょうど、ある楽器が、それ自身には触れなくても、他の楽器に直接触れると、それに共鳴して発する、一種のこだま、もしくは、反響のようなものであろう。こうした感受性の強い人々は、弓で触れるたびに、そのすべての部分が共振する、弾きならされたヴァイオリンの名器のようなものである」(Kandinsky 47)。ここでカンディンスキーは、「共感覚」という言葉こそもちいてはいないものの、五感のあいだの共鳴が、芸術創造の根源をなす経験であることを示唆しているのである。

だが、五感の統合による新しい芸術の創造という理念は、二〇世紀になって初めて生まれたものではない。とりわけ、色と音とのあいだの照応関係、そして、色彩を奏でる新しい楽器の創出は、一八世紀のヨーロッパにおいて、さかんに論じられたテーマだった。ニュートンは、『光学』のなかで、七原色とオクターヴの七音とのあいだには、対応関係が見いだされると主張した。すなわち、プリズムによって得られた太陽光のスペクトルの七色の長さの比率は、オクターヴを構成する七音のあいだの音程の比率に等しいというのであり、彼はこの対応関係を、円環のかたちで図式化してみせた（図2）（Newton 154-155）。

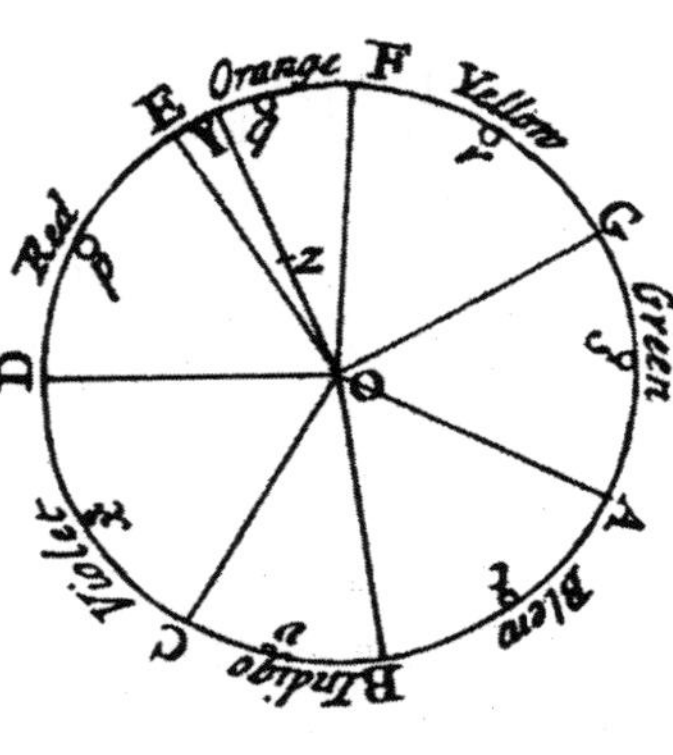

図2

フランスのイエズス会士ルイ・ベルトラン・カステル（一六八八―一七五七）は、その著書『色彩光学』（一七四〇）のなかで、ニュートンの色彩理論を批判的に受けつぎ、さらに発展させようとこころみた。すなわち彼は、青、黄、赤という三原色に、ド、ミ、ソという協和音の三音をあてはめ、オクターヴの半音をも含めた一二音に、一二の色彩を対応させたのである（Jewanski 308）。さらに彼は、『色彩光学』の執筆と並行して、音と色を同時に表現することができる新しい楽器、「視覚クラブサン（clavecin oculaire）」の製作に取りくむことになる。ドイツの作曲家ゲオルク・フィリップ・テレマン（一六八一―一七六七）は、一七三七年にパリを訪れたさいに、カステル神父と出会い、彼の視覚クラブサンの構想にかんする報告を書きのこしている。それによると、この楽器の鍵盤を押すと、バルブが開き、「絹のひも、鉄の線、もしくは木の棒」を引いたり押したりすることによって、「色のついた箱、扇、絵、もしくは鮮やかな色のついたランタン」が露出し、「音が聴こえると同時に、色彩が見える」(Jewanski 327) という。だが、「視覚クラブサン」を実現するためのさまざまな可能性を列挙しただけにすぎないこの報告はむしろ、この楽器の構想が、この時点ではまだ完成にはほど遠い段階にあったことを物語っているように思われる。カステル神父はその後、一七五四年と五五年の二度にわたってこの楽器による公開演奏会をおこなったというが、それにかんする証言や、楽器の設計図は残されておらず、神父の死とともに、視覚クラブサンは、「幻の楽器」(杉山二〇〇九　三八) にとどまったのである。

だがそれにもかかわらず、いやむしろ、それゆえにこそ、カステル神父の視覚クラブサンの構想は、同時代人たちの想像力を刺激しつづけた。ディドロは、『聾啞者書簡』(一七五一) のなかで、この楽器を「巧妙な機械」(D 4-146) と評し、「目のための音楽に楽しみを見いだし、先入見なしにそれを評価することができる人間が、もしこの世にいるとすれば、それは、生まれつき耳が聴こえず、口がきけない人だろう」(D 4-145) と述べる。そしてじっさい、ディドロが耳の不自由な知人にこの楽器を見せたところ、彼はその発明者について、こう考えたという。「この天才的な発明家もまた、耳が聴こえず、口がきけない。彼のクラブサンは、彼が他の人間たちと会話をするためのものなのだ。クラブサンの色調のそれぞれが、アルファベットの文字と等価であり、彼は指先で器用に鍵盤を操って、これらの文字を組みあわせ、単語や文や文章までも、色彩によって作りだすのだ。(…) 突然彼は、音楽とは何か、楽器とは何かを理解したように思った。音楽とは、思考を伝達するための特別な手段であり、ヴィオラ、ヴァイオリン、トランペットなどの楽器は、われわれ健聴者がもちいるもう一つの言語器官だと考えたのである」(D 4-146)。ここでは、「目のための音楽」を奏でる視覚クラブサンは、音響を色彩へ、聴覚を視覚へと変換することによって、耳の不自由な人に音楽の楽しみを伝える装置として、肯定的にとらえられている。耳の不自由なディドロの知人は、音楽とは、言語にかわるもう一つのコミュニケーション手段にほかならないと考える。そして、彼のこの思いつきは、けっしてたんなる誤解としてしりぞけられるのではない。そこにはむしろ、言語の彼方へと向けて、コミュニケーションの手段を拡張する可能性が示されているのである。

だが、そのわずか二年後に『百科全書』のために書かれた「視覚クラブサン」の項目のなかで、ディドロはこの楽器のもつ欠陥について、次のように述べる。通常のクラブサンの演奏では、「耳にとっては音の途切れる点が不明瞭で、まるで音と音が隣りあっているように互いに結びついているのにたいして、視覚クラブサンにおいては、「色彩が視覚から隔たり、分離している」。こうした「視覚のメロディーおよびハーモニーの難点を改善するためには、色彩を結びつけて、目に連続的に映るようにする手段を見いださねばならない」(D 6-469f.)、と。すなわち、音楽においては、ある音から次の音への移行が連続的におこなわれるのにたいして、視覚クラブサンにおける色彩の移行は、不連続的だというのである。こうしてディドロは、音響と色彩、聴覚と視覚とのあいだの相違という視点から、両者を機械的に結びつけようとする試みを批判するのである。

視覚クラブサンにかんするディドロのこの二つの発言は、五感のあいだの関係をどのようにとらえるかという問題にたいして、二つの対照的な視点を提示しているように思われる。前者が、五感のあいだの連続性と代替可能性を主張するのにたいして、後者は、その非連続性と差異に着目するものだからである。そして、この二つの視点は、フランスからドイツへと受けつがれてゆくことになるのである。

二　共感覚の両義性――ヘルダー『批評論叢』／『言語起源論』／『彫塑』

カステル神父の視覚クラブサンは、同時代のドイツにおいても、少なからぬ反響を見いだした。ヘルダーは、初期の著作『批評論叢　第四』（一七六九）のなかで、この楽器を「ばかげた代物」と批判して、次のように述べる。「視覚の対象はすべて、もともと並存して（neben einander）いる。最初の一瞥では目がくらんだとしても、目には、対象を見通し、観察するだけの時間と空間があたえられている。最初の瞬間、目は見とれる（gaffen）だけだが、芸術を鑑賞するためには、見る（sehen）必要があり、そのために自然は、芸術の美を、並存するものとして描きだすのである。ところが、これを転覆しようとする者があらわれ、並存するものを継起する（nach einander）ものへ、目を耳へと変えようとする。するとどうだろう。目に観察する時間があたえられず、ただ一瞬見とれるだけだと、あらゆる美的な楽しみ、いや最後には、あらゆる楽しみが失われ、痛ましい不断の麻痺状態と化してしまう」(HD 2-322)。

『百科全書』のディドロと同様に、ここでヘルダーは、視覚と聴覚、目と耳のあいだの相違という視点から、視覚クラブサンの欠陥を導きだす。対象を「並存する」ものとしてとらえる視覚の働きと、「継起する」ものとしてとらえる聴覚の働きを混同することによって、カステル神父の試みは、「痛ましい不断の麻痺状態」を生みだしてしまうというのである。ヘルダーがここでもちいている「並存」と「継起」という対立図式は、レッシングが、その著書『ラオコーン　絵画と文学の区分について』において提示した図式をふまえたものである。すでに第一章で触れたように、レッシングは、絵画と文学がそれぞれ、「空間における形象と色彩」と「時間における分節音」という、たがいにことなった記号をもちいるという事実から出発して、絵画は、「並存する(neben einander)対象」、すなわち「物体(Körper)」を、文学は、「継起する(auf einander)対象」、すなわち「行為(Handlung)」(LE 103)を表現するという点において、それぞれことなった法則にもとづいていると主張した。ヘルダーはここで、レッシングによる絵画と文学のあいだの区分を、視覚と聴覚、色彩と音楽のあいだの関係に転用しようとこころみるのである。

五感のあいだの相互関係にたいするヘルダーの関心は、さらに『言語起源論』へと受けつがれてゆく。この著作のなかで彼は、「ほかならぬ耳が、言語を教える最初の教師となった」と述べて、人間が聴覚を介して、外界の事物をあらわすしるしとしての言語を獲得する過程を、次のように描きだしてみせる。「ここにたとえば羊がいるとする。目にはその姿が、あらゆる対象、形象、色彩をともなって、自然の大いなる画面の上にあらわれる。何と多くのものが、判別しがたいことか。すべてのしるしは、こまかく入り混じり、並存して（neben einander）おり、言葉であらわすことができない。形態を言いあらわすことが、誰にできよう。色彩を音であらわすことが、誰にできよう。彼は羊に手で触れる。触覚は、視覚より確かで充溢しているが、判別しがたく入り組んでいる（in einander）。手で触れたものを言いあらわすことが、誰にできよう。だが、ほら、羊はメーと鳴く。このとき一つのしるしが、判別できなかった色彩画のキャンバスから離れでて、魂のなかへ深く明瞭に入りこんだのである」（HD 1-734）。こうしてヘルダーは、視覚と触覚と聴覚のあいだの相違から、次のような結論を導きだす。「人間は、ただ聴覚によって自然の教えてくれる言語を受けとり、聴覚なしには言語を発明することができないのだから、聴覚はいわば、人間の五感のうちで中間の感覚、魂へと達する本来の扉、他の感覚の結合帯となったのである」（HD 1-746）。

だが、同時にまたヘルダーは、人間の聴覚ではなく、視覚や触覚に訴えかける対象からも、言語が生みだされる過程を説明しようとこころみる。そのさい彼は、五感のあいだの相違ではなく、むしろひそかな連続性に着目する。「この視覚でさえ、子供や生まれつき目の不自由な人が証言しているように、最初はたんなる触覚だった。たいていの目に見える事物は動く。多くの事物は、動きながら音を発する。そうでなくても、原初状態の目には、それらの事物は、より近く直接に働きかけ、したがって、触れることができる。触覚は、聴覚にごく近い。ごつごつ、ざらざら、ふわふわ、もくもく、すべすべ、もじゃもじゃ、ごわごわ、つるつる、するするなどといった触覚にかんする表現は、すべて表面にとどまり、深く入りこんでくることはないが、まるで触れているような音を発する。こうして二つの感覚が合流し、ひしめきあうなかで、言葉を作りだす必要にせまられた魂は、合流した、隣接する感覚の言葉をつかみとり、それをわがものとしたのだろう。こうして、五感のすべてにとって、もっとも冷静な感覚である視覚にとってさえも、言葉が生まれたのである」(HD 1-745)。

ヘルダーのこうした「共感覚的な言語観」(Wellek 231) の背景をなしているのは、五感がもともと人間の内部において一体をなしているという思想である。五感のあいだのこうした結びつきについて、彼はこう述べる。「視覚と聴覚、色彩と言葉、香りと音は、どのように関係しているのだろうか。対象それ自体においてではない。だが、対象におけるこうした特性とは何だろうか。それは、たんにわれわれのうちなる感覚的印象であり、そのようなものとして、一つに合流するのではないか。われわれは、思考する共通感覚器官 (sensorium commune) であり、ただ刺激を受ける側面が、ことなっているだけなのだ。このように考えれば、説明がつく。五感すべての根底をなすものは、触覚である。触覚が、ことなったさまざまな感覚に、密接で、強力で、名状しがたい結びつきをあたえ、この結びつきから、きわめて奇妙な現象が生じてくる。人間が生まれつき、おそらくは幼年期の印象から、ある響きにある色を、ある現象にそれとはまったくことなるあいまいな感情を発作的に結びつけてしまうという例を、私は一つならず知っている。それらは、理性的にじっくりと比較してみれば、互いに何の共通点もないものなのである」(HD 1-743f.)。「共通感覚 (sensus communis)」という概念は、アリストテレスにまでさかのぼるものであり、そこではこの言葉は、五感に共通し、五感を統合する感覚という意味をもっていた(中村 七―九)。近代の西洋思想において、すべての人間に共通する「常識(common sense)」へと意味の変容をとげたこの概念を、ヘルダーはここで、その本来の意味においてもちいているだけではない。「共通感覚器官としての人間」について語ったこの一節は、「共感覚」という概念が誕生するはるか以前に、その内実を表現した、もっとも古いテクストともみなされるのである(杉山二〇〇六 九)。

だが、共感覚にたいするヘルダーの評価は、両義性をうちにはらんでいる。先の引用に続けて、彼は次のように述べる。「というのも、響きと色、現象と感情を比較することが、誰にできよう。われわれは、そのようにしてさまざまな感覚を結びつけることがよくあるが、われわれがそれをみとめるのは、冷静さを失った発作的な状態や、想像力の病、もしくはそうした病が高じて顕著になった場合に限られる。(…)さまざまな感覚のあいだの奇妙なアナロジーによって、魂は何とよどみなく働くことか。われわれはすべて、理性だけの存在からみれば、賢明に思考しながらも、不可解で愚かな結びつけ方をする、あの狂人の類に似ていることだろう」(HD 1-744)。ここでは共感覚は、「想像力の病」、さらには「狂気」として、否定的な意味をあたえられる。そして彼はまた、次のようにも述べる。「五感があいまいであればあるほど、それらは互いに入り混じりやすい。一つの感覚を他の感覚なしで、巧みに明瞭にもちいるすべを知らなければ知らないほど、感覚はあいまいになる」(HD 1-745)。ヘルダーにとって共感覚とは、理性によって最終的には克服されるべき、人間の原初的な世界認識のあり方を特徴づけるものだったのである。

さらにヘルダーは、『彫塑』においてもまた、五感のあいだの相互関係を論じることになる。第一章ですでに見たように、レッシングが、『ラオコーン』において、絵画と文学、空間芸術と時間芸術という二項対立によって、絵画と彫刻とのあいだの相違を看過してしまったのにたいして、ヘルダーは、視覚と聴覚と触覚という三つの感覚を、絵画と音楽と彫刻という三つの芸術ジャンルに対応させる。だが、ヘルダーは、レッシングの二項対立を三項対立へと拡張しながらも、ことなった芸術ジャンルのあいだの区分を主張するという点においては、レッシングの芸術観を継承している。それゆえヘルダーは、芸術のジャンル区分の必要性について次のように述べて、共感覚的なジャンルの混交をきびしく批判するのである。「この三つのジャンルのうちの一つにおいて創作をおこなう芸術があれば、われわれはその領分を、外からは平面、音、物体として、内からは視覚、聴覚、触覚として認識する。これは自然が芸術にあたえた区分であり、単なる取り決めではない。したがって、どのような取り決めによっても、この区分を変更することはできず、さもなければ、自然の報いを受ける。絵を描く音楽、音を奏でる絵画、色鮮やかな彫刻、石に刻まれた絵画などというものは、単なる変種にすぎず、何の効果ももたないか、誤った効果しか生みださない」(HD 4-257)。

そして、『彫塑』においてもまた、ヘルダーは、カステル神父の視覚クラブサンを批判する。「カステル神父の色彩クラヴィーアは、色彩の芸術が、目にとって何であり、どのような効果をおよぼすかを、十分に示してくれたように思われる。この芸術が成功しなかったことについて、多くの誤った理由や、中途半端な理由が挙げられてきたが、真の、少なくとももっとも自然な理由は、次の点にある。視覚は、より本質的な諸感覚の助けがなければ、光と色彩の平面をあたえるにすぎず、したがってそれは、きわめて平板で浅薄な楽しみをもたらすにすぎない。手をもたず、形態やそれによって表現されるものに触れることができない、視覚だけの生き物、つまりは鳥の頭のような人間なら、それに感動することもあるかもしれないが、それ以外の人間にとっては、そうではない」(HD 4-279f.)。

『批判論叢』におけるヘルダーの視覚クラブサン批判が、視覚と聴覚、色彩と音楽のあいだの相違にもとづいていたのにたいして、ここで彼は、視覚と触覚を対置し、触覚を芸術にとって「より本質的な感覚」としてとらえる立場から、カステル神父の発明を、「視覚だけの生き物」のための「きわめて平板で浅薄な楽しみ」としてしりぞける。ここでは、ただ一つの感覚にもとづく芸術が、享受する人に感動をあたえるためには、他の感覚の助けを借りる必要があることが暗示されている。こうしてヘルダーは、一方では、共感覚的な芸術ジャンルの混交を否定しながらも、他方では、芸術がその根底において、五感のすべてに働きかけ、五感を統合すべきものであることを主張するのである。

三　五感の統合から協働へ――ノヴァーリス『青い花』／『サイスの弟子たち』

ノヴァーリスは、一七九八年に『アテネーウム』誌の第一巻に掲載された断章集『花粉』のなかで、次のように述べている。「自己の外に出る能力、意識的に五感を超越する能力が、人間には拒まれているというのは、きわめて勝手な思いこみである。人間は、どの瞬間にも、超感覚的な存在であることができる。（…）精神の真の啓示への信頼。それは、見ることでも、聴くことでも、感じることでもなく、この三つのすべてが統合され、この三つのすべて以上のものである」（N 2-235）。ノヴァーリスのこの断章は、「見ること」と「聴くこと」と「感じること」という三項対立の図式においても、五感の統合という理念においても、ヘルダーの思想との親近性を示している。ただし、ヘルダーが五感のあいだの結びつきを、人間の理性以前の原初の状態と見なしていたのにたいして、ノヴァーリスはそれを、人間が感覚的存在としての限界を乗りこえるためにめざすべき目標としてとらえなおすのである。

いや、そればかりではない。ノヴァーリスが同じ年に書いた造形芸術にかんする断章のなかには、ヘルダーの『彫塑』をふまえた次のようなメモが見いだされる。「空間　彫刻　視覚　平面／時間　音楽　聴覚　音／力　ポエジー　感じること（Gefühl）　物体／ヘルダー」（N 2-423）。ヘルダーが、視覚と聴覚と触覚を、絵画と音楽と彫刻という三つの芸術ジャンルに対応させたのにたいして、ノヴァーリスはここで、「視覚」「聴覚」、「感じること」という三つの感覚を、彫刻と音楽とポエジーにあてはめる。すなわち、ヘルダーにおいては外的な感覚を意味していた「触覚（Gefühl）」を、「感じること（Gefühl）」へと読みかえることによって、ノヴァーリスは、それを「主体の内面空間」（Zeuch 274）へと移しかえるのである。同じ時期に書かれた断章のなかで、彼は、「想像力（Einbildungskraft）」について、次のように述べている。「想像力は、われわれの五感すべてのかわりになることができる、不思議な感覚である」（N 2-423）。「想像力、もしくはより高い感官とは、詩的感覚それ自体ではないだろうか」（N 2-357）。ヘルダーが、触覚のうちに見いだそうとした、五感の根底をなす役割を、ノヴァーリスは、文学的想像力にあたえようとこころみる。こうして、彼にとっては文学こそが、五感を統合するためのメディアとなるのである。

だがそれにもかかわらず、ノヴァーリスの文学テクストのなかには、五感の統合のあらわれとしての共感覚のモティーフは、けっして多くは見いだされない（Utz 214）。一七九九年から書きはじめられた未完の長篇小説『青い花』の第二部「実現」で、医師ジルヴェスターは、ハインリヒにこう語る。「すべての感覚は、結局のところは、ただ一つの感覚である。一つの世界がそうであるように、一つの感覚が、しだいにすべての世界へとつながってゆくのだ。だが、すべてのものには、その時宜があり、その流儀がある。宇宙という人格にのみ、われわれの世界の関係を洞察することができる。われわれの身体という感覚的制約のなかで、われわれがほんとうに、われわれの世界に新たな世界をつけ加え、われわれの感覚に新たな感覚をつけ加えることができるかどうか、われわれの認識が増大し、新たな能力が獲得されたとしても、われわれの現在の世界感覚の拡大につながるだけでしかないのかどうかは、むずかしい問題だ」(N 1-379)。ここには、『花粉』を支配していたあのオプティミズムは、もう見られない。人間の「身体という感覚的制約」が、ここでは、五感の統合と超越をはばむ限界として立ちあらわれるのである。

一七九八年から書きはじめられた未完の小説『サイスの弟子たち』の第一部「弟子」の冒頭では、自然のさまざまな事物のうちにしるされた「大いなる暗号文字」を解読しようとする人間の試みについて、次のように述べられる。「人間の五感の上には、万物溶解液がふりかけられているようだ。ほんの一瞬だけ、彼らの願望、彼らの想念は凝縮するかに見える。こうして彼らは予感をいだくが、すぐにまたすべては、もとどおり、彼らのまなざしの前でかすんでゆくのだ」(N 1-201)。「われわれの師」と呼ばれる人物は、弟子たちの前で、「子供のころ、五感をきたえ、働かせ、充実させようという衝動にかられてやむことがなかった」経験を物語る。「彼の五感が知覚したものは、大いなる色とりどりの形象となって、ひしめきあった。彼は、同時に聴き、見、触れ、考えた。彼は、見知らぬものたちを、互いに結びつけることを楽しんだ。あるときは、星々が人間となり、またあるときは、人間が星々となり、石が獣となり、雲が植物となった。彼は、さまざまな力や現象とたわむれ、どこに、どのようにすれば、あれこれのものを見いだし、呼びだすことができるのかをわきまえ、自ら弦をつまびいて、音やその運びを探ってみた」。だがそのあとは、こう続く。「それから彼がどうなったのかを、師は語ってくださらない。師と自分自身の意欲に導かれて、師の身におこったことを、われわれ自身が見いだすことになるだろうとおっしゃるのだ」(N 1-202)。師がかつて会得したという五感の統合は、言葉によって弟子たちに伝えることのできない秘儀でしかないのである。

他方、この作品の第二部「自然」では、「さまざまな自然物たち」が、人間の認識能力の限界について、次のように語る。「人間が、自然の内なる音楽を理解し、外的な調和にたいする感覚をもっていればよいのだが。(…)人間は、いつか感じる(fühlen)ことを学ぶだろうか。この天上的な感覚、すべての感覚のうちでもっとも自然な感覚を、人間はまだほとんど知らない。感じること(Gefühl)によって、あの憧れの、いにしえの時代も戻ってくるだろう。(…)思考とは、感情の見る夢、死んだ感情、青ざめた、弱々しい生にすぎないのだ」(N 1-218f.)。ここでもまた、「感じること」が、「すべての感覚のうちでもっとも自然な感覚」と呼ばれている。だがそれは、同時にまた、思考にとらわれた人間には到達不可能な、失われた楽園を意味しているのである。

それにたいして、この作品のなかに挿入されたメールヒェン『ヒアシンスとバラの花』の結末では、人間がその感覚的な制約を乗りこえるもう一つの可能性が示されている。主人公の青年ヒアシンスとその恋人バラは、これまで自然と一体化した幸福な日々をおくっていた。だが、「異国から来た男」(N 1-215)が語る物語に耳をかたむけ、「誰にも読めない一冊の小さな書物」を手わたされたヒアシンスは、いつも一人で物思いにふけるようになる。ついに彼は、「万物の母であるヴェールをまとった乙女」(N 1-216)、聖なる女神イシスを求めて放浪の旅に出る。彼が目的地に近づくにつれて、周囲の風景は変容する。「あの甘美な憧れは、彼のうちでますます高まり、木々の葉はますます広く、みずみずしくなり、鳥や獣はますます高らかに喜びの声をあげ、果実はますます芳香をはなち、空の色はますます濃くなり、空気はますます暖かくなり、彼の愛はますます熱くなり、時間のたつのがますます速くなって、目的地も間近のようだった」。「水晶のような泉とたくさんの花々」に出会った彼が、「聖なるイシスの住まい」(N 1-217) のありかを尋ねると、彼らはこう答える。「〈私たちが来た道をのぼっていらっしゃい。そうすれば、もっといろいろなことが聞けるでしょう〉。花々と泉は、そう言って微笑み、彼にさわやかな飲み水を手わたして、先へ進んで行った。ヒアシンスは、彼らの助言にしたがい、尋ねに尋ねたあげく、長いあいだ探しもとめた住居へとたどりついた。それは、椰子の木やその他の高貴な植物の下に隠れていた。彼の胸は、限りない憧れに高鳴り、この永遠の季節の住まいで、このうえなく甘美な不安が、彼をつらぬいた。この世ならぬ芳香のもとで、彼は眠りこんだ。ただ夢だけが、彼をもっとも神聖なもののもとへと導くことができたからである。奇妙なものにみちた、無限に続く部屋を通りぬけ、魅惑的な響きと交替する和音のなかを、彼は夢に導かれていった。彼には、すべてが旧知でありながらも、見たこともないほど壮麗に思われた。この世の最後のなごりも空中にかき消え、彼は天なる乙女の前に立つと、軽やかな輝くヴェールを掲げた。すると、バラが彼の腕に飛びこんできた。遠くからの音楽が、恋人たちの再会の神秘と憧れの吐露をとりまき、この恍惚とした場所から、異国的なものすべてを取り去った」(N 1-217f.)。

「さわやかな飲み水」でのどの渇きをうるおし、「この世ならぬ芳香」のもとで夢のなかへといざなわれたヒアシンスは、「魅惑的な響きと交替する和音」に導かれてイシスの前に立ち、ヴェールを掲げて恋人バラと再会し、彼女との抱擁によって故郷へと帰還する。ここでは、共感覚によって五感が一つに統合されるのではなく、五つの感覚がそれぞれの自律性をたもちながら、順々にその役割をはたしてゆく。そのクライマックスをなすものが、触覚の働きであることは、おそらく偶然ではないだろう。内的感覚としての「感じること」は、恋人との合一によって、その身体性を回復する。人間が、「身体という感覚的制約」を放棄することなく、五感の協働を通して新たな認識を獲得し、原初の楽園へと回帰する可能性が、ここには示されているのである。

四　自然の解読――ホフマン『クライスレリアーナ』／『騎士グルック』／『黄金の壺』

ノヴァーリスとは対照的に、その作品のなかで共感覚のモティーフを何度も繰りかえし描きだした作家が、ホフマンだった。『カロー風幻想作品集』（一八一四）におさめられた小文集『クライスレリアーナ』のなかの一篇『きわめてとりとめのない想念』には、次のような一節が見いだされる。「夢のなかよりはむしろ、眠りに入ろうとするあいだ、とりわけたくさんの音楽を聴いたあとで、私は、色と音と香りの一致を見いだす。私には、そのすべてが同じ神秘的なやり方で、ひとすじの光によって生みだされ、不思議なコンサートへと統合されずにはいないように思われる。深紅のカーネーションの香りは、奇妙に魔術的な力で私に働きかけ、思わず私は夢のような状態におちいり、はるかな彼方から、強まってはまた消えてゆくバセットホルンの深い音色が聴こえてくるようだ」(H 2/1-63)。『クライスレリアーナ』の末尾におかれた『ヨハネス・クライスラーの修業証書』でもまた、同じ経験が語られる。「音楽家が、色や香りや光が、自分にとっては音としてあらわれ、その絡みあいのなかに不思議なコンサートが見えると言うとき、それは単なる比喩やアレゴリーではない。ある機知にとんだ物理学者によると、聴くことは、内面を見ることだというが、音楽家にとって、見ることは、内面を聴くこと、すなわち、彼の目がとらえるすべてのものから響きでて、彼の精神と共鳴する音楽に、もっとも内なる意識を向けることなのだ」(H 2/1-453)。こうして、『クライスレリアーナ』の著者であり主人公である、天才と狂気とのあいだに引き裂かれた音楽家ヨハネス・クライスラーに、共感覚者としての相貌をあたえることによって、ホフマンは、五感の統合を、ロマン主義的芸術家の原体験として描きだすのである。

クライスラーの原型とも言うべき音楽家像は、小説家ホフマンの誕生を告げる短篇小説『騎士グルック』のうちに、すでに明瞭にみとめることができる。第三章ですでに見たように、この作品は、一九世紀初頭のベルリンで、語り手が一人の奇妙な人物に出会うところから語りだされる。「作曲家」(H 2/1-23) を自称するこの「変わり者」(H 2/1-26) は、自らの音楽家修業の道のりを、次のような奇妙な比喩によって物語る。「象牙の門を通って、夢の国に入る。門を見る者は少ないが、中へ入る者はさらに少ない。（…）だが、ごくわずかの者が、夢から覚めて上昇し、夢の国を通りぬける。彼らは真理に達する。最高の瞬間が到来する。永遠なるもの、名状しがたいものとの触れあいが。太陽を見よ。太陽は三和音で、そこから星々のように和音が降りそそぎ、君たちを火の糸でからめとる。君たちは、さなぎとなって火のなかに横たわる。蝶となって、太陽へとのぼってゆくまで」（H 2/1-24）。「夢の国」での経験について、彼はさらにこう語る。「そのとき、夜のなかを、光のすじが走った。光は音であり、それはやさしく澄みわたって、私をとりまいた。私は苦痛から目覚め、大きな明るい目が見えた。その目がオルガンを眺めると、音が生まれ、思いもつかなかった壮麗な和音となってきらめき、絡みあった。（…）私は壮麗な谷間に腰をおろし、花々が互いに歌いかわすのを聴いていた。ただ一輪のひまわりだけが沈黙し、閉じたうてなを悲しげに地面にたれていた。目に見えないいきずなが、私をひまわりに引きよせた。ひまわりは頭を上げ、うてなは開き、そのなかからあの目が、私に輝きかけた。今や、まるで光線のように、音が私の頭から花々へと流れだし、花々はそれをむさぼるように吸いこんだ」（H 2/1-25）。ここでは、「太陽」と「三和音」、「光」と「音」、「目」と「オルガン」、「花々」と「歌」というふうに、視覚的なイメージと聴覚的なイメージを重ねあわせることによって、音楽という目に見えないものが、目に見えるかたちで表現されている。その意味において、共感覚のモティーフは、音楽家小説という文学ジャンルにとって、不可欠の要素をなしているのである。

だが、「新しい時代のメールヒェン」という副題をもつ『黄金の壺』では、共感覚のモティーフは、音楽の領域から文学の領域へと移しかえられる。「第一の夜話」で、この作品の主人公である不器用な大学生アンゼルムスは、昇天祭の夕方、エルベ河のほとりのにわとこの木の下で、「さらさら、かさかさという奇妙な音」を耳にする。「すると、ささやきとさざめきが始まり、花々が、まるでクリスタルの鈴をつけたように、鳴りだしたようだった。アンゼルムスは、一心に耳をかたむけた。すると、どういうわけか、ささやきとさざめきと鈴の音は、なかば風に吹き消されたかすかな言葉となった。〈するっとぬけて、するっとはいる、枝のあいだ、ふくらむ花のあいだ、揺れて、くねって、絡みあいましょう（…）〉」（H 2/1-233）。こうして、自然のなかのざわめきが声となり、言葉となって、アンゼルムスの耳に達するとき、「明るいクリスタルの鈴のような三和音」とともに、「金緑色に輝く三匹の小さな蛇たち」が姿をあらわす。「そのとき、彼の全身を電気のような衝撃がつらぬき、彼が見あげると、二つのすばらしい暗青色の目が、言いしれない憧れをこめて彼を見つめ、これまで感じたことのない無上の幸福と、このうえなく深い苦悩のために、彼の胸は張りさけそうになった」（H 2/1-234）。『騎士グルック』と同様に、ここでもまた、「三和音」と「目」、聴覚と視覚が重ねあわされる。だが、ここでは、「二つのすばらしい暗青色の目」は、目に見えない音楽の、目に見えるあらわれではなく、アンゼルムスの恋人となって、彼を詩人の国アトランティスへと導く緑の蛇セルペンティーナの出現を告げるものにほかならない。彼の全身をつらぬく「電気のような衝撃」は、「日常的現実世界から詩的想像力の世界への移行」（Tatar 371）のしるしなのである。

そしてそのとき、アンゼルムスの前で、自然が人間の言葉を語りはじめる。「にわとこの茂みが揺れて、こう言った。〈あなたは私の木陰に横たわり、私の香りはあなたを取りまいたのに、あなたには私がわからなかった。愛の火がともされたとき、香りは私の言葉〉。夕風が吹きすぎて、こう言った。〈私はあなたのこめかみをなでたのに、あなたには私がわからなかった。愛の火がともされたとき、そよぎは私の言葉〉。日の光が雲間からさし、その輝きはこう言っているようだった。〈私はあなたに黄金の輝きをふりまいたのに、あなたには私がわからなかった。愛の火がともされたとき、輝きは私の言葉〉。そして、すばらしい二つの目にますます深く見入れば見入るほど、憧れは熱くなり、願望は燃えあがった。すると、すべてのものが、喜ばしい生命に目覚めたように、動きはじめた。彼のまわりの花々は匂いたち、その香りは幾千ものフルートの奏でるすばらしい歌のようで、その歌声のこだまを、流れてゆく金色の夕べの雲が、はるかな国へと運んでいった」(H 2/1-234f.)。にわとこの「香り」と、夕風の「そよぎ」と、夕日の「輝き」は、セルペンティーナへの愛によって、人間の言葉へと翻訳され、アンゼルムスに語りかける。そして、世界の変容とともに、花々の香りと、フルートの歌声と、金色の雲が、一つに重ねあわされる。ここでは共感覚は、自然の語る言葉を解読するための鍵となるのである(Utz 283)。

アンゼルムスは、「第六の夜話」で、セルペンティーナの父サラマンダーの世をしのぶ仮の姿である文書管理官リントホルストから、古文書を筆写する仕事をまかされる。「見知らぬ文字の入り組んだ筆跡」を読みとこうとするアンゼルムスの耳には、セルペンティーナの声が、「かすかな、ささやくようなクリスタルの響き」となって聴こえてくる。「〈私はあなたのそばにいます。私があなたの手助けをします。勇気をもって、がんばって、いとしいアンゼルムス、あなたが私のものになるよう、いっしょに力をあわせます〉。そして、彼が内なる恍惚にみちて、その声音を聴きとると、見知らぬ文字もしだいにわかってきた。彼は、ほとんどもとの原稿をのぞきこむ必要もなく、それどころか羊皮紙の上に、もううっすらと文字が浮かび、それを慣れた手つきで、黒くなぞってゆくだけでよいかのようだった」(H 2/1-274)。こうして、聴くことと、読むことと、書くこと、耳と目と手の作業が、セルペンティーナへの愛を介して、一つに結ばれるのである。

そして、「第八の夜話」でアンゼルムスは、「ある種の特別な文字で書かれた文書の筆写、というよりはむしろ模写」(H 2/1-285) を命じられる。リントホルストが、図書室に茂っている棕櫚の木の葉を一枚取って彼に手わたすと、それは羊皮紙の巻物に変貌する。「アンゼルムスは、奇妙にもつれあった文字に、少なからず驚いた。たくさんの点や線や曲線や渦巻きが、あるときは植物を、あるときは苔を、またあるときは動物をあらわしているらしいのを見て、すべてを正確に書きうつそうという意気ごみは、ほとんど失せてしまいそうだった」(H 2/1-286)。ここで彼がこころみるのは、自然という書物を読みとき、書きうつすことにほかならない。そして、ここでもまた、彼をとりまく自然が、共感覚を通してアンゼルムスに語りかける。「庭園の不思議な音楽が、彼の方へ響いてきて、甘く心地よい香りで彼をつつんだ。(…)ときおり、棕櫚の木のエメラルド色の葉が、かすかに揺れて葉音をたて、アンゼルムスがあの宿命的な昇天祭の日に、にわとこの茂みの下で聴いた、やさしいクリスタルの響きが、部屋を光でみたしてくれるように思われた。この音と光に不思議な励ましを受けて、学生アンゼルムスが、羊皮紙の巻物の表題にいよいよしっかりと意識と思考を集中させると、この文字があらわしているのは、サラマンダーと緑の蛇の結婚についてということにちがいないと、まるで心の奥底からのように感じとった」(H 2/1-286f.)。

ここでアンゼルムスに、見知らぬ文書の表題を読みとかせるものは、ノヴァーリスが、「天上的」であると同時に、「もっとも自然な感覚」と呼んだ、「感じる」力にほかならない。そして、『ヒアシンスとバラの花』のメールヒェンにおいてと同様に、ここでもまた、恋人との身体的合一が、アンゼルムスによる自然の解読のクライマックスをかたちづくる。というのも、第一章ですでに見たように、この瞬間、セルペンティーナが、「愛らしくすばらしい娘」の姿であらわれ、彼にまとわりつくからである。セルペンティーナは、アトランティスの物語を彼に語り、彼女が姿を消すと、彼の知らないあいだに、「神秘にみちた原稿の筆写は、首尾よく終わっていた。その筆跡をよく眺めてみると、不思議の国アトランティスで、霊界の王フォスフォルスのお気に入りだった父のことを物語った、セルペンティーナの物語を書きとったものらしかった」(H 2/1-292f.)。こうしてアンゼルムスは、詩人へと変貌をとげ、セルペンティーナと結ばれて、アトランティスへと迎えられるのである。

作品の結末をなす「第一二の夜話」で、語り手は、アトランティスで詩人として暮らすアンゼルムスの幸福を描きだそうとこころみる。だが、「みすぼらしくこせこせした生活」(H 2/1-316) にとらわれている語り手には、そのつとめがはたせない。悲嘆にくれる彼のもとに、リントホルストからの招待状が届く。リントホルストの館を訪れた語り手は、かつてアンゼルムスが筆写の仕事にはげんだ書き物机で、アラク酒に酔いしれて、アトランティスの情景を夢に見る。「燃えたつようなヒアシンスとチューリップとバラが、美しい頭をもたげ、その香りは、愛らしい音となって、幸福な者に呼びかける。〈私たちのあいだをお歩きなさい、私たちを理解してくれる恋人よ。私たちの香りは、愛の憧れ。私たちは、あなたを愛し、いつまでもあなたのもの〉。金色の光が、燃えるような音を奏でる。〈私たちは、愛の火をともされた。香りは憧れ、でも、火は願望。私たちは、あなたの胸に住んでいて、あなたのもの〉。(…) すべてがまるで霧のように消えうせたとき、紫色の机の上の紙に、その情景がとてもきれいにありありと、私自身によって書きとめられているのに気がついた」(H 2/1-319ff.)。

ここで語り手は、「第一の夜話」から「第六の夜話」をへて「第八の夜話」へといたるアンゼルムスの詩人への変貌を、身をもって体験することになる。共感覚を通して自然の語る言葉を聴きとり、無意識のうちにそれを書きとめるという、これまでアンゼルムスにのみ許されていた詩人の特権を、彼は一瞬のあいだ享受するのである。だが、セルペンティーナと結ばれて、永遠にアトランティスの住人となることができたアンゼルムスとはことなり、アラク酒の力を借りて、ほんの束の間アンゼルムスの立場に身をおいただけにすぎない語り手は、すぐにまた、「屋根裏部屋」の「惨めで貧しい生活」へと戻ってゆかねばならない。語り手がそう嘆くと、リントホルストは、こう言って彼を慰める。「あなたはついさっき、アトランティスに行っておられたし、そこに少なくとも、あなたの内なる感覚の詩的な領分として、きれいな農園をお持ちではないですか。そもそもアンゼルムスの幸福とは、詩のなかに生きることであり、自然のもっとも深い秘密である万物の聖なる調和は、詩にたいしてこそ明かされるのではないでしょうか」(H 2/1-321)。共感覚が、詩人アンゼルムスだけに許された特別な能力であったように、「万物の聖なる調和」を読みとく「内なる感覚」は、アトランティスの住人にしかあたえられてはいない。だが、アトランティスと現実のあいだを往還することによって、語り手は、この二つの世界を媒介し、結びつける役割をはたしているのである。

五　自然との交感――シュティフター『アプディアス』/『水晶』

シュティフターは、作品集『石さまざま』(一八五三)の序文のなかで、次のように述べている。「風のそよぎ、水のせせらぎ、穀物の成長、海の波、大地の緑、空の輝き、星のまたたき、それらを私は偉大だと思う。壮麗に押しよせてくる雷雨、家々を引き裂く稲妻、波を打ちよせる嵐、火を噴く山、国々を埋める地震、それらを私は先の現象より偉大だとは思わず、むしろ小さいと思う。

それらは、より高い法則の結果にすぎないからである」(S 2/2-10)。だが、こうして自然のうちなる「穏やかな法則」(S 2/2-12) にオマージュをささげた彼は、壮大で崇高な自然現象にたいしても、けっして無関心だったわけではない。

一八四二年七月八日、シュティフターは、ヴィーンで皆既日食を観察する。この体験から深い感銘を受けた彼は、『一八四二年七月八日の日食』(一八四二) と題する小文のなかで、こう語っている。「私の全生涯のなかで、この二分間ほど衝撃を受け、恐怖と崇高さに揺るがされたことはなかった。それはまるで、神が突然明瞭な言葉を発せられ、私がその言葉を理解したかのようだった」(SW 104)。シュティフターにとって、その衝撃の核心は、「いつもわれわれを取りまき、われわれが何気なく享受し、それがほんのしばらく姿を消すだけで、われわれの地球を恐れおののかせるあの対象、すなわち光が、いかに神聖で、いかに不可解で、いかに恐ろしいものであるか」(SW 110) という認識のうちにあった。太陽の光が、しだいに地上から消えうせ、また戻ってくるまでのわずか二分間の出来事を、この小文のなかで詳細に描きだした彼は、それを、「色彩と光の言いようもなく悲劇的な音楽」(SW 111) と呼び、「私は、音楽によっても、文学によっても、いかなる現象や芸術によっても、これほど感動し、震撼させられたことはない」(SW 113) と述べるのである。

この小文の最後で、シュティフターは読者に向けて、「二つの簡潔な問い」を投げかける。「一つには、すべての自然法則は、神の奇跡であり創造物であるのに、われわれが神の存在に気づくのは、そうしたもののうちよりはむしろ、自然法則に突如として変化や障害がおこるときであるのはなぜだろうか。そうしたとき、われわれは突然、驚きとともに、神の姿を目にするのである。こうした自然法則は、神をおおっている輝く衣であり、われわれが神ご自身の姿を目のあたりにするためには、神がそれをもたげる必要があるのだろうか」(SW 113)。ここでシュティフターは、「穏やかな法則」の信奉者とは、まったく正反対の相貌を垣間見せる。すなわち彼は、「穏やかな法則」が、そのほころびをあらわにする天変地異のうちにこそ、神の存在の証左を見いだそうとするのである。

そして、もう一つの問いは、次のようなものである。「光と色彩を同時に、また連続して示すことによって、耳のための響きと同様に、目のための音楽を作りだすことはできないだろうか。これまで、光と色彩が独立してもちいられることはなく、それは絵画に付随するものにすぎなかった。というのも、花火や透かし絵や照明は、あの光の音楽のあまりにも幼稚な初歩段階にすぎず、言及するには値しないからである。光の和音やメロディーの総体によって、音によるのと同じ強烈な感動を呼びおこすことはできないだろうか。少なくとも私は、あの二分間に空にあらわれた光と色彩の音楽ほどに、荘厳な音楽をかなでた交響曲やオラトリオの名を挙げることはできないだろう。それだけが感銘の理由だったわけではないにせよ、それはその一部をなしていたのである」(SW 113f.)。ここでシュティフターは、日食という非日常的な体験を、「光と色彩の音楽」という共感覚的なメタファーによってとらえようとこころみる。そして、共感覚による非日常的な世界の開示というモティーフは、彼の文学作品のなかにもあらわれてくるのである。

『習作集』（一八四七）に収められた小説『アプディアス』の冒頭で、自然法則が人間におよぼす作用の不可解さについて、語り手は次のように述べる。「晴れやかな空から、災難が次々に降ってきて、ついには立ちつくし、霰まじりの雷雨をやりすごす人間がいるかと思えば、特別にわがままな幸運に見舞われ、時には自然法則が逆転して、その人に奉仕するかのように思われる人間もいる。こうして、古代人は天命という観念を、われわれはもう少し穏やかな運命という観念をもつにいたったのである。じっさい、自然法則が作用するさいの冷ややかな無邪気さには、何かしら恐ろしいものがあり、雲のなかから目に見えない腕が伸びてきて、われわれの前で不可解なことをしでかすかのようである」（S 1/5-237）。だが、そのあと語り手は、これとはまったく対照的な世界観を提示する。「だが、じっさいは、存在の究極の不条理としての天命が存在するわけでも、あれこれの天命がわれわれにくだされるわけでもなく、晴れやかな花の鎖が、無限の宇宙にかかっていて、われわれの心に、その光をおくっている。それは、原因と結果の連鎖であり、人間の頭には、この花のうちもっとも美しいものである理性、すなわち魂の目が投げこまれたのである。この鎖をそれに結びつけ、花から花へ、鎖から鎖へとたどってゆくと、最後には、その末端を握っておられる方の手にたどりつく。われわれがいつの日か、それを正しく数え、その計算結果を見わたすことができれば、われわれにとって存在するのは、もはや偶然ではなく、当然の結果であり、不運ではなく、ただ罪過だけなのである」（S 1/5-258）。

こうして、人間には不可解な運命によって支配される世界と、人間の理性によって因果関係を読みとくことができる世界という、二つの対照的な世界観を対比したあとで、語り手は、ユダヤ人アプディアスの生涯を物語る。アフリカの砂漠のなかのローマ時代の廃墟に生まれたアプディアスは、商人となって旅に出て、莫大な富を築き、美しい女性デボラを妻として連れ帰る。だが、天然痘にかかった彼は、美貌とともに、妻の愛を失ってしまう。彼女は、「身体の美を見る肉体の目は授かっていたが、心の美を見る精神の目は授かっていなかった」(S 1/5-249f.)からである。豪奢な生活と、傲慢なふるまいのために、近隣の他民族の恨みをかった彼は、留守中に財産を略奪され、妻は娘ディータを産みおとして、この世を去る。ここまでのアプディアスの生涯は、「原因と結果の連鎖」によって説明することができる。すなわち彼は、強欲と傲慢という罪過のために、当然の報いを受けたのである。だが、作品の後半部にさしかかると、アプディアスをとりまく世界は、「存在の究極の不条理」としての相貌を、しだいに色濃く示しはじめる。

娘ディータとともにヨーロッパへ渡ったアプディアスは、娘の目が、生まれつき不自由であることに気づく。だが、彼の家をおそった落雷が、彼女の目に、思いがけず光をもたらすことになる。「ディータの目を見えるようにしたその雷雨は、霰によって、彼の家の屋根と、隣人たちの収穫を台なしにした。だが彼は、そんなことは気にとめなかった。今、彼がぬれた草地に立つと、すべては過ぎ去っていた。あたりはとても静かで、太陽は低く西にかたむき、ちょうど雷雨が去っていった東の方には、暗い空を背景にして、輝く大きな虹がかかっていた」(S 1/5-322)。ここでは雷雨は、作品の冒頭ですでに暗示されていたように、人間の理解を超越した自然法則のあらわれなのである。

アプディアスは、ディータに「見ることを教え」(S 1/5-323) ようとこころみる。だが、視力を獲得してからも、彼女は、ふつうの人間とはことなった能力を示しつづける。その一つは、「雷雨の日や、雷雨が近づき、視界の遠くをかすめるようなとき、彼女がとくに生気にあふれ、陽気で快活な気分にさえなる」ことであり、そうしたときには、「かすかで弱く青白い光が、彼女の頭のまわりに漂いはじめ、彼女の髪をたばねている絹のリボンのはしが逆立ち、まっすぐに立つことに、アプディアスは気がついた」(S 1/5-328)。雷雨にたいするディータのこうした特別な感受性は、彼女が自然と交感する能力をそなえていることを示しているのである。

彼女のもう一つの特性については、次のように語られる。「ほかの人間においては、昼の生活と夢の生活とが区別されているのに、彼女においては、それが入り混じっていた。ほかの人にとっては、昼がふつうで夜が例外なのに、彼女にとってはむしろ、昼の方が例外だった。(…) こうして、彼女のことをまったく知らない人にとっては、まるでものを言う花が目の前に立っているかのように、風変わりな考え方や話し方が生まれたのである」(S 1/5-329f.)。ディータは、青い亜麻の花が一面に咲いている畑を目の前にして、父親にこう語りかける。「お父さん、ごらんなさい、空全体が、この緑色の茎の先で鳴っているわ」。「また彼女は、すみれ色の響きについても語り、まっすぐに立っている、輝く棒のような響きより、この響きの方が好きだと言った。(…) こうして彼女は、見えるものと見えないものからなる世界に生きており、彼女の青い目もまた、われわれの青い空と同様に、光と闇から織りなされているのだった」(S 1/5-330)。共感覚者ディータの「風変わりな考え方や話し方」は、昼と夜、色と響き、見えるものと見えないものを重ねあわせるだけではない。「光と闇から織りなされた」彼女の青い目は、青い空と、青い亜麻の花を、同時に映しだしている。そして、作品の冒頭で、運命と因果律という二つの対照的な世界観のメタファーをなしていた、雷雨と花という二つの表象が、ディータを介して一つに結ばれるのである。

亜麻の花をこよなく愛するディータは、「人間の友達」であるこの植物について、召使のサラから聞いた話を、父親に物語る。「最初それは、緑の茎の上にきれいな花をつけ、それが枯れ、空気と水にさらされると、柔らかな銀ねずみ色の繊維ができるの。そこから人間は織物をつくり、サラの言うには、それがゆりかごから墓場まで、人間のほんとうの住まいになるの。ほんとうよ。不思議なことに、この植物は、さらすと雪のように白く明るくなるの。そして、私もそうだったけど、子供がとても小さいときは、そのなかに寝かせ、手足をくるむの。娘さんがよその男に愛されて、彼のもとに嫁いでいったとき、サラは彼女にたくさんの麻を持たせてやったわ。彼女は花嫁になったけど、山のようにたくさんの麻を花嫁に持たせてやれば、その人は金持ちになるの。うちの下男は、裸の腕に白い麻の袖をまとっているわ。そして、私たちが死ぬと、白い布でおおわれるのよ」(S 1/5-340)。

自然と人間とのあいだの交感を、亜麻の花に託して物語るこの寓話は、ディータの「風変わりな考え方や話し方」を、「ポエジーの精神の化身」(Mautz 48) にまで高めるものである。だが、この物語を語りおえた直後、再び落雷がディータを襲い、彼女から生命を奪う。近隣の人々は、この出来事を、「新たな奇跡と天罰」と呼ぶが、それがどのような罪にたいする罰であるのかを、語り手は黙して語らない。「柔らかな炎をあげて子供の頭に口づけし、その生命を奪った雷雨は、その日、万物に豊かな恵みを注ぎかけ、彼女に視力をあたえたあの雷雨と同様に、東の方に美しい虹をかけて終わった」(S 1/5-341)。ディータに視力をあたえた雷雨と、彼女から生命を奪った雷雨を重ねあわせることによって、語り手はそれを、人間の理解を超えた、不可解で両義的な自然力のあらわれとして描きだす。だが、それと同時に、「口づけ」というメタファーは、ディータの死に、自然との合一としての意味あいをもあたえている。自然との交感と、ポエジーの精神を体現する彼女は、人間界にとどまることを許されず、再び自然のもとへと戻ってゆくしかない存在なのである(Mautz 55)。

ディータの死によって「頭がおかしくなった」アブディアスのその後の生涯について、語り手は、次のように簡潔に報告する。「ディータの死後三〇年たっても、彼はまだ生きていた。その後何年生きたのかはわからない。高齢に達した彼は、黒い肌の色を失い、幼いころのようにまた白くなった。多くの人々が、家のベンチに腰かけている彼の姿を見た。ある日、彼はもうそこに腰かけてはいなかった。太陽が、誰もいない席と、新しい墓塚を照らし、そこからはもう、草の先端がのぞいていた」(S 1/5-342)。世界を支配しているのは、不可解な運命か、それとも因果律か、という作品の冒頭の問いかけにはいっさい答えることなく、語り手は、こうして素っ気なく物語を締めくくる。あたかもそれが、「人生を物語ることの不可能性についての物語」(Mathias Mayer 59)であるかのように。

だがむろん、シュティフターの文学において、自然との交感が、通常の人間にとって、つねに拒まれているわけではない。作品集『石さまざま』（一八五三）に収められた彼の代表作『水晶』は、クリスマス・イヴの雪山で、二人の幼い兄妹がともに一夜を過ごす物語である。峠をこえた祖父母の家からの帰り道、雪に降りこめられて道に迷った二人は、氷河のなかへと入りこむ。睡魔におそわれて眠りこもうとする妹ザンナを、兄コンラートは、揺りおこそうとこころみる。「彼は、妹の肩をつかんで揺さぶった。そのさい、彼自身もかなり強く身体を動かしたので、自分が凍えていて、腕が重くなっていることに気がついた。彼は、驚いて跳びおきた」（S 2/2-225）。そして、二人がいよいよ睡魔に打ち負かされそうになったとき、コンラートは、母親に届けるようにと祖母から託されたコーヒーのことを思いだし、「黒いコーヒーの煎じ汁」を、二人して飲みくだす。「並はずれて濃いコーヒーのエキスは、すぐさま効果をあらわした。子供たちが、生まれてからコーヒーを味わったことがなかっただけに、それはいっそう強烈だった。ザンナは、眠るどころか元気になり、寒いけれども、身体の内部から温まり、手足も暖かくなってきたと言うのだった」（S 2/2-226）。

だが、こうして触覚と味覚を通して睡魔に打ち勝とうとする兄妹の試みは、それだけでは長続きしない。「もし大いなる自然が彼らを助け、彼らの内部に、睡魔にあらがうことのできる力を呼びおこしてくれなかったなら、彼らは、何物にもまさる眠りの甘い誘惑に打ち勝つことなどできなかったことだろう。あたりを支配するとほうもない静けさ、雪の先端一つ動かないように見える静けさのなかで、子供たちは三度、氷が割れる音を聴いた。何よりも堅くみえながら、何よりも動きやすく、生き生きした氷河が、音をたてたのである」(S 2/2-227)。

こうして、まず聴覚を通して子どもたちに語りかけた自然は、次には彼らの視覚に訴えかける。「子供たちの目の前でも、何かが繰りひろげられはじめた。子供たちがすわっていると、彼らの前で、空の星々のさなかに青白い光があらわれ、星々のあいだにかすかなアーチを描いた。それは、緑色がかった微光を放ち、静かに下降してきた。だが、アーチはますます明るくなり、星々もその前では輝きを失い、色あせて見えた」。夜空にあらわれたこの不思議な光について、語り手は、次のように述べる。「空中の電気が、空前の降雪のために緊張をはらみ、こうした物言わぬ壮麗な光の流れを生みだしたのだろうか、それとも、きわめがたい自然の他の理由によるのだろうか」(S 2/2-228)。最初は自然科学的な説明をこころみた語り手は、そのあとすぐに、「きわめがたい自然」を引きあいに出して、その説明を相対化する。『アプディアス』においてと同様に、ここでもまた自然法則は、人間の理解を超越したものなのである。「子供たちは、互いに一言も話さず、すわったまま、目を見張って空を眺めていた」。『アプディアス』のディータとはことなり、『水晶』のコンラートとザンナは、共感覚という特別な能力を授かってはいない。それゆえ彼らは、五感をそれぞれ別個に働かせることによって、自然が発するメッセージを虚心に受けとめようとこころみる。そして、自然にたいするこうした無条件の信頼が、彼らに救済をもたらすことになる。やがて夜が明けはじめ、子供たちは、捜索にやってきた村人たちによって、無事に救いだされるのである。

この作品は、兄妹が村から眺めやる雪山の情景によって、次のように締めくくられる。「だが子供たちは、この山を忘れることなく、いっそう真摯に眺めることだろう。彼らが庭に出て、かつてと同様に、太陽がとても美しく照り、菩提樹が香り、蜜蜂がぶんぶんと羽音をたてるとき。そして、穏やかな空と同じように、美しく青く、山が彼らを見おろしているとき」(S 2/2-240)。ここでもまた、子供たちは、その視覚と嗅覚と聴覚を、それぞれ別個に働かせるだけではない。最後の一文では、山が視覚の対象としてではなく、その主体としてあらわれる。あたかも五感の協働が、人間と自然とのあいだの共同作用によって初めて実現されるものであることを示そうとするかのように。

六　創造の瞬間――メーリケ『プラハへの旅のモーツァルト』

一九世紀ドイツの作家エードゥアルト・メーリケ（一八〇四―七五）の小説『プラハへの旅のモーツァルト』（一八五五）は、一七八七年の秋、オペラ『ドン・ジョヴァンニ』の初演のために、妻コンスタンツェとともに、ヴィーンからプラハへの旅に出た作曲家ヴォルフガング・アマデーウス・モーツァルト（一七五六―九一）を主人公にした物語である。旅の途中で、ある伯爵の庭園に入りこんだモーツァルトは、オレンジの実をたわわにつけた一本の木を目の前にして、心地よい夢想へといざなわれる。「水のせせらぎに心地よく耳をゆだね、列からはずれて一本だけ、彼のすぐそばの地面におかれて、たわわに実をつけている中くらいの大きさの一本のオレンジの木に目を奪われて、われわれの友は、この南国の光景によって、すぐに幼年時代のいとしい思い出へといざなわれた。思いに沈んで微笑みながら、彼はそのすばらしい丸みとみずみずしい冷たさに手のひらで触れようとするかのように、手近の果実に手をのばした。再び彼の前に浮かびあがった幼年時代の光景には、とっくに消えかけていたある音楽の思い出が結びついており、その定かならぬ痕跡を、彼はしばらく夢見るように追いかけた。今、彼のまなざしは輝き、あちこちさまよった。彼は、ある思いにとらわれ、熱心にそれを追いもとめた。ぼんやりして、彼が二度目にオレンジをつかむと、それは枝から離れて、彼の手のなかに残った。彼はそれを見ながら、見てはいないのだった。芸術的な放心状態にとらわれて、彼はかぐわしい果実を、たえず鼻の下でぐるぐる回しながら、ある旋律の始めや中ほどを、聴こえないくらいに口ずさみ、最後に無意識に上着の脇ポケットからエナメル塗りのケースを取りだし、銀の柄のついた小さなナイフを出して、黄色い球体を上から下までゆっくりと二つに断ち切った。ぼんやりとした渇きの感覚が、かすかに働いていたのかもしれない。だが、高ぶった感覚は、すばらしい香りを嗅ぐだけで満足した。彼は何分間か、両方の切断面を見つめ、そっとそれを合わせ、離しては、また合わせた」(M 239f.)。

シュティフターの『水晶』と同様に、ここでもまた五感がそれぞれ別個に、順々にその役割をはたしてゆく。「水のせせらぎ」に耳をゆだね、「オレンジの木」に目を奪われたモーツァルトは、果実の「丸み」と「冷たさ」に手のひらで触れ、「かぐわしい果実」の香りを嗅ぎ、「ぼんやりとした渇き」にかられて、オレンジをナイフで二つに断ち切る。『水晶』において、子供たちと自然とのあいだの交感が、視覚によって頂点に達したのとは対照的に、ここでは五感の序列を転倒させるかのように、嗅覚と味覚が、モーツァルトの「芸術的な放心状態」を締めくくる（Brandstetter/Neumann 318）。さらに、この場面には、『創世記』におけるアダムとエヴァの堕罪の場面が重ねあわされている。モーツァルトは、のちに伯爵夫人にあてた書面のなかで、自分自身を、「りんごを味わったあとの、いにしえのアダム」（M 241）になぞらえる。だが、認識と官能にたいする人間の欲望が、神によって罰せられた『創世記』とは対照的に、ここでは五感の誘惑に身をゆだねることは、モーツァルトの芸術家としての証しにほかならない。「認識の木は、創造の木そのものへと変貌する」（Brandstetter/Neumann 319）のである。

この場面において、五感の協働は、モーツァルトの幼年時代の記憶を呼びおこす役割をはたしている。このときモーツァルトの内部でおこっていた想起のプロセスは、語り手によってではなく、後になってモーツァルト自身の口から明かされる。伯爵家の人々を前にして、彼は一三歳のときにナポリで観た芝居の思い出を物語る。小説の中心部におかれたこの物語のなかで、モーツァルトは、二隻の船に乗った若い男女が、オレンジの実を互いに投げあう情景を描きだす。「少女たちの一人が口火を切り、オレンジを二、三個軽やかな手で向こうへ投げ、それは同様に軽やかに受けとめられ、すぐに投げ返されました。こうしたやりとりが続き、ますます多くの娘たちが手伝ったので、やがて一ダースものオレンジが、ますますテンポを速めて飛びかいました。（…）こうして心地よい眺めに、目が見とれているあいだに、耳にも愛らしいメロディーが流れてきました。シチリアの民謡、ダンス、ザルタレリ、舞踏歌が、花飾りのように編みあわされたメドレーでした」(M 250f.)。モーツァルトのこの物語を聴いた伯爵の姪オイゲーニエは、それを「絵に描いた交響曲」(M 252)になぞらえる。モーツァルトを物語の語り手として登場させ、舞台の上の情景と、そこで演奏される音楽を、言葉によって描写させることによって、メーリケは、造形芸術と音楽と文学という三つの芸術ジャンルを一つに統合しようとこころみるのである(Braungart 192)。

そしてモーツァルトは、幼年時代のこの思い出と、つい先ほどの伯爵の庭園での出来事とのあいだのひそかな関係を、次のように解きあかす。「今日あなたの庭園にいたときほど、ナポリ湾でのあの最後の美しい夕べのことが、ありありと思い浮かんだことはありませんでした。目を閉じると、はっきりと明るく澄みきって、最後の一枚のヴェールも吹きはらいながら、あのすばらしい風景が、私の前に広がりました。海と岸辺、山と町、海辺に集うとりどりの人々、そして、見事に飛びかうボール。同じ音楽が、また耳に聴こえてくるように思いました。楽しいメロディーがロザリオのように連なって、私の心をよぎっていきました。見知らぬものと見なれたもの、あれやこれやが、たえず入れ替わりました。たまたま、まったく知らない八分の六拍子のダンスの歌が飛びだしてきます。待てよ、と私は思いました。これは何だろう。これはとてつもなくすてきな曲だ。よく見ると、何ということでしょう、これはマゼット、これはツェルリーナ、というわけです」(M 253)。

じつは、プラハで初演されるオペラ『ドン・ジョヴァンニ』のなかで、農夫マゼットとその花嫁ツェルリーナが結婚式のさいに歌う二重唱だけが、まだ完成されていなかった。伯爵の庭園のオレンジの実が、モーツァルトの五感におよぼす作用が、彼のうちに幼年時代のイタリアでの記憶を呼びおこし、それがこの二重唱のメロディーを生みだしたのである。ここで語られているのは、プルーストをはるかに先取りする「無意志的想起」の体験にほかならない (Blamberger 299)。五感の協働と、無意志的想起と、芸術作品の誕生とが一つに重なりあう創造の瞬間が、ここには描きだされているのである。

七　感覚の五本の指——リルケ『始原のざわめき』

リルケは、『始原のざわめき』(一九一九) と題するエッセイのなかで、アラビアの詩とヨーロッパの詩を対比して、次のように述べている。「アラビアの詩の成立には、五感が同時に、均等にかかわっているように思われるが、私がアラビアの詩を読みはじめたとき、まず気がついたのは、現在のヨーロッパの詩人が、これらの感覚を、いかに不均等で個々別々に利用しているかということだった。五感のうちで、ほとんどただ一つ視覚だけが、世界を担い、詩人を圧倒する。それにたいして、注意散漫な聴覚が、詩人にもたらす貢献は、すでに何とわずかだろう。それ以外の感覚が等閑視され、ほんの時おり、ごく限られた有用な領域で働くだけであることは言うまでもない。だが、完全な詩が成立するための条件は、五つの梃子が同時にとらえた世界が、ある特定の視点のもとで、あの超自然的な次元にあらわれることであり、まさしくそれが、詩の次元なのである」(R 6-1090f.)。

だがそれでは、五感を同時に、均等に働かせるためにはどうすればよいのだろうか。この問いにたいしてリルケは、ある女性が、それは「愛」の力にほかならない、と答えたというエピソードを紹介する。だが彼は、この答えにたいして、次のような留保をつける。「まさしくそれゆえに、愛する者は、大きな危険のうちにある。なぜなら、彼は五感の協働をあてにするが、五感はあの唯一の、大胆な中心においてしか出会うことがなく、そこではそれらは、あらゆる広がりを失って合流し、長続きしないことを知っているからである」(R 6-1091)。

そしてリルケは、五感による世界認識を、彼自身が図式化して描いたあるスケッチに言及する。「世界のすべての経験領域を、われわれを超越した部分も含めて、一つの円として描くと、われわれには経験できない領域をあらわす黒い部分が、感覚によって照らしだされた、それぞれ広さのことなる明るい部分にくらべていかに大きいかが、すぐさま明瞭になる」(R 6-1091)。リルケによると、愛する者は、「この円の中心」に位置しており、そこでは、「既知のものと、とらえがたいものが、ただ一つの点に凝縮し、すべてが完全に所有されるが、個々のものは失われる」(R 6-1091f.)。それゆえ、「詩人にとって、この場所は不都合である。彼にとっては、個々のものが、多様なままで、現前していなければならない。彼は、五感に対応する領域を、その広さに応じて利用することを求められ、それぞれの領域を、できるだけ拡大し、陶酔のうちに、五つの庭を一息に跳躍することを願わずにはいられない」(R 6-1092)。こうしてリルケは、次のように結論づける。「(こういう言い方が許されるなら) 感覚のこの五本の指を拡げて、より機敏で、より精神的な把握を求める芸術家は、それぞれの感覚領域の拡大という仕事を、もっとも決定的になしとげるのである」(R 6-1092f.)、と。

リルケは、このエッセイのなかで、共感覚については語っていない。彼の関心はむしろ、五感のあいだの区別を維持したままで、それぞれの感覚領域を拡大することへと向けられている (Pasewalck 32)。ここで対置されている二つの存在——五感が交わる「円の中心」に立つ「愛する者」と、「感覚の五本の指」を拡げることによって、「それぞれの感覚領域の拡大という仕事」をなしとげる芸術家。ここには、われわれが本章においてたどってきた、一八世紀以降のドイツ文学に見られる五感にたいする二つの態度が、集約してあらわれているように思われる。五感の統合と協働——それは、人間に課せられた感覚的制約を乗りこえてゆくための、二つのことなった可能性を示しているのである。

あとがき　東の檸檬、西のオレンジ

私が生まれてから四歳までの幼年期を過ごした、京都寺町二条の家の向かいに、数年前まで、一軒の果物屋が店をかまえていた。梶井基次郎の短篇小説『檸檬』（一九二五）ゆかりの果物店、八百卯である。秀吉が、京都の寺の多くをここに集めたことから、そう呼ばれるようになったという寺町通りは、昭和初期に東隣りの河原町通りにその座を奪われるまで、京都の目抜き通りの一つだった。丸太町から二条まで市電が走り、八百卯の斜め向かいの和菓子店、鎰屋の二階には、京都で最初の喫茶室が設けられていた。

梶井基次郎は、大正八（一九一九）年九月に旧制第三高等学校理科甲類に入学し、大正一三年四月に東京帝国大学文学部に進むまでの四年半を、京都で過ごした。ちなみに、ドイツ語の担当教員は、ゲーテ学者として知られる林久男教授であり、当時の梶井の日記や書簡には、ゴッホの『弟への手紙』や、美術史家マイアー＝グレーフェの『ルノワール』などのドイツ書を購入したことがしるされている。じっさい、ポール・セザンヌをもじった瀬山極というペンネームをもちいたこともある彼が、後期印象派を中心とする西洋美術から大きな影響を受けていたことは、『檸檬』の鮮やかな色彩描写と、確かな造形感覚からも、容易に見てとることができる。

だが、この作品の主人公を魅了するものは、「レモンエロウの絵具をチューブから搾り出して固めたようなあの単純な色」と、「あの丈の詰った紡錘形の恰好」だけではない。「肺尖を悪くしていていつも身体に熱が出た」彼にとって、「握っている掌から身内に浸み透ってゆくようなその冷たさは快いもの」であり、「何度も何度もその果実を鼻に持って行っては嗅いで」みて、「ふかぶかと胸一杯に匂やかな空気を吸込めば、ついぞ胸一杯に呼吸したことのなかった私の身体や顔には温い血のほとぼりが昇って来て何だか身内に元気が目覚めて」くる。檸檬が彼にもたらす、こうした「単純な冷覚や触覚や嗅覚や視覚」は、「ずっと昔からこればかり探していたのだと云いたくなった程私にしっくりした」ものに思われ、その「重さ」は、「総ての善いもの総ての美しいものを重量に換算して来た重さ」とさえ感じられるのである。

さて、八百卯で檸檬を買いもとめた主人公は、寺町通りを三条まで下り、当時は三条通りにあった丸善に立ちよることになる。かつては、西洋文化の殿堂を意味していたこの店は、すさんだ生活をおくるようになった彼にとって、すでに「重くるしい場所」へと変貌している。檸檬を袂に忍ばせた主人公は、美術洋書の棚から次々に画集を引きだしては積みかさね、その上に檸檬を据えつける。「見わたすと、その檸檬の色彩はガチャガチャした色の諧調をひっそりと紡錘形の身体の中へ吸収してしまって、カーンと冴えかえっていた」。檸檬をその場に残して丸善を出た主人公は、こんな空想にとらわれる。「丸善の棚へ黄金色に輝く恐ろしい爆弾を仕掛て来た奇怪な悪漢が私で、もう十分後にはあの丸善が美術の棚を中心として大爆発をするのだったらどんなにおもしろいだろう」。画集で築かれた「奇怪な幻想的な城」の上に、爆弾として仕掛けられた檸檬——それは、西洋芸術の受容の上に成りたちながらも、それを粉砕するだけの起爆力を秘めた、新しい美意識と文学作品の誕生を告げているのである。

ところで、この名篇を読むたびに、いつも思いおこされるドイツ文学の作品がある。終章で取りあげた、メーリケの『プラハへの旅のモーツァルト』である。ここでもまた主人公は、オレンジの果実を、その五感を通して味わうことによって、芸術創造へと導かれる。だがそれでは、梶井はメーリケのこの小説を知っていたのだろうか。『檸檬』の原型となった詩『秘やかな楽しみ』が書かれたのは大正一一年、石川錬次によるこの作品の最初の翻訳『プラークへの旅路のモーツァルト』が岩波書店から刊行されるのは、大正一五年のことだから、そのあいだには、四年間のタイムラグがある。だが、この作品の教科書版は、すでに大正八年に南江堂書店から刊行されていたので、梶井はその内容を知っていた可能性がある。いや、それればかりではない。ドイツ書の輸入販売を手がけていた南江堂京都支店は、寺町御池を下ったところ、八百卯と丸善のちょうど中間地点にあり、三高時代の梶井の友人だった中谷孝雄の回想によると、梶井の行きつけの店の一つだったという（中谷　五四）。八百卯で買った檸檬を袂に忍ばせた梶井が、丸善に向かう途中で、南江堂に立ちより、『プラハへの旅のモーツァルト』を立ち読みしている——そんな姿を思いえがいてみたい誘て。
惑に、私はかられてならない。東の檸檬と西のオレンジ、五感で読む東西文学の出会いの光景とし

「五感で読むドイツ文学」というタイトルで、小さな本をまとめてみたいという思いは、前著『越境と内省――近代ドイツ文学の異文化像』を上梓した直後から、心にいだいていた。その原型となったのは、二〇一〇年に京都大学と奈良女子大学でおこなった特殊講義である。集中講義に呼んでくださった奈良女子大学の千田春彦さんと吉田孝夫さん、そして、吉田山のふもとと佐保川のほとりの教室で、熱心に授業に耳をかたむけてくれた両大学の学生のみなさんに、まずお礼を申し上げたい。

一冊の書物にまとめるまでに、六年もの歳月をついやしてしまったが、それでもまだ、論じることができなかったテーマ、作家、作品は、数多く残されている。とりわけ、視覚と味覚を取りあげた第二章と第四章では、いずれも一九世紀初頭までしか歴史をたどることができなかった。それ以降の時代へと論を進めることは、今後の課題としたい。

各章の初出は、次の通りである。

序章　書き下ろし
第一章「ピグマリオンと彫像の恋人――オウィディウスからマゾッホまで」(『希土』第四一号、

二〇一六年）
第二章「近代ドイツ文学と視覚の変容――ゲーテ、リヒテンベルク、ホフマン」（『希土』第三五号、二〇一〇年）
第三章「非音楽的な音楽家――「貧しい辻音楽師」とその兄弟たち」（京都府立大学ドイツ文学会『AZUR』第三号、二〇一一年）
第四章「味覚・愛・言葉――近代ドイツ文学と「食」のモティーフ」（『希土』第三六号、二〇一一年）
第五章「匂う／臭うドイツ文学――ティル・オイレンシュピーゲルからチェルノブイリまで」（『希土』第四〇号、二〇一五年）
終章「五感の統合と協働――近代ドイツ文学と共感覚」（『希土』第三八号、二〇一三年）

このようにして、論文の初出を書きならべてみると、そのすべてが、同人誌『希土』の名編集長、京都府立大学の青地伯水さんのおかげをこうむっていることに、あらためて気づかされる。青地さんと、合評会で忌憚のないご意見を寄せてくださった同人のみなさまに、心から感謝の言葉を申し述べたい。ついでに言うと、『希土』同人社の所在地は、創刊号（一九六八）から第一六号（一九八七）にいたるまで、南江堂京都支店におかれていた。ここにもまた、寺町通りをめぐる不思議な因縁が感じられてならない。

北欧語の人名表記については、東京理科大学の中丸禎子さんから、懇切丁寧なご教示をいただいた。厚くお礼を申し上げたい。

出版にさいしては、今回もまた、鳥影社の樋口至宏さんに、たいへんお世話になった。いつも変わらない、氏のこまやかな心づかいに、心からお礼を申し上げるしだいである。

最初の著書は、両親の思い出に捧げたので、今回は、わが家の三人の女性たち、妻祐子、娘あかり、義母島田智恵子に、深い感謝の思いをこめて、本書を献呈することにしたい。

松村　朋彦

二〇一七年一月

著者紹介
松村朋彦（まつむら・ともひこ）
1959年京都市生まれ。
京都大学大学院文学研究科修士課程（ドイツ語学ドイツ文学専攻）修了。
京都大学大学院文学研究科教授。京都大学博士（文学）。
専門は、近代ドイツ文学・文化史。
著書：『越境と内省——近代ドイツ文学の異文化像』（鳥影社 2009年）
『啓蒙と反動』（共著、春風社、2013年）
『映画でめぐるドイツ——ゲーテから21世紀まで』（共著、松籟社、2015年）

五感で読むドイツ文学

二〇一七年二月二〇日初版第一刷印刷
二〇一七年三月一〇日初版第一刷発行
定価（本体一八〇〇円＋税）
著者　松村朋彦
発行者　樋口至宏
発行所　鳥影社・ロゴス企画
長野県諏訪市四賀二二九—一（編集室）
電話　〇二六六—五三—二九〇三
東京都新宿区西新宿三—五—一二—7F
電話　〇三—五九四八—六四七〇
印刷　モリモト印刷
製本　高地製本
乱丁・落丁はお取り替えいたします

ISBN 978-4-86265-593-6 C0-098

参考文献

引用および参照箇所は、著者名または略号と巻数・ページ数で、本文中に示す。

一次文献と略号

『アリストテレス全集』第 7 巻、岩波書店、2014 年。

Condillac, Étienne Bonnot de: Traité des sensations. Paris 1984. (C)

Diderot, Denis: Œuvres complètes. Paris 1975-. (D)

Diderot, Denis: Rameaus Neffe. Übersetzt von Goethe. Frankfurt a. M. 1984. (DR)

Eichendorff, Joseph von: Werke. Bd. 2. Frankfurt a. M. 1985. (E)

Georg Forsters Werke. Sämtliche Schriften, Tagebücher, Briefe. Berlin 1958-. (F)

Fouqué, Friedrich de la Motte: Undine. Stuttgart 2001. (FU)

Goethe, Johann Wolfgang: Sämtliche Werke. Briefe, Tagebücher und Gespräche. 40 Bde. Frankfurt a. M. 1985-99. (G)

Goethe, Johann Wolfgang: Die Schriften zur Naturwissenschaft. Leopordina-Ausgabe. 20 Bde. Weimar 1947-2004. (GL)

Grillparzer, Franz: Sämtliche Werke. Abt. 1, Bd. 13. Wien 1930. (GR)

Hebbel, Friedrich: Werke. Bd. 4. München 1964. (HB)

Hegel, Georg Wilhelm Friedrich: Gesammelte Werke. Bd. 9. Hamburg 1980. (HG)

Herder, Johann Gottfried: Werke. 11 Bde. Frankfurt a. M. 1985-2000, (HD)

Hoffmann, E. T. A. : Sämtliche Werke. 7 Bde. Frankfurt a. M. 1985-

2004. (H)
Huysmans, Joris Karl: À rebours. Paris 1918. (HU)
Jean Paul: Sämtliche Werke. Abt. I, Bd. 5. München 1995. (J)
Kafka, Franz: Drucke zu Lebzeiten. Frankfurt a. M. 1994. (KD)
Kafka, Franz: Briefe an Milena. Frankfurt a. M. 1952. (KB)
Kant's gesammelte Schriften. Berlin 1902-. (K)
Keller, Gottfried: Sämtliche Werke. 7 Bde. Frankfurt a. M. 1985-96. (KE)
Kleist, Heinrich von: Sämtliche Werke und Briefe. Bd. 2. Frankfurt a. M. 1987. (KL)
Lessing, Gotthold Ephraim: Werke. Bd. 6. München 1974. (LE)
Lichtenberg, Georg Christoph: Schriften und Briefe. 4 Bde. München 1967-74. (L)
Lichtenberg, Georg Christoph: Briefwechsel. 4 Bde. München 1983-92. (LB)
Mann, Thomas: Buddenbrooks. Frankfurt a. M. 1981. (MB)
Mann, Thomas: Frühe Erzählungen. Frankfurt a. M. 1981. (MF)
Mann, Thomas: Späte Erzählungen. Frankfurt a. M. 1981. (MS)
Mörike, Eduard: Werke und Briefe. Historisch-kritische Gesamtausgabe. Bd. 6. Stuttgart 2005. (M)
Newton, Isaac: Opticks. New York 1979. (NE)
Novalis: Werke, Tagebücher und Briefe Friedrich von Hardenbergs. 3 Bde. München 1978. (N)
オウィディウス（中村善也訳）『変身物語』下巻、岩波書店、1984年。
Pausewang, Gudrun: Die Wolke. Ravensburg 1987. (P)
『プラトン全集』第12巻、岩波書店、1975年。
Raabe, Wilhelm: Sämtliche Werke. 20 Bde. Göttingen 1960-94. (RA)
Rilke, Rainer Maria: Sämtliche Werke. 6 Bde. Frankfurt a. M. 1966. (R)
Rousseau, Jean-Jacques: Œuvres complètes. II. Paris 1964. (RP)
Sacher-Masoch, Leopold von: Venus im Pelz. Frankfurt a. M. 1980. (SM)

Stifter, Adalbert: Werke und Briefe. Historisch-kritische Gesamtausgabe. Stuttgart 1978-. (S)

Stifter, Adalbert: Gesammelte Werke. Bd. 14. Basel 1972. (SW)

Storm, Theodor: Novellen 1867-1880. Frankfurt a. M. 1998. (SN)

Süskind, Patrick: Das Parfum. Die Geschichte eines Mörders. Zürich 1985. (SP)

Till Eulenspiegel. Abdruck der Ausgabe vom Jahre 1515. Halle 1884. (T)

Wolf, Christa: Störfall. Nachrichten eines Tages. Berlin 1987. (W)

二次文献

Adler, Hans/ Zeuch, Ulrike (Hg.): Synästhesie. Interferenz – Transfer – Synthese der Sinne. Würzburg 2002.

浅井英樹「ゲーテ『親和力』におけるオティーリエの拒食のモチーフについて」、『ゲーテ年鑑』第44巻（2002）、1-27頁。

Barthes, Roland: Lecture de Brillat-Savarin. In: Brillat-Savarin: Physiologie du goût. Avec une Lecture de Roland Barthes. Paris 1975.（松島征訳『バルト、〈味覚の生理学〉を読む』、みすず書房、1985年。）

Bauer, Georg-Karl: Makarie. In: Germanisch-romanische Monatsschrift 25 (1937), S. 178-197.

Begemann, Christian: Der steinerne Leib der Frau. Ein Phantasma in der europäischen Literatur des 18. und 19. Jahrhunderts. In: Aurora 59 (1999), S. 135-159.

Berndt, Frauke: Anamnesis. Studien zur Topik der Erinnerung in der erzählenden Literatur zwischen 1800 und 1900 (Moritz – Keller – Raabe). Tübingen 1999.

Bischoff, Doerte: Poetischer Fetischismus. Der Kult der Dinge im 19. Jahrhundert. München 2013.

Blamberger, Günter: „Wer hat den bunten Schwarm von Bildern und Gedanken/ Zur Pforte meines Herzens hergeladen...?“ Eduard Mörikes

Darstellung des Inspirationsgeschehens in der Novelle „Mozart auf der Reise nach Prag". In: Blamberger, Günter u. a. (Hg.): Studien zur Literatur des Frührealismus. Frankfurt a. M. 1991, S. 288-305.

Blumenberg, Hans: Die Lesbarkeit der Welt. Frankfurt a. M. 1986.

Böhme, Gernot: Ist Goethes Farbenlehre Wissenschaft? In: Böhme, Gernot: Alternative der Wissenschaft. Frankfurt a. M. 1980, S. 123-153.

Böhme, Hartmut: Lebendige Natur. Wissenschaftskritik, Naturforschung und allegorische Hermetik bei Goethe. In: DVjs 60 (1986), S. 249-272.

Borowski, L. E./ Jachmann R. B./ Wasianski, A. Ch.: Immanuel Kant. Sein Leben in Darstellungen von Zeitgenossen. Berlin 1912.

Brandstetter, Gabriele/ Neumann, Gerhard: Biedermeier und Postmoderne. Zur Melancholie des schöpferischen Augenblicks: Mörikes Novelle „Mozart auf der Reise nach Prag" und Shaffers „Amadeus". In: Blamberger, Günter u. a. (Hg.): Studien zur Literatur des Frührealismus. Frankfurt a. M. 1991, S. 306-337.

Brandstetter, Gabriele: *Penthesilea*. „Das Wort des Greuelrätsels". Die Überschreitung der Tragödie. In: Hinderer, Walter (Hg.): Kleists Dramen. Stuttgart 1997, S. 75-113.

Brandt, Helmut: Grillparzers Erzählung *Der arme Spielmann*. Eine europäische Ortung der Kunst auf österreichischem Boden. In: Zeman, Herbert (Hg.): Die österreichische Literatur. Ihr Profil im 19. Jahrhundert (1830-1880). Graz 1982, S. 343-364.

Braungart, Georg: Leibhafter Sinn. Der andere Diskurs der Moderne. Tübingen 1995.

Braungart, Wolfgang: Eduard Mörike: *Mozart auf der Reise nach Prag*. Ökonomie – Melancholie – Auslegung und Gespräch. In: Interpretationen. Erzählungen und Novellen des 19. Jahrhunderts. Bd. 2. Stuttgart 1990, S. 133-202.

Campbell, Karen J.: Toward a Truer Mimesis: Stifter's *Turmalin.* In: German Quarterly 57 (1984), pp. 576-589.

Chaouli, Michel: Die Verschlingung der Metapher. Geschmack und Ekel in der „Penthesilea“. In: Kleist Jahrbuch 1998, S. 127-149.

コルバン、アラン（山田登世子・鹿島茂訳）『においの歴史　嗅覚と社会的想像力』、新評論、1988年。

Crary, Jonathan: Techniques of the Observer. On Vision and Modernity in the nineteenth Century. Cambridge 1992.（遠藤知巳訳『観察者の系譜　視覚空間の変容とモダニティ』、十月社、1997年。）

Curtius, Ernst Robert: Europäische Literatur und lateinisches Mittelalter. Bern 1948.

Dahlhaus, Carl: Die Idee der absoluten Musik. In: Dahlhaus, Carl: Gesammelte Schriften. Bd. 4. Laaber 2002, S. 11-126.

ダンデス、アラン（新井皓士訳）『鳥屋の梯子と人生はそも短くて糞まみれ　ドイツ民衆文化再考』、平凡社、1988年。

Degler, Frank: Aisthetische Reduktionen. Analysen zu Patrick Süskinds „Der Kontrabaß“, „Das Parfum“ und „Rossini“. Berlin 2003.

ドゥルーズ、ジル（蓮實重彥訳）『マゾッホとサド』、晶文社、1973年。

Denkler, Horst: Wilhelm Raabe: *Pfisters Mühle* (1884). Zur Aktualität eines alten Themas und vom Nutzen offener Strukturen. In: Denkler, Horst (Hg.): Romane und Erzählungen des Bürgerlichen Realismus. Stuttgart 1980. S. 293-309.

Detering, Heinrich: Ökologische Krise und ästhetische Innovation im Werk Wilhelm Raabes. In: Jahrbuch der Raabe-Gesellschaft 1992, S. 1-27.

de Man, Paul: Allegories of Reading. Figural Language in Rousseau, Nietzsche, Rilke, and Proust. New Haven 1979.（土田知則訳『読むことのアレゴリー　ルソー、ニーチェ、リルケ、プルーストにおける比喩的言語』、岩波書店、2012年。）

Dickie, George: The Century of Taste. The Philosophical Odyssey of Taste in the Eighteenth Century. New York/ Oxford 1996.

Dörrie, Heinrich: Pygmalion. Ein Impuls Ovids und seine Wirkungen bis in die Gegenwart. Opladen 1974.

Egger, Irmgard: Diätetik und Askese. Zur Dialektik der Aufklärung in Goethes Romanen. München 2001.

Einem, Herbert von: Das Auge, der edelste Sinn. In: Einem, Herbert von: Goethe-Studien. München 1972, S. 11-24.

Elsaghe, Yahya: Krankheit und Matriarchat. Thomas Manns *Betrogene* im Kontext. Berlin 2010.

Erlande-Brandenburg, Alain (Hg.): Musée national du Moyan Age. Thermes de Cluny. Guide to the Collections. Paris 1993.

Fink, Gonthier-Louis: Pygmalion und das belebte Marmorbild. Wandlungen eines Märchenmotivs von der Frühaufklärung bis zur Spätromantik. In: Aurora 43 (1983), S. 92-123.

フーコー、ミシェル（田村俶訳）『狂気の歴史』、新潮社、1975年。

Freud, Sigmund: Das Unheimliche. In: Freud, Sigmund: Gesammelte Werke. Bd. 12. Frankfurt a. M. 1940, S. 229-268.

Fritzen, Werner: Das gute Buch für jedermann oder Verus Prometheus. Patrick Süskinds *Das Parfum*. In: DVjs 68 (1994), S. 757-786.

Frommholz, Rüdiger: „Mit Traumesaugen in seiner Zukunft angeschaut". Theodor Storms fast vergessene Novelle *Ein stiller Musikant* (1875). In: Zimorski, Walter (Hg.): Theodor Storm. Studien zur Kunst- und Künstlerproblematik. Bonn 1988, S. 77-100.

Fülleborn, Ulrich: Besitzen als besäße man nicht. Besitzdenken und seine Alternativen in der Literatur. Frankfurt a. M. 1995.

Geissler, Rolf: Boureau-Deslandes. Ein Materialist der Frühaufklärung. Berlin 1967.

Grätz, Katharina: Musealer Historismus. Die Gegenwart des Vergangenen

bei Stifter, Keller und Raabe. Heidelberg 2006.

Gray, Richard T.: The Dialectic of „Enscentment“: Patrick Süskind's *Das Parfum* as Critical History of Enlightenment Culture. In: PMLA 108 (1993), pp. 489-505.

Hahn, Hans-Joachim: Angst, Außenseiter und Alterität. Raabes Realismus und sein Judenbild. In: Göttsche, Dirk/ Schneider, Ulf-Michael (Hg.): Signaturen realistischen Erzählens im Werk Wilhelm Raabes. Würzburg 2010, S. 85-102.

Härtl, Heinz: „Die Wahlverwandtschaften“. Eine Dokumentation der Wirkung von Goethes Roman 1808-1832. Berlin 1983.

Heine, Roland: Ästhetische oder existentielle Integration? Ein hermeneutisches Problem des 19. Jahrhunderts in Grillparzers Erzählung „Der arme Spielmann“. In: DVjs 46 (1972), S. 650-683.

Hess, Günter: Die Bilder des grünen Heinrich. Gottfried Kellers poetische Malerei. In: Boehm, Gottfried/ Pfotenhauer, Helmut (Hg.): Beschreibungskunst – Kunstbeschreibung. Ekphrasis von der Antike bis zur Gegenwart. München 1995, S. 373-395.

平野嘉彦『マゾッホという思想』、青土社、2004年。

Hörisch, Jochen: „Die Himmelfahrt der bösen Lust“ in Goethes *Wahlverwandtschaften*. Ottiliens Anorexie – Ottiliens Entsagung. In: Hörisch, Jochen: Die andere Goethezeit. Poetische Mobilmachung des Subjekts um 1800. München 1992, S. 149-160.

Hoverland, Lilian: Speise, Wort und Musik in Grillparzers Novelle „Der arme Spielmann“. In: Jahrbuch der Grillparzer-Gesellschaft 13 (1978), S. 63-83.

Ishihara, Aeka: Makarie und das Weltall. Astronomie in Goethes „Wanderjahren“. Köln 1998.

Jacobson, Manfred R.: Patrick Süskind's *Das Parfum*: A Postmodern Künstlerroman. In: The German Quarterly 65 (1992), pp. 201-211.

Jewanski, Jörg: Ist C = Rot? Eine Kultur- und Wissenschaftsgeschichte

zum Problem der wechselseitigen Beziehung zwischen Ton und Farbe. Berlin 1999.

Jütte, Robert: Geschichte der Sinne. Von der Antike bis zum Cyberspace. München 2000.

Kandinsky, Wassily: Über das Geistige in der Kunst. 3. Auflage. München 1912.

Kittler, Friedrich A.: Aufschreibsysteme 1800/ 1900. München 1985.

Koch, Mafred: Gottes Finger und die Handzeichen der Liebe. Zum Motivkomplex Hand – Sprache – Speise in Grillparzers Erzählung *Der arme Spielmann*. In: Euphorion 90 (1996), S. 166-184.

Koschorke, Albrecht: Leopold Sacher-Masoch. Die Inszenierung einer Perversion. München 1988.

Kraß, Andreas: Meerjungfrauen. Geschichte einer unmöglichen Liebe. Frankfurt a. M. 2010.

Kremer, Detlef: E. T. A. Hoffmann. Erzählungen und Romane. Berlin 1999.

Laußmann, Sabine: Das Gespräch der Zeichen. Studien zur Intertextualität im Werk E. T. A. Hoffmanns. München 1992.

Liebrand, Claudia: Aporie des Kunstmythos. Die Texte E. T. A. Hoffmanns. Freiburg 1996.

Lubkoll, Christine: Dies ist kein Pfeifen. Musik und Negation in Franz Kafkas Erzählung *Josefine, die Sängerin oder Das Volk der Mäuse*. In: DVjs 66 (1992), S. 748-764.

Lüthe, Rudolf/ Fontius, Martin: Geschmack/ Geschmacksurteil. In: Barck, Karlheinz (Hg.): Ästhetische Grundbegriffe. Historisches Wörterbuch in 7 Bdn. Stuttgart 2000-2005, Bd. 2, S. 792-819.

MacLeod, Catriona: Fugitive Objects. Sculpture and Literature in the German Nineteenth Century. Evanston 2014.

Matt, Peter von: Die Augen der Automaten. E. T. A. Hoffmanns Imaginationslehre als Prinzip seiner Erzählkunst. Tübingen 1971.

Matthaei, Rupprecht: Goethes Auge. Mit zwei Abbildungen im Text. In: Jahrbuch der Goethe-Gesellschaft 5 (1940), S. 265-274.

Mautz, Kurt: Das antagonistische Naturbild in Stifters „Studien". In: Stiehm, Lothar (Hg.): Adalbert Stifter. Studien und Interpretationen. Heidelberg 1968, S. 23-55.

Mayer, Hans: Die Wirklichkeit E. T. A. Hoffmanns. In: Mayer, Hans: Das unglückliche Bewußtsein. Zur deutschen Literaturgeschichte von Lessing bis Heine. Frankfurt a. M. 1986, S. 469-511.

Mayer, Mathias: Adalbert Stifter. Stuttgart 2001.

McGlathery, James M.: The Suicide Motif in E. T. A. Hoffmann's „Der goldne Topf". In: Monatshefte für deutschen Unterricht 18 (1966), pp. 115-123.

McLuhan, Marshall: The Gutenberg Galaxy. The Making of Typographic Man. Toronto 1952.（森常治訳『グーテンベルクの銀河系　活字人間の形成』、みすず書房、1986 年。）

McLuhan, Marshall: Understanding Media. The Extension of Man. New York 1964.（栗原裕・河本仲聖訳『メディア論　人間の拡張の諸相』、みすず書房、1987 年。）

Menninghaus, Winfried: Ekel. Theorie und Geschichte einer starken Empfindung. Frankfurt a. M. 1999.（竹峰義和・知野ゆり・由比俊行訳『吐き気　ある強烈な感覚の理論と歴史』、法政大学出版局、2010 年。）

Meyer, Herman: Der Sonderling in der deutschen Dichtung. München 1963.

Meyer-Kalkus, Reinhart: Werthers Krankheit zum Tode. Pathologie und Familie in der Empfindsamkeit. In: Kittler, Friedrich A. (Hg.): Urszenen. Frankfurt a. M. 1977, S. 76-138.

Miller, J. Hillis: Versions of Pygmalion. Cambridge 1990.

Mortier, Roland: Diderot in Deutschland 1750-1850. Stuttgart 1972.

Mülder-Bach, Inka: Autobiographie und Poesie. Rousseaus *Pygmalion*

und Goethes *Prometheus*. In: Mayer, Mathias/ Neumann, Gerhard (Hg.): Pygmalion. Die Geschichte des Mythos in der abendländischen Kultur. Freiburg 1997, S. 271-298.

Mülder-Bach, Inka: Im Zeichen Pygmalions. Das Modell der Statue und die Entdeckung der »Darstellung« im 18. Jahrhundert. München 1998.

Mullan, Boyd: Characterisation and Narrative Technique in Grillparzer's *Der arme Spielmann* and Storm's *Ein stiller Musikant*. In: German Life and Letters 44 (1991), pp. 187-197.

Müller, Dominik: *Der grüne Heinrich (1879/80)*. Der späte Abschluß eines Frühwerks. In: Morgenthaler, Walter (Hg.): Gottfried Keller. Romane und Erzählungen. Stuttgart 2007, S. 36-56.

Müller, Maik M.: Phantasmagorien und bewaffnete Blicke. Zur Funktion optischer Apparate in E. T. A. Hoffmanns *Meister Floh*. In: E. T. A. Hoffmann Jahrbuch 11 (2003), S. 104-121.

中村雄二郎『共通感覚論　知の組みかえのために』、岩波書店、1979 年。

中谷孝雄『梶井基次郎』、筑摩叢書、1969 年。

Naumann, Helmut: Malte-Studien. Untersuchungen zu Aufbau und Aussagegehalt der „Aufzeichnungen des Malte Laurids Brigge“ von Rainer Maria Rilke. Rheinfelden 1983.

Neumann, Gerhard: Ideenparadiese. Untersuchungen zur Aphoristik von Lichtenberg, Novalis, Friedrich Schlegel und Goethe. München 1976.

Neumann, Gerhard: Kafka und die Musik. In: Kittler, Wolf/ Neumann, Gerhard (Hg.): Franz Kafka: Schriftverkehr. Freiburg 1990, S. 391-398.

Neumann, Gerhard: Pygmalion. Metamorphose des Mythos. In: Mayer, Mathias/ Neumann, Gerhard (Hg.): Pygmalion. Die Geschichte des Mythos in der abendländischen Kultur. Freiburg 1997a, S. 11-60.

Neumann, Gerhard: Romantische Aufklärung. Zu E. T. A. Hoffmanns

Wissenschaftspoetik. In: Schmiedt, Helmut/ Schneider, Helmut J. (Hg.): Aufklärung als Form. Würzburg 1997b, S. 106-148.

Neumann, Gerhard: Hexenküche und Abendmahl. Die Sprache der Liebe im Werk Heinrich von Kleists. In: Hinderer, Walter (Hg.): Codierung von Liebe in der Kunstperiode. Würzburg 1997c, S. 169-196.

Neumann, Gerhard: Patrick Süskind: „Das Parfum". Kulturkrise und Bildungsroman. In: Borchmeyer, Dieter (Hg.): Signaturen der Gegenwartsliteratur. Würzburg 1999, S. 185-211.

Oesterle, Günter: Arabeske, Schrift und Poesie in E. T. A. Hoffmanns Kunstmärchen „Der goldne Topf". In: Athenäum. Jahrbuch für Romantik 1 (1991), S. 69-107.

Oesterle, Günter: Dissonanz und Effekt in der romantischen Kunst. E. T. A. Hoffmanns *Ritter Gluck*. In: E. T. A. Hoffmann-Jahrbuch 1 (1992/93), S. 58-79.

小黒康正『水の女　トポスへの船路』、九州大学出版会、2012 年。

Olessak, Egon: Nachwort. In: Rilke: Die Dame mit dem Einhorn. Franfurt a. M. 1978, S. 39-58.

Pape, Walter: Vom Gedächtnißmahl zum gräulichen Festmahl. Kannibalismus als Metapher und Motiv bei Nestroy, Novalis und Kleist. In: Bluhm, Lothar/ Hölter, Achim (Hg.): Romantik und Volksliteratur. Heidelberg 1999, S. 145-160.

Pasewalck, Silke: „Die fünffingrige Hand". Die Bedeutung der sinnlichen Wahrnehmung beim späten Rilke. Berlin 2002.

Pikulik, Lothar: E. T. A. Hoffmann als Erzähler. Ein Kommentar zu den „Serapions-Brüdern". Göttingen 1987.

Plummer, Harry Chapin: Color Music – A New Art Created with the Aid of Science. The Color Organ used in Scriabine's Symphony "Prometheus". In: Scientific American 112 (April 10, 1915), pp. 343, 350-351.

Politzer, Heinz: Die Verwandlung des armen Spielmanns. Ein Grillparzer-

Motiv bei Franz Kafka. In: Jahrbuch der Grillparzer-Gesellschaft 4 (1965), S. 55-64.

Politzer. Heinz: Ein Denkmal für Grillparzer. In: Grillparzer-Forum Forchtenstein. Vorträge, Forschungen, Berichte 1972. Eisenstadt 1973, S. 7-30.

Pontzen, Alexandra: Künstler ohne Werk. Modelle negativer Produktionsästhetik in der Künstlerliteratur von Wackenroder bis Heiner Müller. Berlin 2000.

Riermeier, Marianne/ Steiner, Peter M.: Das philosophische Kochbuch. Zu Tisch mit großen Denkern. Darmstadt 2010.

Rindisbacher, Hans J.: The Smell of Books. A Cultural-Historical Study of Olfactory Perception in Literature. Ann Arbor 1992.

Ryan, Judith: Pastiche und Postmoderne. Patrick Süskinds Roman *Das Parfum*. In: Lützeler, Paul Michael (Hg.): Spätmoderne und Postmoderne. Frankfurt a. M. 1991, S. 91-103.

Sabanejew, Leonid.: Prometheus von Skrjabin. In: Kandinsky, Wassily/ Marc, Franz (Hg.): Der blaue Reiter. 2. Auflage. München 1914, S. 57-68..

Sammons, Jeffrey L.: Wilhelm Raabe. The Fiction of the alternative Community. Princeton 1987.

Sauter, Michiel: Marmorbilder und Masochismus. Die Venusfiguren in Eichendorffs ‚Das Marmorbild' und in Sacher-Masochs ‚Venus im Pelz'. In: Neophilologos 75 (1991), S. 119-127.

Sauter, Michiel: Sacher-Masochs *Venus im Pelz*: Emanzipation oder Dämonisierung der Frau? In: Modern Austrian Literarture 30 (1997), pp. 39-47.

Schlüter, Hermann: Das Pygmalion-Symbol bei Rousseau, Hamann, Schiller. Drei Studien zur Geistesgeschichte der Goethezeit. Zürich 1968.

Schmidt, Jochen: Die Geschichte des Genie-Gedankens in der deutschen

Literatur, Philosophie und Politik 1750-1945. Bd. 2. Darmstadt 1988.

Schmitz-Emans, Monika: Seetiefen und Seelentiefen. Literarische Spiegelungen innerer und äußerer Fremde. Würzburg 2003.

Schöffler, Herbert: Die Leiden des jungen Werther. Ihr geistesgeschichtlicher Hintergrund. In: Schöffler, Herbert: Deutscher Geist im 18. Jahrhundert. Göttingen 1956, S. 155-181.

Schöne, Albrecht: Aufklärung aus dem Geist der Experimentalphysik. Lichtenbergsche Konjunktive. München 1982.

Schöne, Albrecht: Goethes Farbentheologie. München 1987.

Schrader, Hans-Jürgen: Naive und sentimentalische Kunsterzeugung. Grillparzers *Armer Spielmann* und einige seiner Brüder als verhinderte Virtuosen. In: Arburg, Hans-Georg (Hg.): Virtuosität. Kult und Krise der Artistik in Literatur und Kunst der Moderne. Göttingen 2007, S. 147-171.

Sckommodau, Hans: Pygmalion bei Franzosen und Deutschen im 18. Jahrhundert. Wiesbaden 1970.

Seeba, Hinrich C.: Franz Grillparzer: *Der arme Spielmann*. In: Interpretationen. Erzählungen und Novellen des 19. Jahrhunderts. Bd. 2. Stuttgart 1990, S. 99-131.

Selbmann, Rolf: Gottfried Keller. Romane und Erzählungen. Berlin 2001.

Sembdner, Helmut (Hg.): Heinrich von Kleists Lebensspuren. Bremen 1957.

Stadler, Ulrich: Von Brillen, Lorgnetten, Fernrohren und Kuffischen Sonnenmikroskopen. Zum Gebrauch optischer Instrumente in Hoffmanns Erzählungen. In: E. T. A. Hoffmann Jahrbuch 1 (1992/93), S. 91-105.

Steigerwald, Jörn: Die fantastische Bildlichkeit der Stadt. Zur Begründung der literarischen Fantastik im Werk E. T. A. Hoffmanns. Würzburg 2001.

Stephan, Inge: Weiblichkeit, Wasser und Tod. Undinen, Melusinen und Wasserfrauen bei Eichendorff und Fouqué. In: Berger, Renate/ Stephan, Inge (Hg.): Weiblichkeit und Tod in der Literatur. Köln 1987. S. 117-139.

ストイキツァ、ヴィクトル・I（松原知生訳）『ピュグマリオン効果　シミュラークルの歴史人類学』、ありな書房、2006 年。

Strenzke, Günter: Zum Motiv der grüngoldenen Schlange bei Eichendorff. In: Aurora 36 (1976), S. 27-38.

Strohschneider-Kohrs, Ingrid: Künstlerthematik und monodramatische Form in Rousseaus *Pygmalion*. In: Poetica 7(1975), S. 45-73.

Stuby, Anna Maria: Liebe, Tod und Wasserfrau. Mythen des Weiblichen in der Literatur. Opladen 1992.

杉山卓史「ヘルダーの共通感覚論——共感覚概念の誕生」、『美学』57 (2006)、1-14 頁。

杉山卓史「啓蒙主義の徒花か、ディスコの先駆か——色彩クラヴィーアをめぐる狂騒」、『京都美学美術史学』8 (2009)、33-63 頁。

高橋義人『形態と象徴　ゲーテと「緑の自然科学」』、岩波書店、1988 年。

Tatar, Maria M.: Mesmerism, Madness, and Death in E. T. A. Hoffmann's *Der goldne Topf*. In: Studies in Romanticism 14 (1975), pp. 365-389.

Tellkamp, Jörg Alejandro: Sinne, Gegenstände und Sensibilia. Zur Wahrnehmungslehre des Thomas von Aquin. Leiden 1999.

Uhlig, Ludwig: Georg Forster. Lebensabenteuer eines gelehrten Weltbürgers. Göttingen 2004.

Utz, Peter: Das Auge und das Ohr im Text. Literarische Sinneswahrnehmung in der Goethezeit. München 1990.

Valk, Thorsten: Literarische Musikästhetik. Frankfurt a. M. 2008.

Völker, Klaus (Hg.): Künstliche Menschen. München 1971.

Warning, Rainer: Rousseaus *Pygmalion* als Szenario des Imaginären.

In: Mayer, Mathias/ Neumann, Gerhard (Hg.): Pygmalion. Die Geschichte des Mythos in der abendländischen Kultur. Freiburg 1997, S. 225-251.

Wellek, Albert: Der Sprachgeist als Doppelempfinder. Ein Beitrag zur musikalischen Psychologie und Ästhetik der Sprache. In: Zeitschrift für Ästhetik und allgemeine Kunstwissenschaft 25 (1931), S. 226-262.

Whitinger, R. G./ Herzog, M.: Hoffmann's *Das Fräulein von Scuderi* and Süskind's *Das Parfum*: Elements of Homage in a Postmodernist Parody of a Romantic Artist Story. In: The German Quarterly 67(1994), pp. 222-234.

Wierlacher, Alois: Vom Essen in der deutschen Literatur. Mahlzeiten in Erzähltexten von Goethe bis Grass. Stuttgart 1987.

Wiese, Benno von: Die deutsche Novelle von Goethe bis Kafka. Düsseldorf 1956.

Zeuch, Ulrike: Umkehr der Sinneshierarchie. Herder und die Aufwertung des Tastsinns seit der frühen Neuzeit. Tübingen 2000.